뜻밖의 카프카

뜻밖의 카프카

김살로메 소설

아시아

차례

헬리아데스 콤플렉스 ··· 9
내 모자를 두고 왔다 ··· 51
뜻밖의 카프카 ··· 95
물어본다 ·· 131
안개 기둥 ··· 175
따뜻한 컵 프로젝트 ·· 211
니암카가 오신다 ··· 245
무거운 사과 ··· 277

해설 이경재 (문학평론가, 숭실대 교수)
    결정된 세계와 그 너머 ······································ 309
작가의 말 ·· 339

헬리아데스
콤플렉스

"언니, 저 덤불에 숨겨 두면 돼요."

지수가 에코백을 유리에게서 받아 들며 말한다. 간식 타임을 마친 둘은 산책을 이어 나갈 참이다. 방파제 끝까지 갔다 오려면 시간 반은 걸릴 터였다. 먹다 남은 과일 도시락과 각각 차와 커피가 담긴 텀블러 두 개가 든 에코백은 제법 무겁다. 적당한 곳에 두었다가 돌아오는 길에 챙기면 된다. 바다를 향한 산책로 왼쪽은 얕은 언덕길이다. 그 길을 따라 포플러 가로수가 이어진다. 잎새들이 노랗게 물들기 시작했다. 이 도시의 시목이 포플러인 줄 오해하는 이가 있을 정도로 곳곳에 포플러 나무가 눈에 띈다. 지수는 좀 더 **빽빽**하게 보이는 나무와 나무 사이 덤불 어디쯤에 간식 가방을 숨긴다. 앞쪽으로 낡은 자전거 한 대가 비스듬히 세워져 있어, 가림막 역할까지 해준다.

"괜찮을까?"

갖고 싶었던 스탠리 진공 텀블러를 구한 지 얼마 되지 않았기에 유리는 신경이 쓰인다.

"설마 보온병을 훔쳐 가겠어요?"

"하기야. 핸드폰이나 노트북을 아무 데나 둬도 안 훔쳐 가는 대한민국이니……."

"자전거는 훔쳐 가는 이상한 나라이기도 하구요."

"그렇네. 근데 도금인 아직 잘까?"

"조금 있다 합류하자는데요."

지수가 도금에게서 온 단톡의 문자를 유리에게 확인시킨다. *두통이 심해. 좀 더 잘 게.* 도금은 간밤에도 남자와 함께한 모양이다. 기왕 늦었으니, 도금은 구청 볼일을 본 뒤 열 시쯤 합류하겠다고 한다. 지수는 차라리 잘 되었다고 생각한다. 도금이 빠진 이 산책길이 토핑 빠진 고르곤졸라 피자처럼 깔끔하다고 생각한다. 반면에 유리는 이 상황을 양념 덜된 겉절이처럼 심심하다고 생각할지도 모른다.

해무에 잠겼던, 산책로 주변의 상가들이 깨어나고, 잔잔한 배경 음악처럼 규칙적으로 파도 소리가 들려온다. 자연스레 먼 바다로 눈길이 닿는다. 가시거리 십 리 남짓한 수평선은 직선이 아니라 완만한 호弧를 이룬다. 하늘과 물의 경계가 파스텔 톤으로 번지는 그 부드럽고 둥근 선. 모호하게 겹치듯 스며드는 그 경계가 신기해 지수는 몇 번이나 좌우로 고개를 돌려 확인한다.

  도금 덕분에 지수는 유리를 만났다. 작년 가을, 백화점 문화 센터 '문장의 향기' 회원들과 해외여행을 했었다. 열흘간 스페인 여러 도시를 둘러보는 일정이었다. 지수는 도금과 같은 방을 썼다. 유리는 도금의 권유로 뒤늦게 합류했다. 출발 조건 스무 명에 한 명이 모자랐는데, 도금이 중학교 동창인 유리를 영입했다. 지수보다 둘은 열 살이 많았다.
  문학 기행을 표방한 그 여행은 비수기에 매출을 올리려는 여행사의 마케팅 상품이었다. 정해진 출발 인원을 채우면 강사에게는 무료로 항공료와 숙식을 제공하겠다고 했다. 그 사실을 여행사는 비밀로 하길 원했다. 하지만 문장의 향기 담당인 젊은 강사는 진솔한 사람이었다. 회원들이 내는 비용만큼을 그는 찬조금으로 내놓았다. 일부 나이 든 회원들은 그럴 수 없다고 손사래를 쳤지만, 대부분은 환호했다. 그 덕에 회원들은 업그레이드된 포도주를 마실 수 있었고, 플라멩코 공연장의 맨 앞자리를 선점할 수도 있었다. 백석 시인을 닮은, 삼십 대의 강사는 중년 여성이 대다수인 회원들을 매혹하고 있었다. 회원들은 그를 '백석 샘'이라고 불렀다. 무명 시인인 그가 머잖아 백석 같은 시인이 될 거라며 회원들은 진심으로 덕담을 건네곤 했다.

옵션 없는 문학 기행임을 투어 마스터는 기회가 있을 때마다 강조했다. 하지만 그 말이 무색하게 그 여행에 문학이라는 타이틀이 들어갈 틈새는 없었다. 딱 한 번 있기는 했다. 안달루시아 지방 론다, 누에보 다리에 들른 일이었다. 다리 위에서 먼발치로 헤밍웨이가 걸었다는 산책로 방향을 쳐다봤다. 그것이 문학적 정취와 감흥을 맛본 유일한 체험이었다. 이른 아침, 다리 아래 협곡은 깊었고, 검은 듯 푸른 물은 제 몸을 할퀴며 흘렀다. 압도된 풍경 앞에서 회원들은 헤밍웨이는 잊은 채, 다리를 배경 삼아 사진 찍기에 바빴다.

그날 다리 근처 식당에서였다. 지수 맞은편에 도금이 앉았고, 도금 옆에 유리가 바투 앉았다. 허공에 매달린 돼지고기 짠 내와 실내에 밴 올리브 냄새 그리고 낯선 체취가 뒤섞여 지수는 머리가 지끈거리고 얼굴엔 땀이 올랐다. 냅킨을 찾는 지수 눈과 유리의 눈이 마주쳤다. 유리가 벌떡 일어나 옆쪽 테이블의 냅킨을 가져와 지수에게 내밀었다. 야, 너 자신이나 챙겨. 도금이 유리에게 퉁박을 줬다. 흔히 있는 일인 듯 유리는 도금이 아닌 지수를 향해 씩 웃었다. 원하던 바가 아니었기에 지수는 당황했지만 고맙기도 했다.

    푸르고 검은 올리브와 올리브유, 절인 토마토, 말라비틀어진 문어 튀김, 싸구려 하몽 조각이 둥근 빵과 함께 나왔다. 구수한 향이 나는 빵 이름은 몰레트라고 했다. 바삭한 그 빵의 반을 갈라 올리브유, 토마토와 하몽 등을 올려 먹는다고 했다. 다들 신선도에 의문이 가는 토핑에는 관심이 없었다. 후각을 자극하는 빵에만 눈길을 주고 있었다. 빵 조각을 뜯어 먹어 본 회원들 눈이 휘둥그레졌다. 너무 맛있다, 상상 이상이야. 여기저기서 같은 반응들이 나왔다.

    배가 고팠는지 도금의 빵도 금세 접시에서 사라졌다. 올리브 절임을 포크로 집어 먹던 유리가 이 빵도 너 먹을래? 하고 제 빵 접시를 도금 앞으로 밀었다. 두어 조각밖에 먹지 않은 온전한 빵덩이였다. 넌 안 먹어? 하더니 도금은 자신의 하몽 접시와 유리의 빵 접시를 냉큼 바꿨다. 덤으로 확보한 빵 앞에서 도금의 식탐은 무심하게 빛났고, 유리의 얼굴에는 당연한 흐뭇함 같은 게 얼비쳤다. 두 사람을 지켜보던 지수의 얼굴이 달아올랐다. 지나친 배려는 배려가 아닐 수 있다는 생각과, 작은 무례조차 무례가 아닐 수 없다는 생각이 동시에 스쳤다. 지수는 눈빛으로 유리에게, 괜찮아요? 하고 물었다. 유리의 눈은 괜찮고 말고요.

뭐가 문제죠? 하고 말하고 있었다. 담대하고 평온한 눈빛이라 지수가 도리어 움찔했다.

처음에 지수는 유리의 이런 행동을 보고 오해했다. 마치 남들은 다 알아보는 금 간 잔에다 자신만 모르고 와인을 계속 붓는 상황 같았기 때문이었다. 가만 지켜보니 그게 아니었다. 유리는 금 간 잔 같은 것 자체를 생각하지 않는 사람이었다. 그냥 즉흥적인 이타심을 지닌, 계산 없는 사람일 뿐이었다. 지수는 지레짐작으로 유리를 연민한 자신이 부끄러웠다. 단정한 적대보다 푼수 어린 환대가 더 진심임을 지수는 유리를 통해 알았다.

선한 기운을 뿜는 유리에게 자꾸만 시선이 갔다. 타자를 마음 쓴다는 것이 인정 욕구가 밴 이기심의 발로라 할지라도 - 유리에게서는 그런 계산조차 느끼지 못했지만 - 그 행동 자체는 존중받아 마땅할 장점이었다. 유리는 스스로 사랑받는 것에는 에누리를 하고, 사랑을 주려는 것에는 프리미엄을 붙이는 사람이었다. 그런 유리를 보면서 지수는 특별하고 존귀한 생명체를 만난 느낌이었다. 살면서 선한 가면을 쓰거나 도덕적 이미지를 구축하는 것은 죄가 아니었다. 내적 욕망과 윤리적 외피는 다를 수 있었다. 그러다가 표백된 양심을 향한 자아 성찰의 시간이 오면 자책하고 죄의식을 느끼는 게 인간이었다. 한데 유리는 그런 자책이나 죄의식 같은 걸 곁에 두지 않을, 이름 그대로 유리 같은 사람이었다. 지수는 감히 그 여행의 끝자락에는 유리와 친구가 되어 있으면 좋겠다는 생각을 했다.

사실 여행 첫 밤부터 지수는 시달렸다. 화장실도 아닌, 좁은 방에서 양해도 구하지 않고 도금은 줄담배를 피워댔다. 도금은 유럽 여행지에서 호텔 방 흡연은 문제 되지 않는다는 말을 되풀이했다. 그것의 사실 유무와 상관없이 상대를 배려하지 않는 그 태도에 지수는 어이가 없었다. 숨을 제대로 쉴 수가 없었다. 너, 작가가 꿈이라며? 담배 정도는 피워줘야 작가라고 할 수 있는 것 아냐? 실내 흡연과는 아무런 맥락에도 닿지 않는 그런 이야기로 도금은 지수를 긁었다.

도금이 골초라는 사실은 지수도 알고 있었다. 그 자체로는 문제 될 게 없었다. 하지만 이토록 심각한 비매너 흡연자였다는 걸 알았다면 지수는 그녀가 자신을 룸메이트로 지목했을 때 어떻게든 빠져나갔을 것이다. 서로가 너무 모르는 상태에서 여행 파트너가 된 것이었다. 둘째 날 밤, 지수는 폭발하고 말았다. 잠깐 잠드는가 싶었는데, 눈 주위가 뻑뻑하고 따가운 느낌이 들었다. 도금이 자신의 침대 헤드에 등을 붙인 채 담배 연기를 피워 올리고 있었다. 미덥지 못한 위생 상태인 시트에 역한 냄새가 스며들어 속이 울렁거렸다.

"화장실에라도 가서 피우시지."

"화장실이 코딱지만 한데? 미안하긴 한데, 여행지에선 그 정돈 이해해야지."

문화센터 두 달간의 짝지 생활은 서로를 알기엔 너무 짧은 시간이었다. 그즈음 지수는 온몸을 찢어발기는 듯한 고통에 휩싸여 있었다. 뒷덜미가 가려운가 싶으면 이마가 지끈거리고 얼굴에 돋은 열감은 등으로 옮겨가면서 불꽃을 피워댔다. 한 무더기의 지렁이가 가슴 위를 기어다니는 듯했고 무릎 안쪽으로는 터럭들이 달라붙는 것처럼 껄끄러웠다. 몸이 불편하니 뭔가 억울했다. 몸이라는 바깥에 갇히니, 더 이상 희망조차 기대할 수 없는 나날이 되어 버렸다. 심장이 조여오고 호흡은 자꾸만 가빠졌다. 심한 날에는 생의 책장을 그만 덮어버리고도 싶었다.

진실로 진실한 것은 몸과 마음은 따로 노니는 게 아니라 한덩어리로 움직인다는 사실이었다. 수면의 질이 좋지 않은 데다, 우울 증상이 있다며 의사는 콘서타 서방정과 졸피람을 처방해줬다. 쌓인 걸 배출해야 해요. 뭐가 됐든 부담 없이 풀어내 보세요. 의사는 약 처방전과 함께 이런 말씀의 처방까지 내려주었다. 지수는 눈이 퍼뜩 뜨이는 기분이었다. 당장 문장의 향기 강좌에 등록했다. 글을 쓸 자신은 없었지만, 좋은 강좌를 듣다 보면 힐링이 될 것 같았다. 파편화되어 의식을 갉아먹는 그 조각들을 꿰맞추는 시간이 필요했다. 고요히 내면을 들여다보고 싶었다.

그 강좌에서 지수가 짝지로 만난 이가 도금이었다. 도금은 문화센터의 웬만히 관심 가는 강좌는 거의 다 거쳤다고 했다. 강좌 사냥꾼이었다. 거의 마지막 프로그램으로 문장의 향기를 선택했다고 했다. 삶의 지평을 넓히려면 사람을 많이 알아야 한다는 것이 도금의 지론이었다. 어떤 지평을 말하는 것인지 지수로서는 확실히 알지 못했다. 하지만 지수는 그것이 잡다한 인맥을 말하는 것임을 눈치로 긁었다.

유리는 늦게 합류하는 바람에 독방을 썼다. 남편이 싱글 차지를 적극 추천했다며, 잠 못 드는 사람은 제 방으로 오세요, 재워드립니다, 하면서 호텔 방 카드 키를 흔들어 보였다. 작은 행동 하나하나가 긍정과 배려의 시그널로 작동하고 있었다. 투어 리더보다 한발 앞서, 식당에서는 회원들이 들어오는 대로 자리를 안내하고, 먼 자리의 누군가와 눈을 마주치기라도 하면 냅킨을 뽑아 흔들며 식사 맛있게 하세요, 하고 웃었다. 화장실 줄을 설 때도 조금이라도 동동거리는 회원이 보이면 기어이 끌어다가 자신의 자리에 세우고, 자신은 그 회원 자리로 밀려나곤 했다. 버스를 오르내릴 때도 회원들에게 일일이 냉장고의 생수를 나눠준 뒤, 차가워진 손을 제 허리춤에 쓱 닦곤 했다. 그것이 오지랖 넓은 것이고 푼수를 의미하는 것이라면 그것이야말로 엄청난 자산이자 매력일 터였다.

지수로서는 한 번도 생각해 보지 못한 행동이었다. 그런 친절을 베푸는 유리에게 대개는 무관심했고, 몇몇은 고마워했다. 나머지 한두 시선은 쟤, 왜 저래, 한다는 것도 지수는 알 수 있었다. 그런 분위기를 알 길 없는 유리는 다음 행할 기쁨의 미션은 뭘까, 하는 눈으로 좌우를 살피곤 했다. 그럴수록 지수는 유리와 친해지고 싶었다. 자신에게는 없는 유리의 무한 긍정의 자세가 신선하고 부러웠다. 지친 몸과 마음의 원인이 바깥에 있는 게 아니라, 자신 안에 있다는 것을 깨우쳐 주는 큰 그림처럼 유리는 그렇게 지수를 물들이고 있었다.

유리는 첫인상만 봤을 때는 깍쟁이나 새침데기에 가까웠다. 작은 얼굴에 볼록한 이마와 좁은 미간이 그런 이미지를 풍겼다. 하지만 뭉툭한 콧볼과 모공 넓은 까무잡잡한 피부를 보면 왠지 모를 정감이 도는 그런 인상을 지녔다. 사념에 잠기듯 먼 곳을 응시할 때, 일자로 뻗은 눈썹과 도드라진 턱선에서 어떤 결기나 강단 같은 것도 읽혔다. 적어도 자신과 타인의 삶 앞에서 도금칠을 일삼지는 않을 것 같았다.

지수가 도금과 가까워진 것은 말 때문이었다. 지수는 자신보다 말을 많이 하는 도금이 편했다. 강좌 첫날부터 옆자리의 도금이 이것저것 말을 건네왔다. 제 얘기를 하지 않아도 주저 없이 다가오는 사람이 있다는 게 고마웠다. 다변일수록 실언할 위험도 클 것이었다. 하지만 말 없는 사람이 주는 피로감에 비할 바는 아니었다.

지수의 한때 그 남자는 말을 삼키는 것에 자긍심을 느끼는 아둔한 고집쟁이였다. 그에게 과묵함이란 상냥하고 산뜻한 말만을 아끼는 것을 의미했다. 고약하고 씁쓸한 말 앞에서 그 남자는 그다지 과묵하지 않았다. 왜 이래, 그만해, 이게 뭐야, 너나 잘해 등과 같은 말에는 입이 헤픈 사람이었다. 지수는 좋은 말만 아끼는 그 남자가 뿜어대던 불안의 전조가 너무 싫었다. 그 남자에게 시달리다 보니, 제 패를 다 드러내듯 말을 쏟아내는 부류들이 훨씬 편했다. 그들은 불편할 수는 있어도 불안하지는 않았다. 오히려 특유의 솔직함을 지니고 있어서 의뭉스러운 혐의 같은 게 없어 보였다. 말을 많이 한다는 건 주도권을 내려놓는 것을 의미했다. 정보를 파급하는 데만도 열성적인 그들은, 적어도 꿍쳐 둔 정보로 상대를 곤란하게 하거나 곡해하지는 않을 터였다. 지수가 도금을 편하게 생각한 이유였다.

  말을 아끼는 것에 대한 맹렬한 신념으로 자신의 권위를 지키려는 사람들은 의외로 많았다. 지수의 직장 상사들이 그랬다. 지수는 중견기업의 파견직 사원이다. 상무, 전무, 사장 세 사람이 같은 층에서 각각 한 방씩 차지하고 있는 사무실의 안내 데스크를 맡고 있었다. 시멘트 관련 업체의 계약직인데, 각각의 임원 스케줄에 따라 의전을 조율하고 시간 체크를 하는 단순 업무직이었다. 주변에서 듣기 좋으라고 비서직이네, 하고 말했지만 실상은 전문적인 비서 업무와는 거리가 멀었다. 사십을 바라보는 나이에 이런 일자리를 유지할 수 있다는 것에 감읍해야 할 처지였다.

  일이 어렵지 않은 만큼 지수는 심리적으로 시달렸다. 잘난 사람 셋을 보필한다는 게 말처럼 쉬운 게 아니었다. 그들은 하나같이 지수가 알아서 자신들의 맞춤형 노예가 되어주기를 원했다. 정보를 취하기는 하지만, 그 정보를 의미 있게 공유하려 들지는 않았다. 그들에게 침묵은 금이 아니라 가장 저급한 변덕일 뿐이었다. 침묵의 가치를 권위라는 무기로 써먹는 그들에게서 벗어나고 싶었다. 일을 하는 동안 지수는 서서히 농담을 놓아 버렸고, 생기를 잃어갔다. 지수가 겪고 있는 전신 통증은 소통하지 못하는 데서 생긴 스트레스성 질환인지도 몰랐다.

하지만 말이 많은 것과 말을 함부로 하는 것은 차원이 달랐다. 이번 여행에서 긴가민가한 도금의 실체를 확실히 봐 버렸다. 흡연 상황은 그렇다 해도 지수는 유리를 대하는 도금의 방식에 큰 충격을 받았다. 난, 견뎌내는 사람이 아냐. 보듬는 사람도 못 돼. 그렇게 생각하니 지수는 한결 숨통이 트이는 것 같았다. 그럴수록 유리가 점점 눈에 들어왔다. 그렇게 여행에서 돌아와 유리에게 먼저 연락을 한 것은 지수였다.

"언니, 같이 걸을래요?"
"좋지."

유리와는 시간이 맞으면 아침 산책을 하는 사이가 되었다. 산책로를 중간에 두고 둘은 십 분 거리에 살고 있었다. 둘이 산책한다는 사실을 유리가 도금에게 말했고, 도금도 합류했다. 둘이서만 산책하고 싶다고 말할 배짱은 지수에게 없었다. 유리가 딱히 도금을 배제하지 않는데 거절할 명분도 없었다. 또한 지나치지 않을 때의 도금은 도파민을 분출시키는 역할을 했기에 마냥

싫은 것만도 아니었다. 다행인지 불행인지 셋이서 산책하는 경우는 그리 많지 않았다. 도금은 부동산 공매로 재미를 보느라 바빴다. 온비드 사이트나 압류, 국유지, 공유재산 같은 용어를 자주 읊었다. 문학의 향기를 느끼기 위해 센터에 등록했다기보다는 인적 네트워크나 정보를 얻기 위해 온 사람다웠다.

유리는 한의원 재료실 한 코너에서 처방전대로 한약을 짜거나 약재함을 관리했다. 그야말로 소일거리로 하는 일이었다. 특이한 꽃과 나무 이름을 많이 아는 것은 그녀가 하는 일과 무관하지 않았다. 물려받은 재산이 넉넉한 남편은 성격까지 털털했다. 먹고 사는 데 지장이 없는 것은 유리가 가진 천성적인 긍정의 성향을 진작시키는 데 일조했을 것이다.

산책로 중간쯤에 철길이 나 있다. 철길을 넘으려면 어쩔 수 없이 엘리베이터를 타고 구름다리를 건너야 한다. 엘리베이터 문이 열리자 일흔은 넘어 보이는 노인이 입구를 가로막았다. 커터칼을 들고 있었는데, 아래위로 칼날을 죽죽 올렸다 내렸다 했다. 장난인지 공포심을 유발하는 건지 모를 무심한 표정 앞에서 지수는 난감했다. 밀폐된 공간 안에서 설마 칼을 휘두르지는 않겠지. 그래도 경계심을 놓치지는 않았다. 지수와 유리를 따라 노인이 엘리베이터에서 내렸다. 산책로 주변 상가에서 버린 폐

박스와 공병 몇 개를 거둔 노인이 주머니에서 노끈을 꺼내 폐지를 묶고 칼로 끈을 잘랐다. 지나치려는데 유리가 걸음을 멈췄다. 낑낑대는 노인의 굼뜬 행동을 보고 유리가 끈을 잡아줬다. 노인은 고맙다는 말도 없이 무표정하게 끈을 묶었다. 노인이 지나간 뒤, 지수가 유리에게 말했다.

"언니 병은 여전해. 못 고치는 병이야."

"무슨 병?"

"과잉 친절병, 다정도 병인 병!"

그런 점 덕분에 유리를 좋아하게 되었으면서도 지수는 괜히 유리에게 투정을 부렸다.

"그러게. 돕고 살면 재미있잖아."

돕고 산다고 다 좋은 것만은 아니었다. 사람들은 대개 착실한 가운데 조금씩 추하고 가끔은 이기적이었다. 작은 불티 한 점으로 생겨난 미묘한 기류만으로도 파국을 맞을 수 있는 게 사람의 일이었다. '시절 인연'과 '관계의 유통 기한'이란 말이 괜히 회자되는 게 아니었다. 한데 유리는 인간의 그러한 속성에서 멀어지기라도 작정한 사람처럼, 선하게 태어나 그렇게 살아가는 사람처럼 보였다.

호두나무집 앞을 지난다. 노거수처럼 아름드리로 서 있는 나무 아래로 호두알이 모아져 있다. 마당과 연결된 산책로, 낮은 담장 밑에 호두 무더기가 수북이 쌓였고, 곁에는 이국풍의 인형이 놓여있다. 러시아 군복을 입은 호두까기 인형은 오십 센티는 되어 보인다. 빨간색과 까만색이 번갈아 들어간 병정모를 쓴 녀석은 카이저르 수염을 하고 있다. 별 모양의 흰 천이 그의 오른손에서 나부낀다. 맘껏 깨부수세요. 파괴는 쾌락입니다. 단, 아이들과 연인만 즐기세요, 라는 멘트가 흰색 깃대 천에 적혀 있다. 산책길에 나선 사람들의 잔재미를 위해 수확한 호두를 내놓은 주인장의 배려와 센스에 웃음이 나온다.

"우리도 도전해 봐요."

지수가 병정의 불룩한 배를 둥글게 쓰다듬으며 말한다.

"어린이도, 연인도 아닌데?"

유리가 나부끼는 천 조각을 잡아 안내 문구를 가리키며 말한다.

"호두 깨는 지금부터 연애 일일하면 되잖아요."

지수는 오른손 검지로 1자를 만들어 유리 앞에 흔든다. 유리가 예의 잇몸 웃음으로 화답하더니 인형의 등쪽 레버를 올린다. 인형의 입이 열리자 조심스레 호두 한 알을 넣는다. 당겨, 라는 유리의 말에 맞춰 지수는 레버를 힘껏 당긴다. 빠지직, 명징하게 들리는 호두알 깨지는 소리. 여운을 맛볼 새도 없이 그 소리는 먼 파도 소리에 섞인다. 뭔가를 투명하게 파괴하는 쾌감. 깨뜨리고 싶은 실체가 뭔지는 쉽게 떠오르지 않았지만, 지수는 단단한 껍질을 깼다는 순간의 짜릿함만은 확실히 느낄 수 있었다. 반질반질한 호두알을 유리가 들어 올린다. 빡빡한 주름으로 가득 찬 호두알을 지수 입에 넣어 준다.

"고소할 줄 알았는데, 텁텁한데요."

호두알이 아직 완전하게 마르지 않은 모양이었다. 지수의 말이 떨어지기 무섭게 뒤에서 쩌릿한 목소리가 들린다. 도금이다.

"니들끼리 희희낙락하니 좋니?"

"왜, 더 자지 않고?"

유리가 반색한다.

"나니는 여전하구?"

"여전 못해. 막장 드라마가 따로 없어."

유리의 물음에 도금이 미간을 찌푸린다. 앞쪽으로 맨 미니 패딩 백에서 말보로 아이스 블라스트 한 개피를 꺼낸다. 여행 건 이후로 도금은 대놓고 흡연자임을 광고하고 있었다.

"여긴 산책로야, 그만해!"

유리가 주변 산책인들을 돌아보며 말한다. 여전히 도금의 담배 트라우마에서 벗어나지 못한 지수로서는 유리가 대신해 주는 저 한마디가 눈물겹기만 하다. 유리가 말보로를 뺏어 자신의 바람막이 점퍼 주머니에 찔러 넣는다. 짜증 섞인 반응이 아니라 도금을 보듬는 제스처이다. 마스크를 낀 중년 남자가 개의 목줄을 당기는 척하며 도금 쪽을 힐끔거린다.

　도금이 최근에 만나는 남자는 스페인 출신이다. 자신의 방으로 자주 들이는 것 같았다. 그런 날이면 도금은 대개 아침 산책에 동참하지 못했다. 도금에겐 남자가 끊이질 않는다. 도금 자신도 자신을 스쳐 간 남자가 굳이 몇 번째인지 세는 것 같지도 않다. 스페인 그 남자를 일컬을 때 도금은 찌나, 라고 했다. 오렌지 보이라는 뜻의 스페인어 '찌코 나랑하'의 앞 글자를 따서 그렇게 부른다. 한류 바람이 불던 초창기, 해변의 모래 축제 때, 설치 미술 스텝으로 합류했다가 이곳에 눌러앉은 케이스였.

　세비야 거리의 오렌지 나무 가로수를 전지하거나, 관광지를 누비는 마차의 말똥을 치우다 때려치우고 건너온 놈이라고 도금은 말하곤 했다. 이곳에서 와인이나 올리브 오일 수입 브로커 흉내를 내면서 사는 것이, 그곳 오렌지 나무 아래에서 희망 없는 하루를 보내는 것보다는 나을 게 아니냐고 덧붙이기도 했다. 과장 섞인 사실을 자조 깃든 상황에 녹여내는 도금의 유머 감각만큼은 인정하지 않을 수 없다. 도금의 이런 화법에 기대어, 지수는 잠시나마 세비야 성당의 성벽, 바람구멍을 뚫고 뻗쳐 오르던 관상용 오렌지 나무를 떠올리곤 했다.

미국 부동산 투자로 성공했다는 한 개그맨처럼 도금은 뉴욕의 물건들을 접수하는 게 꿈이다. 황당하고 대책 없어 보이는 도금의 코미디 같은 집념이 지수는 부럽기도 하다.

"우이 씨, 개새끼! 그냥 하남자야."

도금이 일갈한 후 담배 연기를 뿜어내듯 허공에다 한숨을 뿌린다.

"누구? 방금 지나가는 개 목줄 남자요?"

지수가 눈을 키우며 묻는다.

"아니, 찌나 그놈 말야. 새벽에 한 번이면 됐지, 자꾸 귀찮게 덤비더라고. 경찰 부른다며 쌍욕 해서 쫓아냈지."

"살갑게 군다고 좋아할 때는 언제고. 그게 경찰 부를 일이야?"

유리가 나무라듯 받아친다.

"이럴 때 경찰을 불러야지 그럼 언제 불러? 경찰은 민중의 방패막이 아냐?"

"지팡이겠지……. 찌나는 무슨 죄야?"

"잘난 척에 착한 척은. 그거 다 순수의 과잉이야. 자기기만이지."

도금이 순수의 과잉이니 자기기만이니 하고 말하는 건 오늘이 처음은 아니다. 지난 시간 백석 샘 앞에서도 그랬다. 심리학 용어이자 문학 용어를 설명하면서 백석 샘은 헬리아데스 콤플렉스에 관해서 설명했다. 파에톤 콤플렉스를 얘기하면서 덤으로 나온 내용이었다. 모든 문학은 결핍의 소산인데, 어린 시절의 애정 결핍으로 지나치게 타인 또는 부모로부터 인정받고 싶어 하는 강박증을 파에톤 콤플렉스라고 한다고 했다. 곁가지로 헬리아데스 콤플렉스도 말해주었다. 선천적인 선의의 감정으로 타자에 대한 배려를 이상화한 나머지 스스로를 배려하지 못하는 심리상태를 헬리아데스 콤플렉스라고 부른다고 했다. 여신들의 머리와 손끝에 포플러 잎새가 돋아나는 르네상스 시대의 그림을 보여주면서 백석 샘은 열강했다. 헬리아데스는 파에톤의 동생들로서, 파멸로 이끈 오빠의 운명을 슬퍼하다가 머리와 손가락을 비롯한 온몸에 포플러 잎새가 돋아 나무가 된 여인들이었다. 그녀들이 흘린 눈물이 변해 호박 보석이 되었다는 신화는 지수도 심심찮게 들은 이야기이기도 했다.

그때 도금이 나섰다. 헬리아데스가 오빠를 애도하는 건 이해할 수 있지만, 나무나 보석으로 변한 것은 지나친 과장이라는 항변이었다. 그건 순수함이 아니라 자기기만이자 자기 연민이란다. 그러면서 평범하게 이기적이어야 세상 조화롭게 살 수 있는 거라고 말했다. 타인을 위한다고 하지만, 실제는 자기 존재 증명을 확인하려는 몸부림이 잎으로 돋아난 게 아니냐고 도금은 도발했다. 도금의 얼굴엔 바른말로 자기 의견을 개진했다는 만족감이 서려 있었다. 지수는 도금이 말하는 평범한 이기심의 기준이 도대체 뭘까, 하는 생각을 했다. 민폐를 끼치지 않을 센스나 염치 정도가 평범한 이기심의 기준이라면 지수도 받아들일 용의가 있었다. 하지만 남의 호의나 배려를 당연하게 받아들이는 도금이 그런 말을 한다는 게 어이없었다. 회원들에게 백석 같은 시인으로 예약된 사람답게 백석 샘은 도금의 말도 일리가 있다며 호응해 주었다.

  파에톤의 치명적 과오인 무모함을 탓하기는커녕 순수한 마음으로 상대를 감싸고 애도하는 그 마음. 인류 보편애가 자연애로 치환될 정도로 순수한 마음. 그것이 지나치면 콤플렉스가 될 수도 있다는 사실에 지수는 가슴이 따끔거렸다. 선을 행하는 사람은 선 그 자체로 만족하는데, 주변에서 훈수 두고 재단할 자격이 있을까. 헬리아데스 콤플렉스를 만들어 낸 사람들이야말로 콤플렉스를 명명하기 좋아하는 콤플렉스에 걸린 자들이 아닐까, 하고 지수는 생각했다. 자신의 몫보다 타인의 기분을 먼저 헤아리는 것이 죄가 될 리는 없었다. 그것은 무해한 진심일 뿐이었다.

　스스로에 도취해서 흥분하는 도금이 귀여울 때도 있다. 과장이 섞일지언정 숨기는 것은 없는 그 점이 그녀만의 특장이기도 했다. 하지만 지수는 자신 같으면 도금과 진작에 끝냈을 거라는 생각을 했다. 도금을 보면서 지수는 '절교 찬양'을 떠올렸다. 절교 찬양은 최근에 알게 된 블로거의 닉네임이다. '사람들은 좀처럼 절교하지 못합니다.' 블로그의 한 줄 소개말이다. 절교 앞에 대범해지세요, 절교를 습관화하세요, 라는 모토를 내세운 절교 찬양은 영혼을 좀먹는 모든 얄팍한 것들에서 자유로워지라고 선언했다. 무소의 뿔처럼 혼자서 가는 것이 삶인데, 그 길에 훼방꾼을 솎아내는 건 당연하다는 논조였다. 조력자는 없거나 적을수록 좋다고도 했다. 유리를 알기 전에 그 블로그를 알았다면 지수는 그곳에서 제 구원을 찾으려 했을지도 모를 일이었다.

　세상엔 관계를 확장하려는 사람은 많아도, 똑 부러지게 단절하려는 이는 드물었다. 척지지 말라는 선인들의 처세 교훈에 짓눌린 나머지, 아픔을 겪으면서도, 부당함을 마주하면서도 견뎌

보는 게 일반적인 관계 맺음의 방식이었다. 관계를 정리한다는 건, 짧거나 긴 추억의 궤짝에 톱날을 들이대는 일과 같아서, 대개는 그 문 앞에서 망설이다 제풀에 지쳐가곤 했다. 미련 때문이 아니었다. 자책과 두려움 때문이었다. 특히 사람들은 혼자 남겨진다는 것에 대한 막연한 두려움을 못 견뎌 했다. 그래서 맘에도 없는 적재적소의 사회적 아바타를 만들어 관계 유지나 그것의 확장을 도모하는 데에 바쁘게 동참했다. 모든 게 허깨비 놀음이라는 건 시간이 지나거나 파국을 맞은 뒤에야 알 것이었다.

"흥분해서 미안! 그건 그렇고, 골치 아파 죽겠어."

도금이 말을 잇는다.

"찌나 때문에요?"

한 손에 들었던 생수 뚜껑을 따서 건네며 지수가 묻는다. 도금이 벌컥벌컥 물을 마신다.

"아이씨, 야리 땡겨. 이럴 때 한 대 펴야 하는데. 나니 말고 웬 노친네가 말썽이야."

최근 도금은 적산가옥 한 채를 인수했다. 산책길에서 멀지 않은 곳이었다. 일본 정원식 연못과 탑이 딸린 집이었다. 바닷가를 찾는 여행객의 숙소로 활용할 것이라고 했다. 두 번의 유찰

끝에 시중가의 반으로 공매 물건을 접수했다. '온비드는 돈줄이자 생명 줄'이라는 모토를 내건 도금답게 성공한 투자처럼 보였다. 한데 그 가옥 아래채에 불법 거주자가 살고 있다고 했다. 70대 남자였다. 서울에서 섬유기계 수입상을 하는 원주인과 먼 친척 관계라 했다. 관리인이란 명분으로 십여 년 이상 살고 있었는데, 집주인이 도금으로 바뀌었는데도 옴짝달싹 하지 않고 눌러앉아 있었다.

"영감탱이, 절대 안 나가. 갈 곳이 없대."

"딱하긴 하네."

"방을 얻어 달래. 내가 미쳤냐?"

"자식은 없대요?"

"서울에 아들 형제가 살고 있긴 하대."

"그럼, 모셔가라고 해."

"쥐뿔도 없는 아비 좋다는 자식 봤어?"

도금이 다시 담배 케이스를 열어 말보로에 불을 붙인다. 민망해하면서도 유리도 더 이상 말리지 않는다. 지수는 지나는 사람이 있나 본능적으로 둘러본다. 다행히 먼발치에 같은 방향으로 앞서가는 몇몇 사람들만 보일 뿐이다.

"그렇다고 나 몰라라 하면 자식 된 도리가 아니지."

"어쨌든 더는 못 참아. 전기부터 차단할 거야."

"그럼 추워서 어떡해요?"

"아직 얼어 죽을 날씨는 아니잖아. 너도 착한 척 오져. 둘이 짰냐?"

"무슨 말을 그렇게 해?"

유리가 나무라듯 도금을 쳐다본다.

"내가 말했지? 민폐를 보고도 배려가 작동하는 건, 자기기만이라고."

도금이 담뱃재를 허공에다 털어낸 뒤 허리께 높이의 나무 등치에다 담뱃불을 비벼 끈다. 너무 바른말만 하는 도금 자신을 의식했을까. 웬일인지 도금은 담배 케이스를 열어 꽁초를 거기에 담는다. 도금이 말을 잇는다.

"설마 너들 헬리아데스 콤플렉슨가 뭔가에 빠진 것은 아니겠지? 웃기지도 않아. 자기 연민에 빠져 허우적대는 것 그게 헬리아데스 콤플렉스의 본질이야."

세상엔 착한 척이 아니라 진짜 착한 것들도 많다. 선한 마음이 헛되게 분칠 당할 이유는 어디에도 없다. 선의의 꽃다발을 건넨다고 언제나 같은 크기와 향기로 되돌아오는 것이 아니라는 사실에 지수는 씁쓸하기만 했다. 헬리아데스는 후일 콤플렉스로 명명될지언정 그 본질은 호박으로 빛나게 될 운명 아니던가.

지수는 도금의 가시 돋친 말에 애써 끼어들고 싶지는 않았다. 교각이 보인다. 포플러도 보인다. 지수가 이 지점을 좋아하는 것은 산책로 반환 지점이기도 하지만 교각 주변을 둘러싼, 오래된 포플러 가로수 때문이다. 산책길 곳곳에 포플러가 보이지만 특히 교각을 위무하듯 일자로 뻗은 이곳의 포플러 나무는 볼수록 장관이다. 신작로 시절부터 있던 오래된 나무였다. 길을 넓힌다고 확장한 한쪽은 잘려지고 나머지 언덕 쪽 방향은 그대로 살려두었다. 지난번 백석 샘에게 들은 포플러 이미지가 떠올라서일까. 지수는 아침 빛을 받아 반짝이는 포플러 잎사귀들이 헬리아데스의 머릿결 같다고 생각했다.

교각 위로 올라가면 폐쇄된 다리가 나오고, 전망대로 바뀐 그곳에서도 먼바다를 바라볼 수 있다. 상업 관광지 너머 테트라포드와 방파제가 보이고, 쌍을 이룬 등대와 다이빙대도 보인다. 더 시야를 넓히면 지구가 둥글다는 것을 증명이라도 하듯 예의 넓은 수평선이 일렁이듯 둥글게 사위를 감싸고 있다. 구청에서 관리하는 구역인데 오늘은 교각 전광판에 아이유의 너랑 나, 뮤직 비디오까지 퍼진다.

"아하, 흰 거위 나오는 뮤비네요."

화제를 돌리고 싶은 지수가 손 가까운 곳, 나무 허리에 액세서리처럼 솟은 작은 포플러 잎새를 쓰다듬으며 말한다.

"스카프를 맨, 저 흰 거위는 어디로 갈까?"

유리가 화면 한 번 보고, 포플러를 쓰다듬는 지수를 번갈아 보며 묻는다.

"그런 건 답이 없어야 답이죠."

지수가 그렇게 대답한다.

"뭐, 열린 결말 같은 거야?"

도금이 입을 삐죽이며 물었다.

"그렇다고 할 수 있지. 보는 이의 마음이니까."

유리가 지수를 거들었다.

"그래서 내가 소설 강좌는 재미 없어 하잖아. 열린 결말? 마음? 다 말장난 아냐?"

"그런가요? 여지를 주는 거겠죠."

지수가 말했다.

"어떤 여지?"

"생각하는 여지요"

"지랄 염병! 딱딱 아귀가 맞아야 소설이지, 뭔 생각의 여지래?"

도금이 되받아쳤다.

"아휴, 매사에 토를 달아. 돌아가서 남은 커피나 마시자."

도금의 말을 끊으며 유리는 반환 지점인 교각을 앞서 돌아 나간다.

지수는 백석 샘이 강조한 명언 한 마디를 떠올린다. 유명 인사의 격언이라고 했는데 어쩌면 백석 샘 자신이 지어낸 말인지도 몰랐다. 불평하지 마라, 덧붙이지 마라, 그저 행하라. 그 세 가지를 실천하지 못하고 있기 때문에 자신은 진짜 백석 같은 시인이 못 되는 거라고 말했다. 지수는 농담 섞인 백석 샘의 그 말이 너무 와닿았다. 그리고 선천적으로 그 격언을 잘 실행하는 부류가 유리 같은 사람이라는 생각을 했다. 징징대거나 남 탓하는 유리를 본 적은 없었다. 칭얼대고 변명하는 사람은 모든 대상을 잠재적 재단 거리로 볼 확률이 높았다.

유리가 어깨를 돌려 에코백을 감춰둔 먼 언덕을 가리킨다.

"너들끼리 마셔. 난 구청 가서 담판 지을 시나리오나 짤래."

뮤비 속 흰 거위를 지나 산책로 모퉁이로 도금이 사라진다. 지수와 유리도 반환 지점을 돌아 호두나무집 담과 맥도널드 매장을 지나 포플러 나무 얕은 언덕까지 되돌아온다. 바다 습기를 머금은 낙엽 냄새가 코끝에 달라붙는다. 머잖아 짙어지는 단풍 색감으로 산책로는 절정의 가을빛이 될 터였다. 유리는 나무 사이 덤불을 좌우로 훑는다.

"에코백이 없어졌어……. 내 텀블러……."

유리 얼굴에 당황한 빛이 어린다. 한 개만 가져가지. 아끼는 물건인데. 그렇게 혼잣말하는 유리를 보며 지수는 괜히 미안해진다. 포플러 나무 앞을 가리고 있던 자전거도 보이지 않는다. 한데 저 멀리 빈 박스를 가득 실은 자전거가 바다 반대쪽 마을로 향하고 있다. 혹시나 하고 나무 사이를 헤치던 지수의 눈빛이 유리와 마주친다.

"…… 제 탓이에요. 안전하다고 우기는 게 아니있어요."

"누가 그걸 가져가리라 생각했겠어?"

"그러게요. 미안해요."

"아냐. 누군가는 그 덕에 따뜻한 겨울을 나겠지."

지수라면 생각하지 못했을 유리다운 답변에 지수는 살짝 놀랐지만 이내 푸근해진다.

일주일 뒤 아침 산책길, 간식 담당인 도금은 샌드위치를 준비하겠다며 큰소리치더니 펑크를 냈다.

"언니, 앞으론 도금 언니 빼고 산책해요."

지수는 더 이상 스트레스를 받고 싶지 않았다.

"그러는 거 아냐. 당사자 입에서 빠지겠다는 말 안 나왔잖아."

지수는 역시 유리 언니야, 라는 생각을 하면서도 괜한 시비를 걸고 싶어진다.

"인격자 납셨어."

"도금이 화법 흉내 내니?"

"네, 삐딱하게 말하는 것도 괜찮은데요."

지수는 유리처럼 도금을 무작정 품고 싶은 마음은 없었다. 뭔가 껄끄러운 이 상황들이 자신과는 무관했으면 하는 맘뿐이다.

"일단 저 맥도날드에 들어갈까?"

유리가 말을 돌린다.

"좋아요. 맥모닝세트로 아점까지 해결해요."

이번엔 유리보다 빠른 걸음으로 지수는 키오스크를 접수하고 카드를 밀어 넣는다. 평소 같으면 먼저 계산대로 내달렸을 유리가 웬일인지 가만 기다려 준다. 그것이 지수는 고마웠다. 텀블러 잃은 것 때문에 자책하고 있을 지수의 맘을 유리가 헤아린 것이다. 주문 버저에 푸른 불빛이 깜박이자, 유리는 스프링 팅기듯 자리에서 일어난다. 저 재바른 손발을 적당히 묶어두고 싶다. 지수가 그 생각을 하는 동안 벌써 유리는 에그 머핀 세트가 놓인 쟁반을 테이블에 내려놓는다. 둘은 창가에 앉았다. 저 멀리 방파제를 따라 설치한 깃대 조형물에 갈매기 떼가 나란히 앉아 있다. 똥으로 얼룩진 회백색 더께가 조형물을 뒤덮었다. 테트라포드를 방패 삼아 파도는 세졌다 약해졌다를 반복한다.

"언니, 저 테트라포드 다리가 몇 갠지 알아요?"

"글쎄, 세 개?"

"저도 그런 줄 알았어요. 네 개래요."

"하긴, 보이는 게 다가 아니니까. 꽤 높겠지? 한 이 미터?"

"아파트 한층 높이래요. 꽤 높죠?"

"넌 별걸 다 아는구나?"

"보이는 게 다가 아닌 것들에 관심이 많아서요, 호호!"

"좋은 뜻이야, 나쁜 뜻이야?"

"그냥 말 그대로요. 답이 없어야 답이라니까요."

지수의 말장난에 유리가 눈을 흘긴다. 무인 티켓 발매기 앞에서 초로의 여자가 우왕좌왕하고 있다. 키오스크 사용 방법이 서툴러 햄버거를 주문하지 못하고 있는 것 같았다. 테이크 아웃해 간 햄버거로 손주와 점심을 먹으려는 걸까. 저 모습을 유리가 보지 않았으면 하는 지수의 바람과 달리 금세 자리에서 일어난 유리가 여자의 남은 일을 처리한다. 유리는 햄버거와 음료, 사이드 메뉴까지 여자 대신 주문해 준다. 그 와중에 저만치 떨어진, 여대생으로 보이는 여자애의 머플러까지 집어주고 온다.

"언니, 이렇게까지 할 필요는 없잖아요."

"…… 내 맘 편하자고 그래. 그냥 몸이 먼저 나가."

"누구나 그런 맘을 갖고 있지만 실행하는 건 어렵잖아요."

"그런 맘을 헤아려 주는 것도 실행력 못지않아. 그 맘을 무시하는 게 문제지."

"답이 없어야 답인데, 이럴 때 언니는 너무 명확하게 답을 제시한다니까요."

"그런가? …… 난 백석샘이 이야기 한, 무슨 무슨 콤플렉스 같은 것들 사실 안 좋아해."

"그래요? 저도 살짝 그런 생각 했었어요."

"있는 그대로 받아들이면 될 것을 뭔 이상한 이론들을 만들어 사람을 판단하니?"

"아, 연구자들도 밥 먹고 살아야잖아요. 그냥 편하게 생각해요."

"하긴."

"저도 맘 편하고 착실한 것들이 좋아요."

지수는 몸과 마음이 고달팠던 그간의 일들을 떠올리며 그렇게 말한다.

"너, 근데 착한 사람들이 젤 듣기 싫어하는 말이 뭔지 알아?"

"그 정돈 알아요. 넌 착해, 라는 말이잖아요. 근데 그런 사람들이 진짜 듣고 싶은 말은 뭘까요?"

"그건 묻는 사람이 알아내야지."

지수는 유리 같은 사람들이 듣고 싶어 하는 말이 무엇일까를 생각해 본다. 넌 착해, 라는 말에는 은근한 폭력성이 숨어 있다. 자신은 착하지 않으면서, 넌 영원히 착하게 남았으면 좋겠어, 라는 의미로 들릴 수 있기 때문이다. 유리에게서 얻지 못할 그 답은 평생 화두로 남겨 둘 참이다. 퍼뜩 생각나는 것은 그런 사람은 실제 듣고 싶은 말이 아무것도 없을지도 모른다는 것이다.

지수는 백팩을 열어 포장된 물건을 유리 앞에 내민다. 유리가 긴 직사각형 포장을 푼다. 텀블러이다.

"저 때문에 잃어버렸잖아요. 두 개 다 사드리고 싶었는데, 그러면 인간미 없을까 봐."

아끼는 물건이라고 유리가 한 말을 기억하며 지수는 텀블러를 골랐었다. 스텐리 텀블러는 구할 수가 없었다. 인터넷 쇼핑몰을 찾아보면 될 터지만 하루라도 빨리 주고 싶은 마음에 지수는 마트로 달려갔었다. 겨울왕국의 엘사가 그려진 하얀색 텀블러. 풀어헤친 엘사의 머리칼이 포플러 나뭇잎처럼 나부낀다.

"고마워."

"제 맘 편하자고 한 걸요."

지수는 좀 전의 유리가 한 말을 따라 해본다. 창밖, 태양을 형상화한 구조물 위에 갈매기 두 마리가 앉아 있다. 크고 느긋한 갈매기는 먼 바다를 보다가 작은 갈매기를 쳐다본다. 연신 고갯짓을 좌우로 짓던 작은 갈매기는 큰 갈매기를 향해 눈을 맞춘다. 부조화의 저 조화가 평화롭기만 하다. 뭔가 울컥해진다. 언젠가는 시절 인연으로 마감되는 그 시간이 오더라도 이 순간만큼은 평화롭다고 지수는 생각한다.

맥도날드를 나와 공원 관리소를 지나는데 유리를 발견한 관리소장이 사무실에 들어오라고 손짓을 한다.

"누가 가져갔는지 알아냈어요."

소장이 캡처한 화면을 보여준다.

"언니, 무슨 소리예요?"

지수는 무슨 영문인지 알 수가 없다.

"그때 너랑 헤어지고 오후에 사무실에 들러 CCTV 화면을 요청했거든."

말을 끝낸 유리가 화면을 주시한다. 포플러 나무 사이 덤불에 낀 에코백을 늙은 남자가 꺼내 자신의 자전거 손잡이에 거는 게 희미하게 보인다. 박스를 실은 짐짝에 가려 얼굴이 드러나지는 않았다. 하지만 오래 공원 산책길을 관리해 온 소장은 그 노인을 잘 안단다. 산책길이 끝나고 농로로 이어지는 구릉 마을에 사는 독거노인이란다. 지수와 유리는 엘리베이터 안에서 만난, 박스 줍던 노인이란 걸 거의 동시에 알아챈다.

사무실을 나온 뒤 지수가 말한다.

"구릉 마을까지 한 번 가봐요."

지수는 텀블러를 찾을까 하는 기대감으로 그렇게 말한다.

"그럴까. 한데 텀블러는 잊어. 그건 이미 그 어른 거야."

둘은 오던 산책길 반대 방향으로 걷는다. 마을 초입에 들어서자 야트막한 흙담 너머로 깔끔하게 정리된 적산가옥 한 채가 보인다. 솟은 돌탑과 대추나무가 물 마른 연못을 살짝 가리고 있다. 그 오른쪽으로 행랑채가 보인다. 노인의 거처 같았다. 에코백은 쉽게 눈에 띄었다. 연못 주위를 둘러싼 너럭바위 위에 유리의 에코백이 작은 돌에 눌려 놓여있다. 그 옆에는 호두나무집의 호두까기인형까지 세워져 있다. 잠시 뒤 노인이 방에서 나온다. 지수와 유리는 눈으로 사인을 주고받는다. 그제야 그 노인이 도금이 말한 그 노친네라는 것을 둘은 알아본다. 산책로를 낀 이 동네가 작은 구역인 줄은 알았지만, 진짜 세상 좁구나. 지수는 혼잣말을 한다.

노인의 한 손에 텀블러가 들려 있다. 노인은 뭔가 도움이라도 요청하려는 듯이 대문을 열어준다.

"어떻게 오셨수?"

"구청 사회복지과에서 나왔어요."

유리가 둘러댄다.

"오늘은 구청에서 왜 이리 자주 나오시는공?"

"누가 또 왔다 갔어요?"

지수가 텀블러에 눈을 두며 묻는다.

"이제 전기가 끊긴다네. 전기세까지 깎아주며 살라고 할 때는 언제고······."

도금의 민원을 접수하고 당국에서 실사를 왔다 간 모양이다.

"그래서 어떡하시려구요?"

유리가 묻는다.

"당장 끊기야 하겠어?"

"할아버지, 넘 걱정 마세요."

유리는 또 앞서 나가기 시작한다. 헬리아데스 콤플렉스 이야기도 소용없다. 못 말린다 싶은 표정으로 지수는 유리를 쳐다본 후 할아버지와 눈을 맞춘다.

"할아버지, 그 보온병은 어디에 쓰시려구요?"

출처는 묻지 않은 채 지수가 묻는다.

"바깥에서 끓인 물을 받아와 숭늉 가루를 타서 먹어. 이제 개시야, 개시!"

유리가 눈짓으로 나가자는 시늉을 한다. 바다쪽보다는 빨리 가을이 오려는지 구릉 마을 바람은 한결 시원하다.

"먹는 게 급한데, 다행히 무료 급식소로 안내하면 될 것 같고. 거처가 문제네."

"그러게. 도금 언니 말로는 이 집 나가면 도금 언니 보고 월세를 내달라고 한다잖아요."

"걱정 마, 우리나라 복지국가, 구청에 알아보는 거지 뭐."

"여하튼 언닌 헬리아데스 콤플렉스 맞다니까."

지수는 유리의 팔짱을 낀다.

"얘기가 좀 다른 거 같은데. 콤플렉스를 느껴야 콤플렉스지. 난 그런 거 몰라."

"저 어른이 안 원할 수도 있잖아요. 언니가 오버하는 거라고요."

"눈으로 보고도 그렇게 말하니? 일단 도금부터 설득해야겠다."

유리는 먼저 도금과 소통해 노인을 위한 시간을 벌 모양이다.

"언니, 저기 봐요. 아침 반달이에요."

지수가 서북녘 하늘을 가리킨다. 청회색 하늘에 파스텔로 그린 듯한 반달이 떠있다. 성가신 진심 하나가 온 우주를 향해 서툴게 웃고 있다. 지수는 한 템포만 쉬어 가라고, 한 호흡만 기다리라고 유리에게 바랐던 그 작은 마음마저 철회할 때가 되었다고 생각한다. 헬리아데스 콤플렉스 같은 건 유리와는 어울리지 않는다. 유리에게 그것은 콤플렉스가 아니라 지켜내야 할 미덕 같은 것일지도 모른다. 지수는 이 순간, 유리라는 구원을 충분히 즐길 사람은 자신뿐이어도 괜찮다고 생각한다. 무거웠던 몸과 마음이 한결 가벼워지고 둥그레지는 느낌이다.

유리가 스마트폰을 켠다. 도금의 전화번호를 누르는 유리의 손끝이 경쾌하다.

내 모자를
두고 왔다

지난밤 마린이 내 앞에 나타났다. 시드니의 키리빌리 맥두걸 거리였다. 남반구의 11월은 봄의 절정으로 치닫고 있었다. 자카란다꽃이 흐드러진 거리는 보랏빛 아치의 향연이었다. 하늘이 보이지 않을 정도로 도로는 온통 보랏빛 터널, 터널의 연속이었다. 지상에서 가장 아름다운 퍼플 캐노피를 옮겨 놓은 듯한 그 거리는 이국의 동화 장면처럼 환상적인 모습을 연출하고 있었다. 내리 며칠째 악몽만 꾸던 터라, 끝 간 데 없이 펼쳐진 보랏빛 축제에 내 몸과 마음은 절로 환해졌다.

브래드필드 파크에서 앤더슨 파크로 이어지는 터널 뒤쪽 쉼터는 비교적 한산했다. 그 모퉁이 나무 벤치에 마린은 앉아 있었다. 체구에 비해 어깨가 넓은 것은 그대로였다. 고개를 숙인 그는 벤치 아래로 깔린 꽃잎들을 응시하고 있었다. 가슴팍의 수인번호가 사라진 마린은 십 년은 젊어 보였다. 아래위 짙은 감청색 아웃도어와 뒤축이 높은 세미 트래킹화 덕분인지 한결 여유 있어 보였다. 보도 위 자카란다 꽃잎이 바람에 이리저리 쏠렸다. 옆구리에 시집을 낀 마린의 시선이 천천히 휩쓸리는 꽃잎들을 좇고 있었다. 남반구의 봄바람은 훈풍이다 싶다가도 따끔하니 쌀랑했다.

흩날리는 꽃나무 아래로 보랏빛 원피스 차림의 여자가 지나갔다. 여자는 바람에 비뚤어진 모자를 다시 눌러쓰려 했다. 넓은 모자챙을 잘못 건드렸는지 꽃비 속으로 모자가 날아갔다. 허공에서 자카란다꽃과 함께 맴돌던 모자는 마린이 앉은 나무 의자 앞으로 떨어졌다. 마린이 모자를 집어 들었다. 여자와 마린이 눈이 마주치는 순간 그만 잠이 깨었다. 토막 난 꿈이라 그 여자가 누구인지 확인할 수는 없었다. 하지만 그 여운은 길고 깊었다. 꿈이란 건 뜻하지 않은 낭만성을 제공하지만, 그것을 누리려는 찰나 그 꿈은 곧장 현실로 나를 데려다 놓아 버린다. 그걸 알면서도 다시 마린을 꿈에서라도 만나고 싶다. 자각몽에라도 빠져, 저 자카란다꽃 풍경 속으로 스며들고 싶다. 보랏빛 환상 같고 알 수 없는 바람 같았던 한때의 기억이 꽃잎 날리듯 흩날린다.

십 년 뒤 시드니에 오세요. 시인이 되어 있는 저를 만날 수 있을 거예요. 시집 제목이요? 아직 못 정했어요. 제가 멋쩍게 옆구리에 시집을 낀 채, 보랏빛 자카란다꽃 아래에 나타나거든 그때 슬며시 확인해도 늦지 않을 거예요. 십 분도 채 안 되는, 개인면담을 할 때마다 마린의 눈빛은 언제나 그렇게 말하고 있었다. 다만 무딘 내가 눈치채지 못했을 뿐이었다. 마린은 3주 뒤에 그곳을 떠나게 되어 있었다. 강좌 도중에 그 사실을 알았다. 섭섭한 나머지 나는 공개적으로 마린에게 송별 선물을 주겠다고 말해버렸다. 그동안 몇몇 회원들이 이런저런 이유로 모임을 떠났다. 아쉽고 짠한 마음이야 있었지만 떠나는 그들에게 선물을 챙겨주겠다는 생각은 하지 못했다. 하지만 마린은 예외였다. 특별한 이유는 없었다. 그냥 마린이기 때문이었다.

"정말 제가 원하는 선물을 줄 수 있어요?"

마린은 두 번이나 그렇게 물었다.

"그럼요. 상식선에서 해결할 수 있는 것이라면……."

나는 말꼬리를 흐렸다. 두 번이나 다짐을 받는 품새에서 마린 특유의 집요함이 느껴졌다. 마린의 상식과 내 상식의 기준이 다르면 어쩌나 하는 불안감이 엄습했다. 뭔가를 강요한 적도 없는데, 상대는 부담을 안게 되는 그런 포스가 마린에게는 있었다.

송별 선물 운운한 내 의도는 가벼운 것이었다. 수감자 대부분이 그렇듯이 마린도 당연히 먹을 것을 택할 줄 알았다. 일반인에게는 평범한 먹거리에 지나지 않을 아이스크림, 피자, 통닭 같은 것을 그들은 늘 그리워했다. 정을 갈구하는 것만큼 먹을 것에 대한 회한도 깊은 그들이었다. 사람에 대한 그리움이야 내 선에서 해결해 줄 수 있는 문제가 아니었다. 하지만 먹을 것에 대한 아쉬움 정도야 명분만 만들면 어느 정도 해소해 줄 수 있었다. 내 그런 예상과는 달리 마린은 뜻밖의 선물을 요구했다.

"그렇다면 '자카란다 퍼플'의 시집을 받고 싶어요."

멋쩍은 듯 마린은 양손을 허벅지 바지 위에다 비벼댔다. 다한증이 있는 마린은 손에 땀이 자주 뱄다. 정작 마린이 말한 시인의 이름을 나는 알아듣지 못했다. 저토록 아무렇지도 않게 내뱉는 이름이라면 어느 정도 알려진 시인일 터였다. 명색이 독서치료사 자격으로 이곳을 드나드는 내가 그 시인 이름을 모른다는 게 머쓱하기만 했다. 한두 번 들어본 것도 같은데, 감이 오지 않아 나는 얼른 되물었다.

"누구? 자카린… 피플…이요?"

마린의 입꼬리가 슬며시 올라갔다. 그럼 그렇지. 당신이 그 시인 이름을 알 리가 없지, 하는 표정이었다.

"아니, 자카란다 퍼플이요."

입매를 고쳐 마린은 정색을 하며 말했다.

"아, 네. 자카란다 퍼플……. 다음번 만남 때까지 구해 올게요."

"내 모자를 두고 왔다, 라는 시집이 있어요. 꼭 그 시집이 아니어도 좋지만……."

그러고 보니 자카란다 퍼플이란 시인과 그의 시집 제목을 들어본 듯도 했다. 비유하자면 폴란드 시인 쉼보르스카 여사와 그녀의 시집 『끝과 시작』의 존재를 알게 됐을 때의 느낌과 비슷하달까. 난생처음 듣는 것 같으면서도 어디선가 들어본 적 있는 것 같은 느낌의 이름과 시집이었다.

안경테를 밀어 올리는 마린의 손바닥에 연신 땀이 맺혔다. '마음 상함에 대하여'라는 그날의 교재 공란에다 나는 자카란다 퍼플이라고 적었다. 마린 보란 듯이 그 위에다 동그라미까지 힘주어 쳤다. 건성이 아니라 마린이 원하는 걸 꼭 선물하겠다는 내 의지의 표현이었다.

"구하기 쉽진 않을 걸요."

마린은 내 눈길을 피했다.

"구하기 힘든 걸 선물로 달라면 어떡해요?"

입술과 미간을 장난스레 찌푸리며 내가 맞받았다.

"오래전에 제 책장에 분명히 있었던 시집이긴 해요."

높낮이 없는 마린의 목소리 톤은 평소대로였다. 하지만 마린의 눈빛은 흔들렸고, 땀 밴 손은 연신 허벅지를 문질러대고 있었다. 교학사 최상구의 전언에 의하면 마린은 손을 자주 씻는 습관이 있었다. 다한증 때문이라는데 속은 모르죠. 더러운 손이라면 자주 씻어도 나쁘진 않겠죠. 무심함을 가장한 정보를 흘리듯 최상구가 그렇게 말한 적이 있었다. 아닌 게 아니라 마린은 수업 도중에도 한두 번씩 손을 씻으러 나갔다. 그때마다 볼펜을 똑똑 두드리며 뒷자리 관찰석에 앉아 있던 교도관 명세훈은 귀찮아 죽겠다는 표정을 지었다. 수감자의 일거수일투족을 시야에서 놓치면 안 되기 때문이었다.

"그래요? 혹시 절판되었으면 헌책방에서라도 구해볼게요."

더 이상 개별적 대화는 곤란했다. 그룹 수업 시간인데 마린과만 대화를 나눌 수는 없었다. 포털 사이트 검색만 하면 자카란다 퍼플에 관한 웬만한 정보는 얻을 수 있을 것이다. 그도 아니라면 챗지피티에게 물어보면 깔끔하게 해결될 것이었다.

마린 뿐만 아니라 회원들은 저마다 관심받기를 바랐다. 두 시간 동안 자신들의 얘기를 들어주는 누군가가 있다는 것만으로도 그들에겐 큰 위안이었다. 안 그래도 회원들은 마린을 주시하고 있었다. 일종의 질투였다. 눈치 없는 나도 그 정도는 알 수 있었다. 마린은 자신이 써온 시를 매 수업 말미에 내놓았다. 첨삭까지는 아니더라도 내 의견을 듣고 싶어 했다. 회원들은 그것을 못마땅해했다. 제각기 할 말이 있을 터였다. 한데 마린만을 위한 시간을 갖는 게 얄미운 모양이었다. 그렇다고 대놓고 마린 앞에서 불만을 말할 수 있는 사람은 없었다. 통배가 한 번씩 툴툴거리기는 했지만, 마린의 포스에 눌려 금세 조용해지곤 했다.

특정 회원 누군가와 내 얘기가 길어지는 걸 부담스러워하는 이는 따로 있었다. 교도관 명세훈이었다. 수감자들을 주시하고 그들로부터 강사인 나를 보호해야 했기에 명세훈은 수업이 진행되는 두 시간 동안 강좌실 뒷자리를 지켜야만 했다. 이곳 생활에 진력난 명세훈으로서는 하릴없기 그지없는 시간이었다. 마칠 시간 십여 분을 남겨두고 명세훈은 습관적으로 벽시계와 나를 번갈아 쳐다보곤 했다. 정해진 시간 내에 마쳐달라는 신호였다. 예정에 없이 남의 시간을 뺏거나 내 시간을 뺏길 의향이 없었으므로 나는 그 눈짓을 충분히 이해했다. 정해진 두 시간의 수업 시간을 넘긴 적이 거의 없었다. 그런데도 명세훈은 마칠 시간이 다가오면 안절부절못하고 눈빛 시위를 하곤 했다.

마린은 더 이상 이곳에 머물 이유가 없었다. 이곳은 방송통신대학 과정 이수가 허용된 몇 안 되는 교도소 중의 하나였다. 학구열이 있는, 선별된 수감자들은 원적原籍 교도소에서 이곳으로 이감해 와 학업을 마친 뒤 재배치되곤 했다. 마린도 그런 경우였다. 경제학을 전공한 마린은 지난 학기에 학업을 마쳤다. 한 학기도 쉰 적 없었고, 전액 장학금을 받는 모범수였다. 시를 쓰는 마린이 문학이 아닌 경제학을 전공하는 게 의외였다. 문학보다 경제학이 자신에게는 더 어렵게 느껴져서 선택했다고 했다. 아마 어문학 안에만 자신을 가둬두지 않고 제 안의 지평을 넓히기 위해 그런 선택을 한 것 같았다. 떠나는 당일 아침이 되어야 이감될 곳이 어딘지 알 수 있다고 했다. 마린은 수감 생활을 시작했던 해서 지역으로 가고 싶어 했다.

매주 수요일마다 나는 수감자들을 만나왔다. 외래 강사 자격이었다. 그들을 상대로 '독서로 치유하기'란 교정·교화 프로그램을 삼 년째 진행하고 있었다. 책을 통한 힐링이 주된 목표였다. 회원은 장정 여덟 명이었다. 첫 대면이 있던 날 마린은 달팽이를 가지고 나타났다. 페트병을 세로로 잘라 만든 달팽이집에는 먹이 겸 이부자리로 상추가 깔려 있었고, 그 가장자리에 달팽이 한 마리가 놓여 있었다. 곧추세운 안테나를 허공에 찌른 채 달팽이는 느리게 움직이고 있었다.

 첫날이라 어리바리했던 나는 반사적으로 뒷자리를 돌아보았다. 명세훈은 적다 만 일지 위에다 예의 볼펜을 톡톡 두드려 댔다. 달팽이 따위는 본 적도 없었고 앞으로도 본 적 없을 것임을 예고하는 몸짓이었다. 교도소에서 달팽이 키우는 것쯤 눈감아 준다고 직무 유기가 되는 건 아니니 모른 척하겠다는 신호였다. 규정대로라면 달팽이는 압수 품목이었다. 허락 없이는 그 어떤 물건이라도 수감자 곁에 둘 수는 없었다. 생명체인 달팽이보다 더 위험한 것이 페트병이었다. 날카롭게 단면으로 잘린 그것은 생각하기에 따라 불편한 품목이긴 했다. 나중에 안 사실이지만 마린이기 때문에 그런 행동이 가능했다. 만만하거나 물렁한 수감자 같았으면 어림도 없는 일이었다. 마린은 교도관들뿐만 아니라 사회교도과 직원 그 누구에게도 밀리지 않는 포스를 지니고 있었다.

 첫째 날, 다른 회원들이 말로 자신을 소개할 때 마린은 직접 적어 온 짧은 글로 그것을 대신했다. 노란색 편지지에 밤새워 작성한 것이라 했다. 자로 잰 듯 반듯한 글씨체가 인상적이었다. 고교 때 제도 글씨를 배운 적이 있는데, 긴장한 상태에서는 습관적으로 제도체 글씨가 나온다고 했다. 마린은 편지 같기도 하고 시 같기도 한 그것을 읊었다.

배식으로 나온 상추에 붙은 달팽이를 키우고 있습니다. 제 왕국을 향해 진군하는 녀석의 팽팽한 더듬이를 보면 감미로운 힘이 생깁니다. 반대로 고놈의 더듬이가 여덟 팔자로 축 처진 채, 물똥을 싸지를 때면 넋 나간 제 모습을 보는 듯합니다.

저는 날마다 시를 씁니다. 달팽이처럼 느린 행보지만 누군가의 구원을 위한 시는 아닙니다. 극한까지 내려간 제 고통을 위로하기 위한, 다소 이기적인 이유로 시를 씁니다. 시 없이는 하룻밤도 견디기 힘듭니다. 유일한 위안인 시가 저를 배반할 때쯤이면 이 고통에서 벗어날 수 있을까요.

믿지 않겠지만 날마다 달팽이의 더듬이가 자라는 게 보입니다. 물을 주고 상춧잎을 갈아주는 제 눈에는 너무나 선명하게 보입니다. 달팽이 더듬이처럼 저도 날마다 팽팽해집니다. 이곳 시계는 바깥에 비해 열 배는 느리게 갑니다. 그래도 조금씩 자라나는 더듬이를 보는 저의 일상은 평화롭습니다.

이곳 생활이 십여 년이 훨씬 넘었다고 마린이 말했을 때 나는 두 번 놀랐다. 너무 오래 갇혀 있는 데에 한 번, 그럼에도 너무 젊어 보이는 데에 두 번. 삼십 대로 보이는 마린의 실제 나이는 사십 대 후반이었다. 마린은 사각턱의 살집 없는 얼굴형 때문에 눈에 쉽게 띄었다. 얇은 입술은 좌우로 길어서 얼핏 보면 입이 큰 것처럼 보였는데, 어금니를 앙다문 채 입꼬리를 올리는 버릇 때문이었다. 이곳에 온 사람들에 대한 일반적인 편견처럼 마린도 뭉툭한 콧날 속에 의뭉스러운 사연 한둘쯤은 숨기고 있을 것 같은 인상을 주었다. 아이라인을 그은 듯한 선명한 눈과 반짝이는 눈망울은 상대를 집중시키는 힘이 있었다. 크지도 작지도 않은 영민한 눈빛이 쏘아대는 적당한 긴장을 나는 어느새 즐기고 있었다. 누군가에게 끌린다는 건 자신의 과거이거나 현재 또는 미래일 수 있다고 했는데, 그것과는 무관하게 나는 마린의 눈빛에 묘한 매력을 느꼈다. 알 수 없는 자장에 이끌리듯 유독 마린에게 눈길이 가곤 했다.

수업을 마치고 교정 교화과 사무실로 들어왔다. 교학사 최상구가 단추 씨에게 비타민 드링크제를 권하고 있었다. 교화 담당 전문직을 여기서는 교학사라고 불렀다. 성폭력 상담 강사인 단추 씨는 낯선 동료와 함께였다. 컬이 들어간 머리칼을 정수리까지 한껏 틀어 올려 묶은, 일명 똥머리 스타일을 한 여자였는데 무척 강단 있어 보였다. 교화 프로그램 외래 강사는 나 말고도 몇 명 있었다. 독서치료, 성교육, 음악치료, 미술치료 등 네댓

개의 외래 강좌가 개설되어 있었다. 수감자들은 자신의 취향이나 시간에 맞게 한두 가지 강좌에 참여할 수 있었다.

외부 강사들은 어느 정도 담력이 필요했다. 수감자들을 심리적으로 감당할 수 없으면 견디기 힘들었다. 단추 씨가 그런 경우였다. 강좌 시간대가 같았기 때문에 사무실에서 그녀를 만날 기회가 종종 있었다. 단추 씨는 목이 타는지 자꾸만 물컵을 입술에 갖다 댔다.

"괜찮아요?"

나를 보자마자 떨리는 목소리로 그녀가 물었다. 갑작스러운 질문이라 나는 무슨 뜻인지 못 알아들었다.

"도저히 못하겠어요. 눈을 마주치는 것조차 힘들어요. 수업 들어가는 게 겁나지 않아요?"

단추 씨는 내 동의를 구했다.

"견딜만해요. 나름 보람도 있구요."

나는 솔직하게 대답했다. 약간의 두려움조차 없었다면 거짓일 것이다. 하지만 내가 지닌 적당한 사명감과 호기심이 막연한 두려움을 이겨내고 있었다.

"그들 앞에 서면 다리가 후들거리고, 심장이 조여와요."

얼굴과 귓불이 달아오른 단추 씨의 호흡이 가빠지고 있었다.

외래 강사,라고 쓰인 목줄 신분증이 가슴팍에서 벌렁거렸다. 답답한 패션 취향만큼이나 융통성 없음이 단추 씨 스스로를 힘들게 하고 있는 것 같았다. 단추 씨는 회색 셔츠에다 짙은 바다색 카디건을 즐겨 입었다. 연거푸 똑같은 옷을 입고 나타나기도 했다. 셔츠나 카디건의 단추 하나조차 허투루 푸는 법이 없었다. 성폭력 상담 강사답게 '나는 이렇게 단정하답니다'라는 걸 강조하는 것일까. 아무 잘못 없는 그녀지만 나는 그게 거슬렸다. 볼 때마다 목 끝까지 잠긴 셔츠나, 카디건의 밑단 단추 한두 개는 풀어주고 싶었다.

내 차림새가 맘에 들지 않는 건 단추 씨도 마찬가지였을 것이다. 무릎께가 살짝 찢어진 청바지에다 허리 라인을 강조한 붉은색 블라우스, 가슴께를 여미는 수국 모양 브로치에다 중간 크기의 링 귀걸이, 거기다 블라우스 색에 맞춘 연한 붉은 톤의 망사 모자 등이 내 패션 취향이었다. 그다지 튀는 모양새는 아니었지만, 단추 씨라면 그런 내 모습이 이곳 분위기와는 어울리지 않으니 말리고 싶어 했을 것 같았다.

단추 씨를 처음 만났을 때였다. 그녀는 나를 아래위로 스윽 훑은 다음 교학사인 최상구에게 눈길을 주었다. 저런 복장으로 수감자들을 만나도 되냐는 항의의 눈빛이었다. 최상구가 이곳 생활 규칙 전반에 대해 이런저런 충고를 해주었을 때 나는 미리 궁금한 것을 물어두었다. 단정한 옷을 별로 좋아하지도, 그런 옷이 있지도 않은 나로서는 확인이 필요했다. 귀걸이를 하면 안 되나요? 찢어진 청바지도 입으면 안 되나요? 숨 막히는 상황을 연출하는 것이 싫어 가장 먼저 그런 것을 물어보았다. 괜찮아요. 아무리 여기가 특수한 곳이라 해도 고유의 개성까지 반납하라고 할 순 없지요. 최상구로서는 여 강사들의 패션 취향까지 간섭할 맘은 추호도 없어 보였다. 그래서인지 단추 씨가 구하는 동의의 눈빛을 최상구는 눈치조차 채지 못하고 있었다.

 똥머리 여자는 단추 씨의 후임자였다. 도저히 견디지 못한 단추 씨가 상담소 후배를 데리고 온 것이다. 단추 씨에 비해 젊은 똥머리는 겉보기에도 잘 견뎌낼 수 있을 것 같았다. 듣기 거북한 헤어 스타일 이름과는 달리 그 머리 모양새는 그녀를 기품 있어 보이게 했다. 단추씨처럼 수감자들 앞에서 다리를 후들거리며 목소리를 떨 것 같지는 않았다. 두렵긴 뭐가 두려워? 설마 수업 도중 단체로 덮치기라도 하겠어? 틀어 올린 머리칼 매무새에서 그런 배짱이 읽혔다. 자신의 강의록과 설문지를 똥머리에게 넘긴 단추 씨는 안심이 되는 듯 긴 호흡을 내뱉었다.

 최상구는 사회복귀과 소속 십여 명의 직원 중 단연 돋보이는 외모의 소유자였다. 헌칠한 키와 어울리게 점잖고 신사적이었다. 수감자를 상대하는 교정직 공무원보다는, 연봉 십억쯤 보장되는 외국계 기업의 임원이 더 어울릴 사람이었다. 처음 이곳에 들어올 때 교학사 최상구는 몇 가지 주의 사항을 알려주었다. 정해진 시간 외에 안내자 없이 수감자들을 면접해서는 안 된다는 것, 개인 신상 정보를 되도록 노출하지 말 것, 그들이 범법자라는 사실을 항상 명심할 것, 따라서 지나친 연민이나 관심은 삼갈 것. 치마나 민소매 등 노출 심한 패션으로 수감자들을 자극하지 말 것. 혹시라도 반입할 물건이 있으면 사전에 신고하고 점검을 받을 것 등이었다. 여성 외래 강사를 위한 배려성 경고였다. 군대에 있으면 노파도 여자로 보인다잖아요. 여긴 더하다고 보면 돼요. 치마만 걸쳐도, 화장품 냄새만 풍겨도 여자를 떠올려요. 방심은 금물입니다. 과장된 멘트였지만 새겨들을 만했다.

  이곳에는 재범자들과 장기수가 많았다. 오래 갇혀 있는 그들에게는 '여자'란 말 자체만으로도 자극제가 될 수 있다고 했다. 너무 앞서 베풀면 다 덮어쓰게 되어 있어요. 그들이 뭔가를 바라거나 요구하면 일단 생각해 보겠다는 대답으로 두루뭉술하게 넘어가세요. 된다 안 된다, 단정적으로 얘기하면 골치 아파

져요. 되면 빨리 해달라고 그러고, 안 되면 왜 안 되냐고 따지는 게 그들이거든요. 그들을 상대로 이기는 게임은 힘들어요. 겁날 게 없거든요. 무슨 말인지 아시겠죠? 최상구의 충고는 세심했다.

그날 집에 돌아오자마자 나는 자카란다 퍼플부터 검색했다. 실은 내가 검색한 것은 '카트린느 피플'이었다. 마린 앞에서 그토록 당당하게 시인 이름을 쓰고 동그라미질까지 해댔건만 한 시간 뒤 나는 자카란다 퍼플이란 이름을 잊어버렸다. 도서관에서 하는 오후 강좌 교재와 그곳 강좌에서 메모했던 자료가 뒤섞여 누군가의 손에 들어가 버린 모양이었다. 칠칠치 못한 내게 충분히 있을 수 있는 일이었다. 아무리 기억을 더듬어도 '카트린느 피플'밖에 떠오르지 않았다. 카트린느 피플이란 이름은 검색 내용 어디에도 나오지 않았다. 난감했지만 다음 주를 기약할 수밖에 없었다.

대신 시집 제목은 기억이 났다. '내 모자를 두고 왔다'가 분명했다. 몇 번의 검색 끝에 그 말이 들어간 내용을 화면에서 찾을 수 있었다. 하지만 그 역시 종말론적 종교집단에 관한 이야기일 뿐, 어디에도 시집에 관한 내용은 없었다. '내 모자를 두고 왔다'라는 말은 일종의 암호로 쓰이고 있었다. 지구의 대재난이 시작되면 천년왕국을 보장받은 이들에게 외계인의 비행접시가 다가온다. 그때 수호신이 이들에게 내뱉는 접선 암호가 '나는 내 모자를 집에 두고 왔다'였다. 이에 대한 선택받은 신도들의 대답은 '혼자 탈 수 있습니다.'라는 것이었다. 동문서답일수록 암호로서의 효용 가치가 있을 것이니 제법 세련된 암호 약속 같아 보이기는 했다. 하지만 그 암호와 시집 내용과는 별 연관성이 없어 보였다. 시인 이름도 제대로 모르는 상태에서 검색만으로는 '내 모자를 두고 왔다'라는 제목의 시집이 있을지는 확신할 수 없었다.

  그다음 주 수업에서 마린은 잔뜩 호기심 서린 눈빛으로 나타났다. 자신이 원하는 시집을 정말 구했느냐는 궁금증의 표정이 그대로 드러나는 얼굴이었다. 차분함이 특징인 마린으로선 의외였다. 그간 마린은 다른 회원이 발표할 때 동의의 표시로 고개를 끄덕여 주는 일도 없었고, 자신의 순서가 되어 말할 때도 그 흔한 손동작이나 어깻짓조차 아끼는 사람이었다. 다른 회원이나 자신을 향해 그 어떤 호불호의 액션도 취하지 않는 유형이었다. 적절한 침묵의 농도로 제 카리스마를 구축했는데, 털털함이나 화통함이 들어찰 자리엔 강렬한 눈빛이 대신했다. 사람에 따라서는 위압감이나 거부감으로 비칠 수 있는 모습이었다. 그 특유의 표정 때문에 회원들은 가끔 미간을 찌푸렸다. 나는 마린의 그런 면이 좋았다. 억제된 감정선 때문에 적의를 풍기지만, 그것 때문에 도리어 쓸쓸하거나 외로움이 도드라져 보이는 사람. 연민은 금물입니다. 최상구의 충고가 떠올랐다. 하지만 충고란 언제나 손이 가지 않는 식탁 위의 좋은 약 같은 것 아니던가.

"저, 실은 시인 이름을 적은 종이를 잃어버렸어요."

마린의 눈빛이 빠른 답을 원하고 있었으므로, 수업을 마치면서 나는 솔직하게 말했다.

"자카란다 퍼플이요. 시드니 출신 시인이에요."

낮고 느린 마린의 목소리는 맑고 또렷했다. 절제감이 배어 있어 어떤 권위를 부여하게 되는 그런 목소리였다. 오랜 훈련에 의한 무게감 같은 게 느껴졌고, 한 호흡씩 쉬어가는 간격 어딘가에 숨가쁜 욕망을 쟁여두고 있는 듯도 했다. 자신이 어떤 말을 하는지 신경조차 쓰지 않는 사람들에 비해 말의 고저와 완급을 조절할 줄 아는 자들의 속내는 한층 복합적이고 다층적인 경우가 많았다. 자기 절제만큼이나 자기방어에 능한 언어 방식이었다. 오래 갇혀 있으면 누구나 그렇게 될 수밖에 없을 터였다.

불편함이 읽히는 마린의 그런 모습이 당황스러웠지만, 나는 그것이 내 막연한 선입견 때문이길 바랐다. 그만큼 마린은 내게 신경 쓰이는 존재였다. 마린을 향한 감정선이 어떤 성격의 것인지는 나도 잘 알지 못했다.

그날 신기하게도 마린은 내가 생각했던 것처럼 폴란드 시인 비스와바 쉼보르스카 여사를 자카란다 퍼플에 비유했다. 그녀를 아는 사람이라면 자카란다 퍼플도 좋아할 거라고 했다. 한때 우리나라에서 쉼보르스카 여사의 시집이 몇만 부 팔린 적이 있었다고 마린이 말했다. 나는 그 말의 진실 여부를 떠나 기분이 좋았다. 내가 좋아하는 시인의 시집이 대중에게 호응을 얻었다니 일종의 자기 위안 같은 거였다. 자카란다 퍼플도 그녀만큼 판매 실적을 올린 적이 있었다고 마린은 부연 설명까지 했다. 그의 첫 시집인 '내 모자를 두고 왔다'는 제법 많은 판매 부수를 올렸음에도 이제 헌책방에서조차 구하기 어려울 것이라고 흘리듯이 말하는 것이었다. 그렇게 말하며 마린은 왼쪽 입꼬리를 살짝 올렸다. 회심의 미소 같은 마린의 입을 보자 나는 불안해졌다. 풀지 못할 수수께끼를 던져주고 즐기는 자의 쾌감 같은 게 느껴졌다. 아무렴. 마린은 그럴 리 없지. 시인 이름을 잊어버려 당황한 마음에서 생긴 나만의 심적 자책일 것이었다.

"다음 주에는 잊지 않고 꼭 구해 올게요."

마린은 다시 왼쪽 입꼬리를 올렸다. 보기에 따라 충분히 기분 나쁠 수 있는 몸짓이었다.

"시집 제목이 내 모자를 두고 왔다, 맞죠?"

"그럼요······."

땀이 심해지는지 마린은 화장실로 달려갔다. 이번에는 명세훈이 따라나서지 않았다. 내가 강좌실에서 보호받는 한 화장실에 다른 위험 요소는 없다고 생각하기 때문이었다.

그날 집에 오자마자 나는 '자카란다 퍼플'을 검색창에 넣어 보았다. 딱 한 곳에 자료가 떴다. '소금과 각설탕'이라는 개인 블로그였다. 마린이 말한 것처럼 호주에서 유명한 시인인지는 몰라도 우리나라에서는 알려지지 않은 게 분명했다. 자카란다 퍼플(Jacaranda purple, 1977. 4. 1~) 호주 시드니 출신 시인, EEb 편집인. 서정시 「맨발 덮인 눈 속에서 울먹이는 아버지」는 호주를 빛낸 이 시대의 대표 서정시로 뽑혔음. 첫 시집 『내 모자를 두고 왔다』는 호주의 젊은 시인 시선집으로 뽑힘. 호주에서 5만 부, 우리나라에서도 한 때 3만 부의 판매 부수로 선풍적인 인기를 끔.『소금이 사라진 언덕』이라는 에세이집과 『각설탕을 입에 물고』라는 소설집도 있음. EEb(Epsilon Eridani b)라는 잡지의 편집인으로 활동 중.

  이력 중 EEb 편집인은 특이 사항이었다. 궁금증을 참지 못한 나는 구글링을 했다. 편집인에 대한 정보는 없었다. 다만 EEb에 대한 간단 정보가 떴다. 엡실런 이리더니는 태양계와 가장 가까운 항성 이름이었다. 그 별을 도는 행성 이름이 엡실런 이리더니 비였다. 태양계가 엡실런 이리더니라면, 지구가 엡실런 이리더니 비, 즉 EEb가 되는 격이었다. 그 항성계에도 생명체가 산다면 그 가능성이 있는 행성은 EEb가 될 터였다. 그 행성의 앞 글자를 따서 잡지 이름을 삼은 모양이었다. 외계 행성과 외계인에 관한 연구와 관심이 그 잡지의 발행 목적일까. 특이한 이력의 소유자라서 시드니가 자랑할 만한 시인으로 인정하는 것일까, 하고 나는 생각했다.

  내 모자를 두고 왔다, 는 예상대로 인터넷 서점에서는 검색되지 않았다. 중고 서점 사이트에도 뜨지 않았다. 거리의 오래된 중고 책방을 찾아 나선대도 구하기는 힘들 것 같았다. 그럴수록 이 시집이 어떤 것인지 궁금해졌다. 전국의 중고 책방 몇 군데다 전화를 넣어 봤다. 그런 책은 목록에도 없다는 대답이 돌아왔다. 이번에는 '자카란다 퍼플'과 '내 모자를 두고 왔다'를 동시에 검색해 보았다. 웬일인지 박스 기사로 처리된 내용 하나가 떴다. 자세히 보니 그 출처 역시 소금과 각설탕이란 개인 블로그였다. '어질러진 그의 책꽂이에는 내 모자를 두고 왔다,라는 가편집본 시집이 꽂혀 있었다. 머잖아 자카란다 퍼플로 거듭나고 싶어 하는 예비 시인이었다.'라는 문장이 보였다. 한데 그 문장만 선명했을 뿐, 그 외 내용은 군데군데 블랙 현상으로 잘 보이지 않았다. 다만 '끔찍한, 널브러져, 안타까운, 죄책감' 등과 같은 어휘들이 수수께끼처럼 흩어져 있는 게 보였다.

  종교실로 들어섰다. 북쪽 강좌실이 몹시 추워 임시로 자리를 옮긴 곳이었다. 봄이 왔다고는 하나 아직은 쌀쌀해 원래 강좌실로 옮겨가지 못하고 있었다. 회원들의 시선은 일제히 내 양손에 들린 피자에 꽂혔다. 뒤따라 들어온 교도관 명세훈의 양손에도 피자가 들려 있었다. 좁은 종교실 안에 피자 냄새가 확 번졌다. 회원 중 몇 명의 입에서는 한숨 같은 신음 소리가 나왔다. 피자를 먹을 수 있다는 안도감과 흡족함을 그렇게 표현했다. 그들은 호들갑보다 절제로써 자신의 감정을 표현하는 것에 익숙했다. 몸에 밴 눈치 학습의 결과였다. 마치 마시멜로 간식 앞에서 실험을 당하는 유치원생들처럼 그들은 오랜만에 보는 피자 앞에서 순한 양이 되어 있었다. 마린을 위한 송별 파티로 피자를 반입하겠다고 하자 최상구는 난색을 표했다. 두 가지 이유에서였다. 만에 하나 있을 불상사, 이를테면 식중독이나 장염 같은 것이 생기면 골치 아파진다는 것과, 자칫 습관이 되면 더 센 무언가를 요구할 수도 있다는 것 때문이었다. 방심하면 그들의 호구가 될 수 있다는 것을 또 강조했다. 하지만 단순한 우려에서 그렇게 말했을 뿐, 단호한 거절은 아닐 터였다. 최상구의 그런 맘을 읽은 나는 기어이 반입을 허락받았다. 규정에 얽매일 만큼 최상구는 고지식한 사람이 아니었다.

"애들 피자 좋아하겠네요."

종교실로 들어설 때 최상구가 한 말이었다.

"여기 들어온 이후로 한 번도 못 먹어봤대요."

최상구는 수감자들을 가리킬 때 '애들'이라고 표현했다. 소년원이 아니라 일반 교도소이기 때문에 '애들'이라고 불려도 좋을 만한 연령대는 한 명도 없었다. 남자 회원 여덟 명인 그들은 삼십 대와 사십 대가 주를 이뤘다. 물론 갓 스물을 넘긴 이도 있었고, 환갑을 훌쩍 넘긴 이도 있긴 했다. 전자는 종교적 신념 때문에 들어온 경우이고, 후자는 습관성 절도로 이곳을 드나들고 있었다.

피자는 '마음 상함'에 대해 이야기를 나누다 즉흥적으로 생각해 낸 선물이었다. 마린이 자카란다 퍼플을 처음 얘기하던 그날이었다. 마음 상함의 정의나 일례를 들어준 뒤 돌아가면서 자신의 경우를 이야기해 보라고 했다. 마린의 순서였을 때였다. 수인囚人이 되기 직전 자신이 한 일은 막 피자를 먹으려던 참이었단다. 자책과 공포 속에서 엄마집으로 숨어들었다. 아무것도 모르는 엄마는 오랜만에 본 아들에게 피자를 시켜줬다. 피자를 먹으려는데 경찰이 들이닥쳤다. 코끝에 스치던 피자 향, 형사의 발길질에 쏟아지던 콜라, 엉겁결에 피자 박스로 두 형사를 후려치려던 손아귀의 힘까지 기억난다고 했다. 벌써 십사 년이 지났네요. 그리곤 피자 향을 한 번도 맡아 본 적이 없어요. 이곳 생활이란 게 그렇잖아요.

마린은 회한에 잠긴 듯한 표정을 지었다. 내게 눈길을 자주 보내왔지만 나는 애써 피했다. 해결하지 못한 자카란다 퍼플 건 때문에 불편하기만 했다. 마린을 보는 마지막 날까지 시집을 구하지 못했다는 찜찜함이 온몸에 달라붙었다. 내 잘못은 아니라 해도 약속을 지키지 못한 건 사실이니까.

"빨리 먹읍시다. 마리아와 예수님도 이 순간은 못 참을걸요."

코를 큼큼거리며 통배가 말했다. 통배의 농담에 회원들 몇이 웃어 젖혔다. 마린은 웃지 않았다. 마린과 통배는 그 대조적인 모습과 성격으로 비교되곤 했다. 마린은 진지했고, 통배는 코믹했다. 마린은 말랐고, 통배는 백 킬로그램이 넘는 거구였다. 마린은 사각형 얼굴이었고, 통배는 둥글둥글했다. 통배는 언제나 나와 가장 가까운 오른쪽 옆자리에 앉았고, 마린은 내 자리에서 가장 먼 맞은편을 고정석으로 삼았다.

  통배의 원래 이름은 동배였다. 하지만 수감자들은 '똥배'라고 불렀다. 대면 첫날 자신을 소개하면서 내게만은 똥배로 불리기 싫다며 꼭 '통배'로 불러달라고 몇 번이나 강조했다. 통배님, 그런데 똥배는 좀 집어넣으셔야지요. 우스꽝스러운 그의 앉은 자세를 빗대 그렇게 놀리면 아이 참, 농담으로라도 똥배라고 부르지 말라니까요. 안 그래도 다이어트 중이란 말예요.라고 대꾸하곤 했다. 통배는 어깨를 젖히고 의자에서 엉덩이를 최대한 앞으로 뺀 채 아랫배를 쑥 내밀어 거의 눕다시피 한 앉은 자세를 취했다. 그 때문에 안 그래도 나온 배가 호빵처럼 불룩하게 보였다. 거구인 데다 치질을 앓고 있기 때문이었다. 90킬로그램으로 감량하면 '항문외과' 정간호사에게 프로포즈할 거라고 너스레를 떨었다. 치료 차 공식 외출로 항문외과에 몇 번 다녀온 적 있는데, 그때 본 정간호사를 오매불망 예찬하고 있었다. 통배는 자신의 악행을 코미디로 변주하는 데도 재주가 있었다. 내장을 드러낸 생선처럼 비릿하고 질펀한 자신의 인생 역정을 드라마틱하게 변주해서 들려주곤 했다. 초등 4학년 때는 엄마의 금목걸이를 훔쳐, 아니 그때는 훔친다는 개념이 없어서 그냥 엄마 것을 가져가서 여자애 목에다 걸어주었고, 열여덟 살 땐 러시아산 대게를 영덕대게라고 속여 파는 재미로 살았다. 스물다섯엔 클럽에서 만난 열 살 많은 아줌마와 동거를 했다고 했다. 그 뒷일로 여기까지 왔는데 자세한 사연은 묻지 말란다.

"일곱 살 때부터 제가 이곳에 오게 될 거라고 예감했어요."

피자 두 조각을 번개처럼 해치운 뒤 통배가 말했다.

"그렇게 이른 나이에요?"

내가 맞장구를 쳐주자 통배는 신이 났다.

"일인자라고 생각했거든요. 놀이터에서 웬 놈이 알짱거리길래, 입과 코에다 모래 밥을 넣어 줬어요."

"그게 무슨 뜻이에요?"

"모래를 먹였다 이 말이지요."

회원들이 어이없다는 듯 웃었다.

마린은 시시껄렁한 통배의 농담을 듣는 둥 마는 둥 내 눈을 자주 쳐다봤다. 부담스러웠다.

송별 파티가 끝날 즈음 눈치를 보며 마린에게 말했다.
"시집을 구하지 못했어요."
미안하긴 했지만 내 잘못은 아니라는 마음이 전해지길 바랐다.
"괜찮아요. 처음부터 기대를 한 건 아니에요."
마린이 담담하게 대답했다.
"그 대신 마치고 개인 면담 요청해도 될까요?"
마린이 계속 내 눈길을 맞추려 했던 것은 이 요청을 하기 위해서였다. 대답 대신 나는 명세훈을 쳐다보았다. 명세훈은 재빨리 고개를 가로저었다. 마린은 눈치채지 못했다.
"글쎄, 일지 작성하고 나면 시간이 날지 모르겠네요."
나는 최상구가 조언한 대로 에두르는 화법을 택했다.
"십 분이면 되는데요."
마린이 혼잣말로 아쉬워했다. 그때 갑자기 통배가 나섰다.
"당신한텐 십 분이지만 우리한텐 십 년이야."
다른 회원들도 웅성거렸다. 군대식 말투가 몸에 밴 백구도, 영어 교재를 통째로 외우는 안토니오도, 당장 이곳을 나가면 원룸 서른 채의 주인이 된다는 한방도, 말끝마다 당췌를 연발하는 당췌도 마린에게 호의적인 시선을 보내는 건 아니었다. 마린이 무언으로 수업 분위기를 좌지우지하는 게 불만인 모양이었다. 마칠 때마다 마린이 내게 면담 요청을 하는 것도 그들 눈엔 달갑지 않게 비치는 것 같았다. 회원들은 마린에게 불만이 쌓일 대로 쌓였다. 이번 자리가 그 기폭제가 되었을 뿐이었다. 둘은 같은 방을 쓰기 때문에 다른 회원들에 비해 더 껄끄러울 수도 있었다. 마린은 대답 대신 통배를 향해 노려보았다. 입 다물고 있으라는 뜻이었다.

"쳐다보면 어쩔 건데?"

통배의 목소리는 떨리고 있었다. 덩치에 어울리지 않는 모습이었다.

"맞는 수가 있지!"

마린의 대답이 떨어짐과 동시에 통배는 의자를 밀치고 일어났다. 분명 선공의 액션을 취한 이는 통배였다. 하지만 마린의 주먹 한 방이 통배의 액션보다 날래고 강했다. 통배가 넘어지면서 탁자와 부딪히는 바람에 피자 박스가 떨어지고, 오이피클이 남은 피자 위에 엉겼다. 종이컵의 콜라가 흘러내려 내 팔목을 적셨다. 순식간에 일어난 일이었다. 창 너머 체력 단련장 주변 벚꽃만 쳐다보며 볼펜을 두드리던 명세훈이 정색을 했다.

"제대로 당하고 싶어? 이것들이!"

안토니오를 비롯한 다른 회원들이 그제야 달려들어 말렸다. 타의를 빙자한 자의적 의지로 소란은 중단됐다. 싱거운 싸움이었다. 서로가 제대로 당하고 싶지 않기 때문이었다. '제대로 당한다'는 명세훈의 그 말은 독방 징벌을 의미했다. 수감자들이 제일 두려워하는 것이 독거방 처벌이었다. 빛이 거의 들지 않고 환기가 되지 않는 데다 얇은 수형복으로 견뎌야 하는 물리적 환경은 그래도 참을 만했다. 그 어떤 정보 매체도 접할 수 없고, 운동도 할 수 없는 상태에서 24시간을 고립된 채로 있어야 한다는 것은 죽음보다 더한 형벌이었다. 감각이 차단 되고 수치심과 무력감에, 멀쩡하던 사람도 불안과 우울 증세가 따르는 것이 징벌방이라고 했다. 물론 독방 혜택자도 있었다. 시험을 앞두거나 심리적인 안정이 필요한 이들은 자발적 의사로 '나 홀로 방'을 요청할 수 있었다. 그때의 독방은 징벌방과는 전혀 다른 개념이었다. 빛과 책상과 운동이 있는 학습 독거방이 되는 것이다. 경제학을 공부하던 한때의 마린도 그런 수혜자였다. 독거방에서는 컴퓨터와 인터넷도 지원되었다. 성실하냐 불손하냐에 따라 독방이란 의미가 다르게 규정되는 곳이 이곳이었다.

통배는 그 큰 덩치로 허리를 움켜쥐고 어기적어기적 걸었다. 마린은 싸해진 방 분위기를 더욱 가라앉히려는 듯 위압적인 눈빛을 쏘아댔다. 회원들은 눈치껏 흩어진 테이블을 정리하고 한둘씩 자리를 뜨기 시작했다. 마린을 위한 마지막 수업은 그렇게 엉망이 되고 말았다. 곧 점심시간일 터였다. 수감자들의 점심시간은 열한 시 반, 조금 이른 시간에 시작되었다. 나는 마린의 뒤통수에다 대고 다시 한번 시집을 구해주지 못해 미안하다고 말했다. 마린은 예상하고 있었다는 듯이 별 대꾸가 없었다.

왜 마린은 내가 구해주지도 못할 그런 시집을 숙제처럼 내줬을까.. 이대로 헤어지는 건 내가 원하는 바가 아니었다. 하지만 마린이 별 말 하지 않는 상태에서는 뚜렷한 방책도 없었다. 어쩌면 마린이 원한 건 자카란다 퍼플도 내 모자를 두고 왔다도 아닐지도 모른다는 생각이 들었다. 마린 혼자 만들어 낸 게임이라는 생각이 들자 갑갑했던 마음이 누그러졌다. 그래도 의문이 완전히 풀린 건 아니었다.

피자 반입에 난색을 표하던 교학사 최상구에게도 미안한 건 마찬가지였다. 하지만 괜한 걱정이라는 게 증명되었다. 사무실 입구 대기 의자에 앉아 지친 기색을 짓고 있는데 최상구가 다가왔다. 명세훈에게 보고를 받은 모양이었다.

"저것도 다 쇼예요."

"네?"

"진짜 싸움은 저렇게 드러내며 하지 않죠."

괜히 저들끼리 허세를 부리는 거라고 했다. 그러더니 슬며시 검은 표지의 논문 한 권을 내밀었다. '수감자의 위악적 행태 분석을 통한 심리학적 정서 고찰 – 장기수 지승환(가명)을 중심으로' 라는 긴 제목의 논문이었다. 지난 학기에 최상구 본인이 받은 석사 학위 논문이었다. 저들이 한 번씩 시위하는 건 짜고 하는 레슬링과 같다고 했다. 자신들의 존재를 각인시키고 이곳 생활의 활력을 위한 작은 몸짓이란다. 정말 큰일은 쥐도 새도 모르게 일어나기 때문에 그것이 더 위험하고 무섭다고 했다. 구경꾼이 있을 때 자기 모멸을 정당화하기 위해 가끔 과장과 허풍의 액션을 취한다고 했다. 마치 작은 시빗거리에도 우루루 몰려와 마음에도 없는 싸움 모양새를 보여주는 운동선수들의 벤치 클리어링과 같은 심리라고 했다.

사무실 한쪽 테이블에서 일지 작성을 하고 있는데 다시 마린이 사무실로 들어왔다. 점심 먹으러 식당에 가지 않고 사무실에 들른 모양이었다. 그새 창밖엔 비가 내리고 있었다. 저 먼 화단 쪽에서 벚꽃 가지들이 바람에 흩날렸다. 세포마다 바늘 끝으로 찌르는 듯한 알 수 없는 감각들이 꽃망울이 되어 나를 헤집고 있었다. 말로는 설명할 수 없는 비애 같은 것이 젖은 꽃잎에 가서 매달리는 기분이었다. 안과 밖이라는 화두가 비에 떨어지는 꽃잎처럼 공중으로 흩어졌다. 너는 온전하고 그들은 불온한가? 바깥의 자유와 푸름이 안의 억압과 잿빛보다 나은 것인가? 그들은 죄스럽고 너는 죄 없는가? 내게 용서하기 힘든 내면의 통점이 있다면 누군가 역시 그 통점 때문에 힘겨워하는 건 아닌가? 이런 상념들이 사방으로 흩어졌다.

"드릴 게 있어요."

마린이 검은 봉지를 가리켰다. 봉지는 최상구의 자리 위에 있었다. 최상구가 봉지를 마린에게 건넸다.

"면담 허락 받았어요?"

질문은 마린에게 하면서 내 시선은 최상구를 향하고 있었다.

"5분이면 된다기에. 괜찮아요. 얘기하세요."

최상구는 알아서 하라는 표정을 지었다.

비닐봉지 안에는 모종용 검은 화분이 들어있었다. 복수초였다. 노란 꽃잎이 제법 벙글었다. 어떤 것은 벌써 지고 있었다. 조경 교화 작업 때 화단 정리를 했단다. 희한하게도 이곳에는 이른 봄부터 꽃밭 가장자리에 야생 복수초가 깔린다고 했다. 그때 정돈하고 남은 것을 챙겼단다. 최상구의 허락하에 강좌 시간에 최상구가 보관하고 있다가 되받은 모양이었다. 그것뿐이 아니었다. 챙 넓은 검은색 모자를 눌러쓴 여자 그림이 있는 노트 한 권도 내밀었다.

"잠깐 짬을 내서 봐주셨던 시들이에요."

"그걸 왜……?"

"이유는 없어요. 대신 읽고 난 뒤엔 노트를 불태워 주세요. 꼭."

마린은 담담하게 말했다. 나는 그 노트를 별로 갖고 싶지 않았다. 시간에 쫓겨 깊이 읽지 못하고 간단한 소회만 말해주었던 것뿐이라 미안하기도 했고 부담스럽기도 했다. 이 순간이 빨리 끝났으면 싶었다.

"고맙습니다. 어딜 가든 잘 지내시고, 혹시 갈 곳이 정해졌나요?"

마린에게 묻는 형식을 취했지만, 내 눈은 최상구를 향하고 있었다.

최상구도 마린도 대답이 없었다. 마린은 진짜 자신의 거처를 모르는 것이고, 최상구는 발설할 이유가 없어서였다.

"편지 보낼 주소를 알아도 될까요?"

나는 최상구에게 받은 교육대로 애매한 표정을 지으며 웃었다. 마냥 에둘러 표현할 수만 없어서 이곳 사무실로 보내면 수요일마다 내가 이곳에 오니 받을 수 있을 거라고 답해주었다. 실망하는 낯빛을 한 마린의 축축한 손이 내 손을 잡았다. 마지막 악수였다. 마린은 손아귀에 깊이 힘을 실었다. 오래 잡은 그 손을 쉽게 뿌리치지 못했다. 금세 마린의 손바닥 물기가 내 손바닥으로 전해졌다. 마린의 귓불 아래로도 땀방울이 흘렀다. 와중에도 눈빛만은 살아 있었다. 영민하고 선명한 눈동자 속에 어쩐지 생에 대한 비루함이나 체념 같은 게 담겨 있는 것 같았다. 마린이 자신의 윗주머니에서 손수건을 꺼냈다. 수감자들이 손수건을 지참하는 것은 드물었다. 땀 많은 마린에게나 있을 수 있는 일이었다. 내 손을 놓아준 마린은 접힌 손수건을 휙, 허공에다 과장해서 털어냈다. 마린 몸의 일부였던 먼지가 공기 중으로 흩어지는 느낌이었다. 마린이 건넨 손수건에, 나는 땀 범벅이 된 내 손을 닦았다. 최상구의 이론대로라면 마린의 이런 사소한 행동도 위악적인 행태로 볼 수 있는데, 자기 내면의 정서를 발현하는 제스처라고 했다. 강하고 센 척하지만 그 안에 숨겨진 자기 모멸이나 반성의 패가 의외로 잘 드러나는 이가 마린 같은 사람이라고 했다. 지난 삼 년간 마린을 보아온 내 주관도 최상구의 이론과 크게 다르지 않았다. 겉으로 보이는 냉정해 보이는 불편함은 그야말로 겉모습일 뿐이라고 했다. 실체 없는 욕망에서 나온 과오, 그로 인한 대책 없는 기다림. 이 지리멸렬한 생의 이면은 어쩌면 내 것이기도 했고 우리 모두의 것일 수도 있었다. 내적 동류의식에까지 이르자 내 연민의 감정이 가슴을 훑고 지나갔다.

"저, 십 년 뒤에는 시드니에 가 있을 거예요."

"……."

"자카란다꽃을 아세요? 그 꽃 아래서 시를 쓸 거예요."

어쩐지 낭만성과는 어울리지 않는 마린의 진지한 표정에 나는 거의 웃음이 나올 뻔했다. 십 년 뒤에는 수감자 신분이 아니라는 사실도 반가웠다. 자카란다 퍼플과 그의 첫 시집인 내 모자를 두고 왔다, 는 어떤 의도로 내게 부탁한 것인지 그걸 묻고 싶었다. 하지만 마린은 어떤 말도 하지 않았다. 그런 마린의 모습을 보자 굳이 물어볼 필요가 없다는 생각이 들었다.

마린이 떠나자 최상구가 다가왔다.

"화분은 가져가시고, 저 노트는 뭐, 뻔해요. 그래도 읽어 보시겠어요?"

"……, ……."

내가 꼭 가져야 할 이유도 없었지만, 최상구가 풍기는 말의 뉘앙스 때문에라도 가져갈 수가 없었다. 검증되지 않은 기록물은 밖으로 유출될 수 없고, 읽어봐야 그게 그이일 테니 귀찮게 하지 말고 여기서 끝내자, 라는 신호로 내겐 들렸다.

"제목 한번 좋네. 내 모자를 두고 왔다!"

최상구는 내 의견을 묻지도 않고 벌써 종이 파쇄기 쪽으로 노트를 들고 갔다. 단순히 마린이 쓴 그동안의 시라고 생각했는데 그게 아닐 수도 있다는 생각이 퍼뜩 들었다. 어쩌면 더한 비밀이 그 노트에는 담겨 있을지도 모를 일이었다. 순간, 그 노트를 잡고 싶었다. 하지만 그럴 수가 없었다. 파쇄기를 비치해 두고 관리할 만큼 기록물 유출에 대해서는 민감하게 반응하는 곳이 이곳이었다. 파쇄기에 노트를 집어넣으면서 최상구가 중얼거렸다.

"자카란다 퍼플은 또 뭐야? 이 인간 하여튼 특이해."

혼잣말인 척하지만 나보고 들으라는 소리였다. 겉표지만 보고 노트를 펼쳐보지 않고 최상구에게 넘긴 것을 나는 후회했다. 모자 쓴 여자가 일그러진 채 파쇄기 속으로 빨려 들어가고 있었다.

정문을 벗어났다. '인간 존중의 법질서 확립'이란 문구가 새겨진 본관 건물이 백미러 속에서 멀어지고 있었다. 마린도 그렇게 멀어져갔다. 집에 오자마자 나는 자카란다 퍼플을 다시 검색했다. 지난번, 단 한 번의 클릭으로 떠오르던 자카란다 퍼플에 관한 자료는 그 어디에도 나타나지 않았다. 소금과 각설탕이란 블로그도 완전히 사라지고 없었다. 내가 헛것을 보았나. 블랙아웃 처리된 박스 기사 흔적도 그 어디에도 남아 있지 않았다. 특정 블로그에만 올라온 정보이니 주인장이 계정을 폭파하거나 비공개로 돌렸다면 흔적을 찾지 못할 수밖에 없을 것이었다. 궁한 김에 챗지피티에게도 물어봤다.

안타깝게도 자카란다 퍼플이라는 이름의 시인에 대한 정보는 없습니다. 남반구의 봄인 11월, 시드니를 황홀케 하는 보랏빛 꽃 이름이 자카란다이고 그 꽃에서 유래된 이름이 아닐까요. 하지만 해당 시인이 존재하는지는 확실치 않아요. 문학 작품에 나오는 등장인물이거나 문학적 장치일 수는 있겠네요. 혹은 숨어 있는 시인일 수도 있고요. 특정 문장이나 제목을 알려주면 그 정보를 바탕으로 다시 도움을 줄 수 있어요.

AI 시대답게 챗지피티는 친절한 답을 내놓았다. 내친김에 '내 모자를 두고 왔다'에 대한 정보도 요청해 보았다. 이 역시 존재하지 않는 실체지만 문학적 상징일 수는 있다는 대답이 나왔다. 모자는 상징 체계로서 자기 보호, 비밀, 사회적 가면 같은 것을 의미한다고 했다. 두고 왔다, 라는 상징적 동사는 포기나 방치, 의도적 분리나 떠남 등 변화의 흔적을 말하는 것이라나. 모자를 두고 왔다, 라는 표현에는 진실한 자기와 마주하려는 선언적 의미가 내포되어 있다는 설명도 잊지 않았다. 알 듯 말 듯 한 안내였다. 한낱 보랏빛 꿈을 꾸었나. 한때 검색되었던 자카란다 퍼플은 누구이고 마린은 왜 자카란다 퍼플을 내게 요청했단 말인가. 혼란스러운 가운데도 이 모든 게 문학적 장치이며 상징적 의미일 수 있다면 이대로도 괜찮다는 생각이 들었다. 마린이 내게 마련한 의뭉스러운 게임이자 의미 심장한 숙제에 대해 너무 깊이 생각하지는 않기로 했다. 다만 어렴풋하나마 어떤 맥락인지 유추는 할 수 있을 것 같았다.

　요즘도 가끔 마린을 생각한다. 봄날 마린이 준 복수초도 그해 봄이 지난 뒤 죽었다. 마린의 달팽이가 한 계절을 못 넘기고 죽은 것처럼. 대신 나는 봄마다 야생 복수초를 캐와 화분에다 심는다. 봄 한 철 그렇게 마린을 생각하는 것도 나쁘지 않다. 마린이 어디로 이감되었는지는 정확하게는 모른다. 최상구나 명세훈에게 물어보지도 않았다. 그럴 필요도 이유도 없었다. 회원들도 풍문으로만 그가 원하는 지방인 해서로 돌아갔다고 들었다고 했다.

　마린이 떠나고 육 개월 뒤 나도 그 일을 그만두었다. 기업 형태의 컨소시엄이 교화 프로그램 전체를 접수했다. 개인 자격으로 의뢰를 받았던 나는 그만둘 수밖에 없었다. 그 일만은 오래 하고 싶었다. 왜 그런 생각을 했을까? 내 일상의 욕망과 내 상처의 얼굴을 그곳에서 확인할 수 있었기 때문인지도 몰랐다. 그곳을 드나들며 나는 많은 것을 배웠다. 정도의 차이는 있어도 인간은 욕망하고 상처를 주고받는 존재라는 것을 확인했다. 교화와 치유는 갇힌 자들만을 위한 게 아니라 나를 위한 것이기도 했다. 피상적일지라도 그런 의미에서 확실히 나는 운이 좋았다.

　십년 뒤 시드니에 가면 마린을 만날 수 있을지도 모르겠다. 남은 그의 수형 생활은 자카란다 퍼플이란 꿈 때문에, 내 모자를 두고 왔다는 희망 때문에 견딜만할 것이다. 어느 시드니의 봄 거리, 짙푸른 보랏빛 자카란다꽃이 온통 거리를 뒤덮으면, 옆구리에 시집 한 권을 낀 사내가 멋쩍게 다가와 내게 접선 신호를 보낼 것이다. '내 모자를 거기 두고 왔습니다.' 높낮이 없는 목소리로 그가 말을 건네 오면 어떻게 대처할까. 천년왕국 신도처럼 그의 비행접시에 초대된 나는 무어라 말할까. '혼자 탈 수 있습니다.'라는 정해진 암호 대신, '그 모자를 내가 갖고 왔습니다.'라는 낭만적 대답을 할 수 있을지.

보랏빛 꽃이 온 도시를 감싸고 자카란다 퍼플이 된 중년의 마린은 공원 한쪽 긴 벤치에 앉아 있다. 이리저리 휩쓸리는 보도 위의 꽃방석을 바라보는 그의 옆자리엔 시집 한 권이 놓여 있다. 내 모자를 두고 왔다,고 노래하는 그 시집. 일렁이는 바람 따라 표지 위로 자카란다 꽃잎이 쌓였다 흩어진다.

언젠가의 그날, 11월의 시드니는 오늘처럼 봄이 절정일 테다.

뜻밖의
카프카

원룸에 도착해서 로사가 한 일은 미희의 팬티를 치우는 일이었다. 정작 그녀가 치우고 싶었던 것은 군소의 잔소리였다. 욕실에 갇혔어. 숨차서 죽을 것만 같아. 빨리 와 줘. 스마트폰 너머 미희의 목소리는 다급했다. 폐소공포증이라도 있는 걸까. 로사는 가고 싶지 않았다. 119에도 신고했다니 문제 될 것도 없었다. 하지만 언제 끝날지 모를, 남편 군소의 잔소리를 듣는 것보단 나을 것 같았다. 로사는 주저 없이 빗속으로 뛰어들었다.
　군소는 세 시간째 온 집안을 뒤졌다. 자동차 키 안에 들어갈 단추형 건전지가 발단이었다. 열 개 들이 세트를 사서 한 개만 쓰고 남은 건 확실했다. 거실 협탁 세 번째 서랍이 녀석이 있어야 할 자리였다. 하지만 이사하면서 뒤섞였는지 녀석은 보이지 않았다. 두어 군데 더 뒤지다가 건전지가 나오지 않자, 군소는 흥분했다. 수납공간으로 보이는 것은 다 열어젖히기 시작했다.

싱크대 서랍을 시작으로 옷방 삼단 칸을 지나 화장대 미니 칸막이까지. 끝내 냉장고까지 접수했다. 신선실을 헤집으며 야채 썩는 냄새가 난다며 잔소리를 퍼부었다. 자리를 피하는 수밖에 없었다. 달갑지 않았지만, 미희의 전화는 구세주였다.

로사가 미희네 원룸에 도착했을 때 119구조대원들이 막 현관문을 열고 있었다. 대원 중 한 명이 욕실 문을 두드려 미희를 안심시켰다. 구급대원들과 로사가 인사를 나누는 소리를 들었는지, 미희는 욕실 안에서 전화를 걸어왔다.

야, 얼른 카톡 확인 좀 해 봐!

목소리를 최대한 낮춘 미희는 제 할 말만 하고 전화를 끊어버렸다. 사람이 쉽게 변하진 않지. 로사는 중얼거리며 문자를 읽었다. *내 속옷 좀 빨리 치워 줘. 문 고치자마자 욕실 안으로 넣어주고.* 침착하자, 침착하자. 로사는 후욱, 호흡을 크게 한 번 내쉬었다. 미희의 팬티는 욕실 문 앞 실내복 원피스 위에 놓여 있었다. 누가 봐도 입던 속옷이었다. 여성 구급대원도 거의 동시에 그것을 발견했다. 여성 대원은 문고리를 분해하던 남자 대원 둘의 눈치를 보더니 얼른 속옷을 집어 원피스 밑으로 감추려 했다.

"잠깐만요!"

로사는 보물이라도 지키려는 듯 미희의 옷더미를 사수했다. 자신의 임무를 뺏긴 여성 대원은 '이런 일 하려고 여기 온 건데'라는 표정을 지었다. 로사는 눈빛과 고갯짓으로 욕실을 가리켰다. 욕실 안, 속옷 주인공이 로사 자신을 심부름꾼으로 택했음을 여성 대원이 알아주기를 바랐다.

욕실 문고리는 안에서도 밖에서도 꿈쩍하지 않았다. 새 공구를 가져오기 위해 두 명의 대원이 증원되고 나서야 문을 열 수 있었다. 로사는 욕실 문틈으로 미희의 속옷과 실내복을 밀어 넣었다. 수건으로 머리칼을 감싼 채 욕실을 나온 미희는 창피하다는 소리를 연거푸 했다. 며칠 전부터 손잡이가 고장 났는데 대수롭지 않게 여겼단다.

떠나가는 구조대원들 속에서 여성 대원은 미희가 너무 멀쩡한 게 못내 아쉬운지 괜찮아요? 정말 병원에 안 가도 괜찮으시겠어요? 라고 몇 번이나 물었다. 미희는 여성 대원이 구조대에 합류하게 될 줄은 예상하지 못한 듯했다. 그래서 로사에게 SOS를 청했던 것이다. 사심 없이 공무를 수행하는 119대원들 앞이라지만 낯선 남자에게 입던 속옷을 들키고 싶지는 않았으리라. 급한 맘에 미희가 자신에게 도움을 요청했다는 것을 로사는 알아차렸다. 속옷 수거용 아바타. 미희에게 로사는 그 정도밖에 되지 않았다. 그걸 알면서도 빗길을 쫓아온 스스로에게 로사는 연민이 일었다. 사자의 아가리를 피하려다 독사의 혀에다 입 맞춘 꼴이었다. 이 부조리한 상황의 근원적인 혐의를, 사자에 해당하는 군소에게 씌우고 싶었다.

임무를 끝낸 로사가 현관을 나서는 시늉을 했다. 딱히 집으로 돌아가고 싶지 않았다. 미희에게 선약이 없다면 그녀가 붙잡아주기를 은근히 바랐다. 수다를 떠는 그 순간만이라도 군소에게서 벗어나고 싶었다. 로사의 마음을 알았을까. 미희가 로사의 손목을 잡았다.

"고마웠어, 진심! 네가 밖에 있다고 생각하니 안심이 되더라."

로사는 네 팬티 사수하라고 부른 게 아니고? 라고 말하려다 입을 다물었다.

"한숨 돌리고 가. 어차피 나가려던 약속도 취소됐어. 간만에 재미난 썰 좀 풀자."

로사는 마지못한 척, 샌들을 벗고 거실 쪽으로 몸을 돌렸다. 현관 입구에 신발장 겸 작은 옷장이 있었고, 침대 옆 앉은뱅이 책상 위에는 노트북이 열린 채 있었다. 강풍 모드로 돌아가는 낡은 선풍기에서는 가쁜 숨소리가 났다. 침대를 마주한 텔레비전에서는 내 소년이 되어줘, 라는 슬로건을 내건 아이돌 경연 프로그램이 재방송되고 있었다. 홍삼 팩 껍데기와 냉동 새우볶음밥 봉지도 싱크대 옆에 보였다. 초록색 상표가 선명한 위장약인 카베진도 보였다. 아이돌 경연프로그램, 홍삼 엑기스, 위장약 유리병 등은 로사에게도 익숙한 것들이었다. 미희와 자신이 비슷한 데가 있다는 것에 로사는 흠칫 놀랐다.

로사에게 위장약은 필수였다. 군소 때문에 속이 쓰려올 때마다 카베진 두 알을 삼키곤 했다. 그러곤 텔레비전을 켜, 그게 그 소년인 듯한 아이돌의 잘생긴 얼굴을 힐링 삼아 보곤 했다. 홍삼 엑기스는 손발이 찬 로사를 위해 엄마가 보내준 것인데 먹는 둥 마는 둥 했다. 군소의 '검은 숲 섹션'이 지속되는 한 로사의 이런 패턴은 고정불변이 될 터였다. 어쨌든 이 삼종 세트 치유제가 미희와도 무관하지 않다는 게 로사로서는 신기하면서도 찜찜했다.

로사는 미희가 권하는 대로 침대 모서리 공간을 비집고 들어앉았다. 달라붙는 습기를 안주 삼아 둘은 맥주를 들이켜기 시작했다. 사과향이 도는 탄산 맥주였다. 편의점에 들를 기회가 있으면, 로사는 사과나무가 그려진 그 녹색 캔만 집어 들곤 했다.

뭔 맥주 취향까지 같고 지랄이야. 술기운이 오르자 로사는 조금 기분이 풀어졌다.

"어쩌면 좋냐, 나 방송 타게 됐어. 유튜브이긴 하지만."

미희가 맥주캔을 내려놓으며 말했다.

"그게 말하고자 한 썰이야?"

배알도 없이 로사는 은근한 호기심이 생겼다. 군소는 잠시 잊기로 했다. 영원히 그에게서 벗어나려는 판에 좀 늦게 들어간들 무슨 대수랴.

"세상 좁은 것 있지. 해도 선배 있잖아. 요즘 잘 나가더라."

갑자기 웬 해도 선배? 그런 생각이 들었지만, 로사는 벌써 속으로 그를 소환하고 있었다.

"그때도 잘 나갔지. 한데 지금은 어떻게 잘 나간다는 거야?"

로사는 궁금증을 참을 수 없었다.

"조회 수, 백만을 찍은 유튜버야. 구독자도 십만 명이 넘어."

"그래? 어떤 콘텐츠인데?"

"게이 커플 방송!"

"……?"

"학교 때부터 그런 말 돌았는데. 등잔 밑이 어둡다고 너만 몰랐지?"

미희는 오랜 비밀을 알려주듯 그렇게 말했다.

그랬나. 로사의 가슴에 돌덩이 하나가 내려앉았다. 서울로 떠났다는 소식 이후, 해도 선배에 관해 들은 바는 없었다.

"한 달 뒤에 전화 목소리로만 출연하기로 했어. 방송 스케줄이 꽉 차 있어서 그때쯤에나 된다고……."

로사는 내일 일도 모르는데 한 달 뒤 약속을 어떻게 믿나 싶었다.

"그래? 전화로 무슨 할 얘기가 있어?"

"여사친이 추억하는 게이의 학창 시절이라나 뭐라나. 암튼 자신이 묻는 말에 생각나는 대로 추억담을 쏟아내기만 하면 된대."

퀴어 세계를 알 수 있는 유튜브 채널이 있다는 것은 들었지만 해도가 그런 세상에 동참하고 있다는 말은 선뜻 받아들이기 힘들었다. 해도 소식까지 미희에게 듣다니, 뭔가 밀린 기분이었다. 더 밑바닥으로 가라앉기 전에 정말이지 카프카!를 외치고 싶어졌다.

미희와는 대학 시절 독서 모임인 '도톨카'-도스토예프스키, 톨스토이, 카프카의 첫음절을 합성한-의 회원이었다. 마흔이 코앞인 요즘에도 그 모임은, 친목 성격으로 변질되긴 했지만 유지되고 있었다. 일 년에 두 번 정기모임을 하는데 로사와 미희는 그때나 얼굴을 보는 사이였다. 대학 다닐 때는 제법 친했는데 어쩌다 데면데면한 사이가 되었다. 그마저 어느 한쪽이 참석하지 못할 때가 있었으므로 고작 일 년에 한 번 보면 많이 보는 사이였다.

지난 연말 모임에서 미희는 이사하고 싶다고 했다. 좀 더 넓고 깨끗한 방으로 갈아타려 한다고 했다. 그날 로사는 쓸데없이 제 오지랖을 넓혔다. 부동산 하는 동네 지인을 미희에게 연결해 줬다. 로사는 미희와 한동네 주민이 되고 싶은 마음은 추호도 없었다. 술기운에 '이 정도는 너를 신경 쓰고 있어'라는 호기를 부렸을 뿐이었다. 하지만 이틀 뒤 미희는 정말로 짐을 싸서 로사네 동네로 옮겨왔다. 뜻하지 않게 둘은 물리적으로 가까운 사이가 되어버렸다.

미희는 이사 직후 로사를 초대했다. 집들이 명목이었다. 미희가 말했다. 네 남편이랑 같이 와. 한잔하게. 그때도 로사는 여전히 군소를 버리고 싶을 때였다. 로사는 편백나무 도마와 냅킨 아트가 장식된 휴지 케이스를 선물로 준비했다. 내키지 않은 낯빛으로 군소는 미희네로 가는 내내 트집을 잡았다. 촌스럽기는. 곽 티슈나 세제 세트를 살 것이지. 아님 실속 있게 봉투나 준비하든지 등등. 군소의 잔소리가 이어지는 동안 어김없이 로사의 위장은 뒤틀렸다.

포장된 도마가 길쭉하게 쇼핑백 밖으로 튀어나왔다. 미희의 원룸에 도착한 로사는 쇼핑백을 싱크대 아래쪽에 놓으며 말했다. 약소해. 로사의 그 말에, 쇼핑백을 힐끔거리던 군소가 미희 들으라는 듯 큰 소리로 말했다. 나무 도마와 휴지통이라니! 요즘도 이런 거 쓰는 사람 있어요? 미희가 이어받았다. 하기야, 좁은 원룸에서는 휴지통도 사치죠. 종량제 봉투에 바로 버리는 게 낫죠.

쇼핑백의 내용물을 모르고 한 말이니, 미희의 맞장구는 무죄였다. 하지만 남편인 군소는 자신에게 그렇게 하면 안 되는 거라고 로사는 생각했다. 미희 앞에서 제 편이 되어주지 못하는 군소를 보자 로사는 울고 싶어졌다. 그냥 도마가 아니고 편백나무 도마이고, 평범한 휴지통이 아니라 수제 휴지 케이스라고! 이렇게 소리치고 싶었다. 하지만 경련을 일으키는 위장을 달래며 로사가 할 수 있는 일은 기도뿐이었다. 악마의 빗자루여, 저 검은 숲을 몽땅 쓸어가 버리소서!

타인 앞에서 로사를 면박 주고 깎아내리는 군소의 화법. 예의상 타인을 높여주기 위해 농담처럼 가까운 사람을 깎아내리는 습관이 있구나. 처음엔 로사도 그렇게 이해했다. 하지만 그것은 예의나 겸허에서 나온 방식이 아니었다. 감정 사이클의 두 주기 중 '검은 숲의 빗자루(a broom in the black forest)' 구간을 컨트롤하지 못해 나타나는 심리적 징후였다. 불만족스러운 상황에 놓이면 통제력을 잃고 그 불안한 감정을 비난과 불평으로 풀어내려고 했다. 자신만이 완벽하다고 착각하는 감각적 완벽주의자에게 나타나는 일종의 자기방어 기제였다. 하지만 그 사이클만 벗어나면 대체로 군소는 '하얀 언덕 위의 피리(the flute of a white hill)' 섹션을 누볐다. 그때의 군소는 섬세하고 배려할 줄 아는 사람으로 돌아와 있었다. 다행인 건 후자의 사이클 구간이 훨씬 길다는 점이었다. 그것이 로사가 결혼 십 년 세월을 버틸 수 있었던 변명 같은 위안이었다. 하지만 방치된 작은 구멍 하나가 점점 깊어지고 넓어진다고 하지 않던가. 고요하게 무너지는 상처의 시간. 견디거나 벗어나거나 두 가지 선택밖에 없었다. 로사는 어느 순간 후자를 꿈꾸고 있었다.

그날 집들이 이후 미희를 만난 적은 없었다. 다음해 정기모임에 로사가 나가지 않았기 때문에 두 해 만에 미희를 본 셈이었다. 로사는 같은 주민이 된 미희를 당연히 챙겨야 한다고 생각했다. 차 한잔하게 우리집으로 건너올래? 코다리찜이나 먹으러

갈까? 두세 번 청했지만, 미희는 시큰둥하게 한쪽 입꼬리만 올렸다. 로사와 동네 친구가 되었다는 사실이 미희에겐 그다지 의미 없는 것처럼 보였다. 그냥 괜찮은 방이 있었기에 이사를 온 것처럼 굴었다. 그런 사이라면 입던 팬티 사수라는 내밀한 임무 같은 건 맡기지 말았어야 하는 것 아닌가. 생각할수록 로사는 헛웃음이 났다.

"걔들 탑·탑이래."
미희가 큰 비밀이라도 알아낸 것처럼 말했다.
"걔들이라니?"
"해도 선배 커플 말이야."
"그게 뭐 어쨌는데?"
로사는 호들갑을 떠는 미희가 조금 이해되지 않았다.
"너 되게 담담한 척한다. 속으론 당황스럽지?"
미희의 말이 맞는지도 몰랐다. 로사는 이 상황이 마치 '카프카!'라고 외치던 한 시절의 데자뷰 현상과 같다고 생각했다. '카프카!'는 그 시절 즐기던 그들만의 개그 코드였다. 모임에서 대화 도중 모순된 상황을 맞거나 이해할 수 없는 지점과 맞닥뜨렸을 때 누군가 카프카! 하고 외쳤다. 카프카의 『성城』을 윤독하고 난 이후에 생긴 유희였다. 그렇다고 거창하게 인간 운명의 부조리, 존재 증명의 불안, 실존적 체험의 극한까지를 의도하고 내뱉던 감탄사 놀이는 아니었다. 성 밖 아웃사이더로 남을 수밖에 없었던, 무위와 좌절로 점철된 주인공 K의 운명이 다들 제 것인 양 짓까불던, 객기 서린 날의 언어유희에 지나지 않았다. 성주처럼 굳건한 관료성과 온갖 부패한 사회적 시스템 앞에서 무기력한 실존을 자각한 청춘들이, 나름의 명랑한 허세로 가면놀이를 즐기던 시절이었다.

"야, 없던 얘기 지어낸 게 아냐. 갸들이 자기네 입으로 그렇게 말했다고. 탑과 바텀이 만나야 정상이잖아."

"그래서?"

로사는 정상 비정상이 어디 있어, 라는 생각에 의도적으로 시니컬하게 대꾸했다.

"근데 걔들은 글쎄 공공연히 탑·탑이래. 그럼, 제대로 자지도 못하잖아."

사람이 사람을 좋아한다는데 탑·탑이면 어떻고 탑·바텀이면 어떻단 말인가. 제대로 잔다는 말은 또 무슨 헛소리인가. 미희가 흥분하는 내용은 그들 세계를 이해하는 데 본질적인 문제가 될 수 없었다. 로사는 한때의 심리상담사 공부 과정을 떠올렸다. 그때 퀴어 문화도 어느 정도 이해해야 했기에 강좌도 듣고 스터디도 따로 한 적이 있었다. 스터디 동료 중에 남성 호모섹슈얼, 그러니까 게이를 아들로 둔 이가 있었다. 그녀의 고백을 들으면서 로사는 퀴어 문화의 구조적 태생과 그 당위성에 대해 좀 더 진지하게 받아들이게 되었다. 커밍아웃한 아들과 오 년을 보냈는데도, 동료는 그들 세계를 완벽하게 이해하는 건 아니라고 했다. 다만 인정하려고 노력할 뿐이라고 했다.

젊은 한 시절 로사에게 해도는 환幻의 은하수이자 미혹하는 신천지였다. 움켜잡을 수 없고 제 것이 될 수 없기에 자꾸만 환상의 옷을 입히는 대상. 하지만 시간은 모든 걸 해결해 주는 마법의 지팡이였다. 몸 좋고 잘 생기긴 했지만, 그것이 전부인 지극히 평범한 남학생이었다는 것을 인정하기까지 4년의 시간이 흘렀다. 그때 느꼈던 해도라는 허깨비는 이제 로사가 필요할 때마다 미화·변주할 수 있는 추억의 소재 그 이상도 이하도 아니게 되었다. 필패할수록 조작되기 쉬운 사랑. 그렇게 해도는 로사에게 첫사랑 조작남의 이미지로만 남아 있게 되었다.

미희는 해도 선배가 그쪽 성향이라는 것을 예전부터 알고 있었다고 했다. 우연찮게 유튜브 알고리즘에 해도의 계정이 뜬 걸 봤다고 했다. 모자를 눌러쓴 남자가 상대 남자에게 선글라스를 씌워주는 장면이 메인 화면이었는데, 모자 쓴 남자 얼굴의 옆선만 보고도 해도인 것을 알아봤다고 했다. 미희가 먼저 댓글로 알은 척을 했고, 해도가 답글을 달면서 연락하는 사이가 되었다. 미희는 '좋아요'와 '구독'은 물론 가끔 후원 계좌에 입금도 한다고 했다. 특화된 주제와 다양한 서사만이 유튜브 세상에서 살아남을 수 있었다. 해도는 조회 수를 높이기 위해 미희더러 '여사친' 자격으로 전화 연결에 응해달라는 부탁을 했다는 것이다.

해도 소식 외에도 미희는 옛날얘기를 이것저것 꺼내 놨다. 로사로서는 기억나는 것도 있고 아닌 것도 있었다. 대개 미희가 추억하고 로사는 추임새를 넣는 모양새였다.

"니 방에서 잠깐 신세졌던 것 기억해?"

미희가 먼저 옛일을 더듬었다.

"그럼. 그땐 서로가 힘든 시간이었잖아."

"그래. 넌 해도 선배 때문에 바짝 말라갔고, 난……."

두 번째 새엄마가 들어오던 날 미희는 가출할 수밖에 없었다. 그녀의 아버지가 원하던 것이기도 했기에 미희로서는 비자발적 가출이나 마찬가지였다. 그때 로사는 기꺼이 자신의 방을 제공했다. 그 이십여 일 동안 로사에게 좋은 기억은 없었다. 머리카락을 욕실 하수구에 방치한 채 치우는 법이 없었고, 믹스 커피를 타 마신 흔적을 주방에서부터 로사 방까지 줄줄이 남겼다. 신던 스타킹을 벗어 세수할 때 머리띠로 삼는 것은 그렇다 쳐도, 식탁에서 엄마에게 물 심부름을 시키는 데서 로사는 시쳇말로 꼭지가 돌아버렸다. 나중에 미희의 고백에 의하면 그렇게 해서라도 허물없는 찐 엄마의 사랑을 맛보고 싶었다고 했다. 그녀의 진심이 조금 이해가 되긴 했다. 어쨌거나 미희가 집으로 되돌아가던 날, 더 이상 엄마 눈치를 보지 않아도 된다는 사실에 로사는 안도했다. 이런 상념에 젖어 있는데, 미희는 뜬금없는 말을 했다.

"너, 결혼 잘했잖아……."

아주 잠깐이지만 미희의 입가에 묘한 미소가 흘렀다. 결혼 잘했다고? 나더러 결혼을 잘했다고? 무슨 뜻으로 저런 말을 하는 걸까. 잠깐의 결혼생활이었지만 자신의 불행했던 시간을 보상받으려는 자의 질투인가. 지금의 내 심정을 알고나 하는 소린가. 로사는 혼란스럽기만 했다. 집들이 때 이해하고 싶지 않았던 군소의 행동과 미희의 맞장구가 떠올라 순간 울컥했다. 로사는 그만 자리를 뜨고 싶었다.

"다음엔 니네 낭군님도 같이 만나자. 오늘 신세 진 것 정식으로 한턱낼게."

그럴 일은 없을 거야. 로사는 속으로 되뇌며 현관을 나섰다. 미니 세탁기 뒤쪽 창으로 여전히 빗방울이 스쳤다. 혼자 사는 것도 나쁘지 않구나. 이 정도로 독립할 수만 있다면……. 혼란스러운 이 상황에서도 로사는 잠깐이나마 미희가 부러웠다.

빗속을 걸으면서 로사의 머리는 맑아졌다. 119 도움만으로도 충분한데 미희가 굳이 자신에게 전화한 이유를 알 것 같았다. 속옷 수거인 역할을 맡기는 것 말고도 해도의 근황을 넌지시 흘리고 싶었던 것이다.

"냉장고 썩는 냄새, 어떡할 거야?"
군소의 검은 숲 섹션은 여전히 진행 중이었다.
"나도 몰라. 답답하면 당신이 정리해."
로사는 지긋지긋했다.
"냄새도 못 맡으니, 음식이 썩어나도 알 턱이 있나."
군소는 로사의 약점인 비염 증세까지 들먹였다. 찾아내지 못할 냄새의 진원지를 찾아 냉장고를 뒤적거리며 군소는 온 밤을 지샐 것이다. 돼지고기 누린내가 심하니 더 이상 냉동만두를 사지 말라고 할 것이며, 밀봉하지 않은 멸치 비린내를 지적하는 것도 모자라, 숭늉 가루는 몇 년을 묵힌 뒤 먹을 거냐며 설교해 댈 것이다. 애초에 건전지 찾기 따위가 문제가 아니었다.

사소한 것 같지만 결코 사소하지 않은 이런 갈등에 로사는 진절머리가 났다. 그럴 때마다 솟구치는 감정을 인忍의 도장으로 눌러 삼켰다. 한자 '인忍'은 참고 견디고 용서하는 의미만 있는 게 아니었다. 동정심이 없고 잔인하다는 뜻도 지녔다는 것을 로사는 알고 있었다. 참고 견디고 용서하다가 마침내 동정심마저 버리고 잔인해지는 일. 라이프 곡선처럼 그려지는 그 말뜻의 정점에 자신의 상태가 와있는 건 아닌지 두려우면서도 용기가 생겼다. 하기야 쉽게 합일할 수 있는 게 관계라면 카프카의 성 같은 작품은 나오지도 않았겠지. 카프카는 결국 자신의 K를 성으로 들여보내지 못한 채 소설을 미완으로 남겼다. 어쩌면 의도한 결말인지도 모른다. 누군가의 성으로 온전히 들어갈 수 없는 게 삶이란 걸 카프카는 진작에 알고 있었던 것일까.

로사는 군소에게서 무해한 수다나 유연한 소탈함을 원했다. 하지만 군소는 원칙에 충실한 소심한이었고 완벽을 구하는 예민남이었다. 자신의 감정 상태에 따라 타인을 조종하고 싶어 했다. 그 자체는 그런대로 견딜 만했다. 하지만 그 파장의 후유증이 문제였다. 일주일이고 한 달이고 로사가 화해의 제스처를 청하기 전에는 군소의 검은 빗자루 섹션은 바뀔 기미가 보이지 않았다. 예상치 못한 울트라 극강 생명체를 겪으며 로사는 지칠 대로 지쳐갔다.

 살인을 저지르고 폭력을 행사하고 물질을 탐진하는 것만이 유죄는 아니었다. 평범한 커플들이 현실적 지평을 넓히고 안온의 풀밭을 거닐 때, 카프카적 상황에 몰린 로사의 내면은 저항의 격정과 파탄의 기미로 요동치곤 했다. 다 그렇게 살아. 십 년 됐으면 포기할 때도 됐지. 지인들은 그렇게 말했다. 다 그리 살지 않는다는 것을 로사는 잘 알고 있었다. 군소의 검은 숲이 춤출 때마다 로사의 속은 불안, 부조리, 허무의 삼합으로 굳어져 갔다. 조작된 평화의 가면을 벗으면 자기 모멸로 가득한 푸석한 껍데기 같은 얼굴만 남았다. 간절히 바라면 원하는 걸 얻을 수 있다. 이런 허무맹랑한 세계관이야말로 로사가 혐오해 마지않는 것들이었다. 타자가 아닌 자신과 다투는 중이라거나, 나의 적은 또 다른 나라며 마음 수련을 설교하는 치들도 로사는 피하고 싶었다. 더 이상 누군가의 감정쓰레받기로 살고 싶지는 않았다.

 군소가 두 섹션을 오간다는 것을 로사는 오랜 관찰을 통해 알았다. 군소 스스로는 그것을 모르고 있었다.

"못할 짓 많이 했지."

 부부 동반 모임에서 군소가 저런 말을 한 적이 있었다. 감정 사이클이 하얀 언덕 위의 피리 섹션을 지날 때였으리라. 십 년 살면서 처음 듣는 군소의 참회 모습이었다. 순간 로사는 어떤 희망을 보았다. 사람 고쳐 쓰는 거 아니라는 세간의 말을 부정할 때가 되었나 싶었다. 이 사람이 달라졌구나. 적어도 달라지려고 하는구나. 로사의 눈가에 이슬이 맺혔다. 하지만 섣부른 감동일수록 파괴되기 쉬웠다. 한잔 걸친 군소를 대신해 차를 빼다가 도로 방지턱에 휠이 긁혔다. 차량을 제 몸 관리하듯 하는 군소의 눈이 뒤집어졌다. 새대가리에 눈은 어디에 달고 다니느냐는 핀잔을 들었다. 로사는 운전대를 놓아버리고 싶었다. 안 되는구나, 사람은 쉽게 변하는 존재가 아니구나. 부메랑이나 도돌이표처럼 언제나 원점으로 돌아가는 게 사람이구나. 로사는 찬란하게 절망했다.

 '검은 숲'과 '하얀 언덕' 어쩌고 하는 말은 카프카의 메모에서 빌려왔다. 프라하의 카프카 박물관에 들렀을 때였다. 문학 기행 가이드가 카프카의 자필 전시물의 한 부분을 가리키며 말했다. 저건 미발표작 메모예요. 굵게 써진 저 문구 있죠? 검은 숲의 빗자루와 하얀 언덕 위의 피리,라는 부분이에요.

체코 사람인 카프카는 평생 체코어가 아닌 독일어로만 글을 썼다고 했다. 그렇다고 독일인으로 산 것은 아니었다. 물론 체코인으로도 유대인으로도 살지 않았다. 다만 카프카로 살았을 뿐이었다. 검은 숲과 하얀 언덕 부분에 관한 독일어 원문은 독일어를 모르는 로사로서는 단번에 알 수가 없었다. 가이드가 영어로 번역해서 말해 준 것을 로사는 메모해 두었다. 말장난 같은 그 낭만적 어구도 신선했고, 카프카의 심적 갈등이 그 어구와 찰떡처럼 맞아떨어진다고 생각했다. 여행에서 돌아와 혹시나 해서 구글링을 하고 챗지피티에게도 물어봤지만, 그 어디에도 카프카 박물관에서 들은 검은 숲과 하얀 언덕에 관한 에피소드는 찾을 수 없었다. 꿈에 들은 이야기이거나 무의식이 지어낸 환청인가 싶었다. 원본 사진을 찍어 오지 못한 것을 로사는 후회했다.

그 어디에도 뿌리내리지 않고 오롯한 단독자로 살다가 간 카프카. 확실한 것은 카프카와 아버지는 평생 갈등했다는 점이다. 당신 뜻에 반기를 들었던 카프카를 아버지는 헛소리하는 몽상가로 치부했다. 이런 아버지에게 카프카는 열등감을 느꼈다. 그 피해의식의 산물이 『성』에 어느 정도 투사된 것이라고 했다. 카프카는 지옥 같았던 아버지와의 불화 순간을 '검은 숲의 빗자루'로, 평범하고 온화한 부자지간의 일상으로 돌아왔을 때를 '하얀 언덕 위의 피리'로 명명했다. 그 사이클은 카프카가 죽을 때까지 지속되었다. 워낙 난해한 부분이라 여전히 논란의 여지가 있으며, 따라서 연구할 가치가 있다는 설명을 가이드는 잊지 않았었다.

  방으로 들어온 로사는 스마트폰을 켜고 유튜브 앱을 눌렀다. 게이 방송 채널은 생각보다 많았다. 가출한 가족을 찾듯 로사는 하나하나 검색해 나갔다. 운이 좋았는지 네 번 만에 해도가 개설한 방송을 찾을 수 있었다. 해도의 얼굴과 그의 애인 얼굴이 같이 떴다. 제라 TV. 채널명이었다. 분명 제라늄에서 따왔으리라. 미희는 그것까지는 모를 것이다.

  해도. 하얀 피부에 가는 머리칼, 중안부와 턱이 짧아 동안으로 보이는 얼굴형은 그때나 지금이나 같았다. 마흔 살이 아니라 서른 언저리로 보이는 얼굴이었다. 몸은 이십 대 시절에 비해 훨씬 좋아져 있었다. 팔뚝 근육이 화면 밖으로 튀어나올 것만 같았다. 몸 관리를 하는 것 같았다. 해도만큼은 아니지만 해도의 애인 역시 몸이 좋았다. 어깨가 벌어진 데다 민소매 브이넥 티셔츠를 입어 드러난, 문신을 한 팔뚝이 불룩했다. 잘 늙어

가는 아이돌을 상상하는 것처럼 근사했다. 이 세계에서도 잘 생기고 몸 좋은 사람은 그런 사람들끼리만 만난다더니 해도 커플이 그것을 증명해 주고 있었다.

마우스의 손 모양 커서가 닿는 대로 몇몇 영상을 클릭해 봤다. 대부분 해도와 그의 애인이 나와 썰을 푸는 형식이었다. 생각보다 쌈박한 콘셉트였다. 해도의 입담은 구체적이었지만 품위를 잃지 않았다. 그 세계에서 남발하는 쌍욕이나 비속어도 없었고, 방정맞고 과장된 톤으로 괜한 관심을 끌지도 않았다. 남성 호모섹슈얼 콘텐츠 개설자 치고는 연령대가 높아서 그런듯했다. 그렇다고 한껏 점잔만 빼는 꼰대 채널도 아니었다. 게이 커플이라는 콘셉트답게 일반인들의 궁금증에 대해 현장감으로 승부하고 있었다. 사귀게 된 이유, 서로의 매력 포인트, 어릴 적 가정환경, 심지어 그들만의 침대 에피소드까지 솔직하고 유머러스하게 시청자들에게 풀어내고 있었다.

퀴어의 일상적 서사들이 너무 멀쩡하고 다정다감해서 도리어 당혹스러울 정도였다. 유머 감각을 장착한 해도의 애인 부이는 자주 웃었다. 그는 등장 인사를 할 때마다 '저는 게이 부이에요. 부어라, 이쁘게 마셔 준다,가 제 모토예요. 하지만 술은 한 모금도 못 마셔요. 사랑만 마셔요.' 뭐 이런 아재 개그를 해댔다. 게

이라는 말에 편견을 가지기로 작정한 사람들조차, 밉지 않은 부이의 언변에 금세 설득되어 유쾌한 웃음을 지을 정도였다. 부이의 취미는 시청자들이 보내주는, 걸 그룹의 응원봉을 모으는 것이었다. 각종 응원봉을 언박싱하는 방송을 즐겼는데, 그때마다 자신이 걸 그룹 멤버이기라도 한 듯, 한껏 골반을 튕겨 올리며 하이톤으로 노래를 부르곤 했다.

썸네일을 클릭하면 마법의 봉이라도 스친 듯 다채로운 별사탕 같은 이야기들이 와르르 쏟아져 내렸다. 이성애자들의 사랑 못지않게 만나고 싸우고 질투하는 화면들이었지만, 남자 둘의 진실한 에피소드라 그런지 낭만 동화 같은 분위기가 흘렀다. 십만 명이라는 구독자가 괜히 확보된 게 아니었다. 로사는 자신의 첫사랑 조작남이 온라인 플랫폼에 안착한 것이 내심 뿌듯하기까지 했다.

그 시절의 해도가 떠올랐다. 그때도 해도는 지금처럼 근육 운동은 했지만, 어쩐지 축구 같은 스포츠는 좋아하지 않았다. 대신 거울을 자주 들여다봤고, 학교 부설 문화센터에서 예약제로 클라리넷을 빌려서 불었다. 로사도 해도를 따라 클라리넷을 배웠다. 일 년이 지나 모차르트 클라리넷 협주곡 2악장을 연습하던 그 기간에 로사는 천식을 앓는 바람에 호흡이 달려 포기했다. 해도는 끝내 유일한 남자 멤버로 아마추어 무대에도 올랐다. 당시 로사는 해도의 성정체성을 의심조차 해보지 않았다. 그런 세계가 있는지조차 몰랐다. 해도의 특이한 면모는 단순한 취향이라고만 생각했다.

해도는 제라늄꽃을 좋아했다. 그 영향인지 로사도 여태 제라늄을 좋아한다. 천식 후유증으로 후각이 무뎌져 톡 쏘는 듯한 그 향을 자주 맡을 수는 없지만.

"난 제라늄 향이 좋아."

어느 날 시장 끝 화원을 지날 때 해도가 제라늄 화분에다 코를 박고 말했다.

"향기가 아니라 뭔가 독한 냄새에 가까운데."

멈춰 선 로사도 향을 맡아 보았다.

"뭔가 코끝 찡한 게, 수고로운 땀 냄새 같지 않아?"

"그런가. 하지만 오래 맡고 싶은 향은 아닌데."

어린 시절, 생선을 팔았던 해도의 엄마는 제라늄 향기가 해충이나 악취를 몰아내는 데 도움이 된다는 소리를 듣고 집안에 들이기 시작했다. 적극적으로 맡고 싶은 향취는 아니지만 애잔한 삶의 자취가 서린 향기. 로사나 해도에게 제라늄은 그런 걸 의미했다. 해도는 석유 냄새에 대한 추억도 들려줬다. 친구 엄마가 운전하는 차를 타고 친구와 '붉은 매'라는 애니메이션을 보러 가던 일. 주유하기 위해 주유소에 들렀을 때 아득하게 후각을 자극하던 알싸한 주유소 냄새. 해도는 그 냄새가 왠지 좋았다고 말했다. 어쩌면 제라늄 향과 기름 냄새는 가난을 벗어나고자 했던 소년의 열망, 그것의 다른 이름인지도 몰랐다.

해도와의 시간을 더듬으며 로사는 하나하나 제라TV 화면을 클릭해 나갔다. 쭉 아래로 내려가는데 눈길을 확 끄는 영상이 떴다. '게이가 여자를 사귀던 시절의 썰'이란 주제가 달린 썸네일이었다. 부제도 붙었는데 '여자는 나의 트라우마!'였다. 로사는 얼굴이 화끈거리는 걸 참으며 조심스레 클릭했다. 아직 자신의 정체성을 확신하지 못했던 이십 대 초반, 해도는 한 여자를 만난 적이 있다고 했다. 사귄 듯 안 사귄 듯 썸만 타다가 그만둔 이야기라고 못을 박고 있었다. 여자에 대해 별 관심이 없었는데 상대녀가 자신을 좋아해 주니 만남이 지속되었단다. 클라리넷을 함께 배우러 다녔던 일이며, 자취방 작은 창틀에 제라늄 분을 놓고 간 여자에 대한 추억담을 풀어놓고 있었다.

로사는 가슴이 벌렁거리고 손끝까지 떨려왔다. 될 수 있는 한 침착하려 노력했다. 마법 같은 퀴어 세계를 둘러보는 대가로, 풋풋했던 자신의 한 시절이 안줏거리가 되는 것을 지켜볼 수밖에 없었다. 일인 일 미디어 시대, 바뀐 세상만큼 콘텐츠는 다양하고 자극적일수록 좋을 것이었다. 여자를, 아니 로사를 사귀던 시절의 해도 이야기는 계속되고 있었다. 부이가 질문하면 해도가 답하는 형식이었다.

"그 여자랑 헤어진 결정적인 이유가 있다고?"

부이가 화면을 응시하며 앞 머리칼을 쓸어 올린 채 물었다. 잘생긴 얼굴을 부각하려는 계산된 제스처였다. 근육 붙은 팔뚝이 목둘레보다 컸다.

"당시엔 너무 쇼킹했어. 아니 지금은 더 쇼킹할 수도."

"쇼킹? 쇼킹한 이별이 되려면 도대체 어째야 하는 건데?"

"여자가 네 번이나 제 분신을 없앴다는 사실을 알게 됐거든."

"그게 무슨 뜻이야?"

부이가 해도를 빤히 쳐다보았다.

"……."

해도는 대답 대신 긴 한숨을 쉬었다. 화면을 보는 로사의 심장이 마구 쿵쾅거렸다. 침을 한 번 삼킨 뒤 이어질 말을 기다렸다.

"분신? 여자에게 분신이라면 아기를 말하는 거 아냐?"

"그렇지. 믿을 수 없겠지만 그건 확실해."

"뱃속 아기를 네 번이나 없앴다고? 그게 가능한 얘기야?"

"잘 모르겠어. 하지만 분명 그녀 일기장에 그렇게 씌어 있었대."

로사는 더 이상 화면을 볼 수가 없었다. 등줄기가 뜨거워지고 손끝이 떨렸다. 어디서부터 잘못되었을까. 로사는 긴 터널을 거꾸로 돌아가듯 힘들게 시간을 되돌려 보았다.

자신의 골방에 미희를 재워줬던 그 이십여 일을 떠올렸다. 로사는 그 시절 매일 일기를 썼다. 컴퓨터 자판이 아니라 대학 노트에다 손 글씨로 오롯이 제 영혼을 갈아 넣는 방식이었다. 온전히 제 것이 되어주지 않는 해도를 앓느라 쓰고 또 썼다. 전형적인 외사랑 일기였다. 완전한 파국을 맞았을 때, 로사의 일기 분량은 모두 여섯 권이었다. 로사는 그 일기장 더미를 집과 붙어 있던 공터에서 눈물로 태웠다. 그 뒤 일기장을 다시 사서 새로운 맘으로 적어나가기 시작했다. 미희가 로사의 방에 기거하던 즈음이었다. 그 이후로도 태워버린 분량보다 더 많은 권 수의 대학 노트를 메운 뒤에야 해도를 잊을 수 있었다.

그 이후 군소를 만나 결혼했다. 어느 날 로사는 친정집 옥탑방에서 새로 쓴 그 일기장 무더기를 발견했다. 십여 권 중 첫 번째 일기장의 첫 페이지 내용을 로사는 똑똑히 기억한다. 쓸 당시는 제 감정에 갇혀 몰랐지만, 로사의 상황을 모르는 누군가가 일기장을 훔쳐봤다면 충분히 곡해할 수 있는 문장이었다. 내용은 이러했다.

여섯 번이나 없앤 나의 분신. 죽고만 싶었지. 사람들은 그것을 두고 왜 대단하다고 할까. 내겐 그냥 일상이었을 뿐인데. 그렇게 해야 견딜 수 있고 잊을 수 있는데.

그때 그 문장 그대로를 살린 건 아니지만 문맥은 그때를 벗어나지 않았다. 여섯 권의 일기장을 태운 것을 로사는 여섯 번의 분신을 없앤 것으로 묘사했다. 그때의 로사에게 일기장은 자신의 분신이나 마찬가지였으니까. 일기장을 누군가가 훔쳐볼 수 있다는 것도, 설사 누가 봤다고 해도 분신을 없앤다는 표현을 아기를 없앤다는 것으로 오해하리라고는 꿈에도 생각하지 못했다. 어쨌거나 로사가 일기장에 여섯 번의 분신이란 표현을 쓴 것은 확실했다. 한데 해도가 방송에서 네 번이라고 횟수를 바꿔 말한 건, 이야기를 전한 사람이 그렇게 줄여서 떠벌렸을 수도 있고, 해도가 자체 검열로 그렇게 말했을 수도 있었다. 구체적인 한 생명을 없애는 횟수로 여섯 번은 너무 부담스럽고 말이 안 된다고 생각했을 테니까.

저 일기 문구 속 '사람들은'에 해당하는 대상은 로사의 유일한 친구 유리였다. 로사는 해도와의 일상사를 단짝인 유리에게 죄다 털어놓고 있었다. 유리의 충고는 단호했다. 로사야, 내가 보기엔 그 사람 너랑 안 어울려. 남자 때문에 매일 밤 소설 쓰듯 일기를 쓰는 건 대단하다고 인정해 줄게. 하지만 그만 접어. 연애사는 흔적을 남기는 게 아냐. 가슴에다 새기는 거지. 유리의 충고 때문만은 아니었겠지만, 해도와는 어찌어찌하다 어색한 사이가 되고 말았다. 지친 로사는 단박에 절교를 선언해 버렸다. 말하자면 차인 것과 마찬가지인 '선빵' 이별 선고였다. 그러고도 몇 년을 더 앓은 뒤 로사는 해도에게서 벗어날 수 있었다.

팬티 사건 일주일 뒤, 로사는 군소와 함께 만나자던 미희의 말을 떠올렸다. 미희를 만나야 했다. 그녀에게 폭탄을 던질 수 있는 기회를 주고 싶었다. 유트브 속 해도의 '게이가 여자를 사귀던 시절의 썰' 하이라이트 영상은 그때까지 건재했다. 그날 미희와 헤어질 때 로사는 해도의 개인 방송 이름을 물어보지는 않았다. 아직 그 영상이 내려지지 않은 걸로 보아, 미희는 로사가 해도의 방송을 찾아봤으리라는 생각까지는 하지 못한 것 같았다.

한 잔 사줄래? 남편과 같이 나오라는 말 아직 유효하지?

로사는 미희에게 카톡을 넣었다.

그럼. 어디서 만날까?

미희가 시원스레 답을 해왔다.

하얀 언덕의 피리 구간을 지나는 중인지 미희를 만나자는 로사의 말에 군소는 좋아라, 하며 따라나섰다. 한 시간 거리에 사는 유리를 대동할까 싶었지만 그럴 시점은 아니었다. 로사로서는 누군가에게 자신의 '분신'에 대해 설명할 필요나 이유가 없었다. 해도의 영상에서 로사 자신의 이름이 직접 거론된 것도 아니니, 생사람 잡지 말라고 미희와 해도가 쌍으로 펄쩍 뛰기라도 한다면 로사로서는 할 말이 없을 것이었다.

1차는 동네 삼겹살집이었다. 반주로 마신 알콜 기운 덕인지 미희와 군소는 누가 먼저랄 것도 없이 노래방에 가자고 의기투합했다. 그럼, 무조건 2차는 가야지. 로사는 예의 사과 맛 맥주를 시켰다. 관계가 공평하다고 누가 그랬나. 취기가 돌자 로사는 약간 화가 났다. 그 둘과는 공정한 게임을 한 적이 없다는 생각이 들었다. 관계에서 상대적으로 약자나 착하다는 평판을 듣는 사람은 감정쓰레받기가 되기 쉬웠다. 로사는 그것에서 벗어나고 싶었다. 고립되더라도 달콤한 자유를 맛보고 싶었다.

"술 때문인지 속이 메스꺼워. 입만 헹구고 올게."

로사가 둘을 번갈아 보며 말했다. 예정된 멘트였는데 진짜로 속이 울렁거렸다.

"세면대에서 샤워까지 하고 와도 안 말려."

가까운 사람에게 함부로 대함으로써 상대를 치켜세우기 좋아하는 군소는 취하지 않았는데도 헛소리를 해댔다.

"야, 어디가? 남편 관리해야지."

미희가 강냉이를 집으며 맘에도 없는 말을 했다.

"관리가 필요한 남자는 아니야. 금방 올게."

노래방을 빠져나온 로사는 곧장 집을 향했다. 걷는 동안 속으로 외쳤다. 어서 빨리 폭탄을 터뜨려라, 미희야! 그렇고 그런 여자로 군소에게 낙인찍히는 자신을 상상하는 게 로사로서는 차라리 기쁠 지경이었다.

집안에 들어서자마자 스마트폰을 열어 제라 TV에 접속했다. 아직 보지 못한 하이라이트 영상들이 많았다. 태국 게이바 브이로그, 먹방, 연애 상담 등 코너마다 아기자기하고 감각적인 분위기가 넘쳤다. 하루 전 보려다 만 '카프카!'라는 제목이 붙은 영상을 클릭했다. 카프카의 깊은 눈매를 과장한 썸네일이 달려 있었는데, 유일하게 해도 혼자 하는 코너였다. 잠들기 전 자신이 경험한 심상들을 조곤조곤 들려주는 콘셉트였다.

우리 안에는 저마다의 카프카가 삽니다. 편안함보다는 불안이 세 들기 쉽고, 이해되는 것보단 부조리한 상황을 맞닥뜨리기 쉽죠. 자신 안의 카프카를 극복하려면 어떻게 해야 할까요? 생각보다 단순해요. 모두 조금씩 나쁜 우리는 선보다는 악을 행하기 쉬워요. 하지만 그것이 진짜 악인지는 아무도 판단할 수 없어요. 그러니 너무 자책하지 말고, 제 안의 카프카를 인정하고 불러내세요. 카프카를 발설하는 동안 뜻밖에도 살아있다는 기분을 맛볼지도 몰라요. 제가 용감하게 게이 방송을 개설할 수 있었던 것처럼요. 그럼, 오늘은 이만! 모두 안녕. 잘 자요.

뭔지는 모르지만 고개를 끄덕이게 하는 말들이라고 로사는 생각했다. 언젠가 해도의 방송에 댓글을 달 기회가 온다면 제라늄꽃을 선물하고 싶다는 멘트를 남겨야겠다고 생각했다. 지금쯤 남은 둘은 뭘 하고 있을까. 로사는 꿈속인 듯 군소 앞에서 네 번, 아니 여섯 번의 분신에 대해서 떠벌릴 미희를 상상했다. 그 옛날 한 남자를 오해와 충격의 동굴로 밀어 넣었던 것처럼, 또 다른 한 남자를 배신이나 모멸의 정글로 내모는 것은 너무 쉬운 일일지도 몰랐다. 비난받을 이유가 있는 자들 곁에 넌지시 도화선을 연결해 놓고 도망가는 건 죄가 아니었다. 로사는 도리어 자신이 준비한 폭탄이 너무 공손하고 심심한 것은 아닐까 자책

했다. 물리력을 동원하거나 적극적인 액션을 취하지 않았다고 해서 복수하지 않은 게 아님을 그들이 알까. 로사는 지금껏 그랬듯이 누군가를 너무 쉽게 용서하게 될까 봐, 그것만을 걱정하기로 했다. 지금쯤 군소의 심리 섹션 구간이 하얀 언덕 위의 피리에서 검은 숲의 빗자루로 변해 가고 있을지도 몰랐다.

  유튜브 앱을 빠져나온 로사는 냉장고에서 서머스비 한 캔을 꺼냈다. 알싸한 사과 향이 목구멍을 타고 식도를 간질였다. 흐흐, 옅은 웃음이 났다. 오랜만에 카베진 없이도 단잠을 청할 수 있을 것 같았다.

물어본다

1. 괜찮지 아니한가?

 잘 깨지지 않는다는 코닝 주방용품도 그녀한테는 소용없다. 쨍그랑, 하는 파열음이 얼마나 컸는지 동생과 나는 거의 동시에 각자의 방에서 튀어나왔다. 부엌 바닥 사방으로 튄 사금파리를 피해 그녀가 발끝을 세운다. 그녀의 부주의한 성격은 천성 같다. 그녀의 손끝에서 이빨 나간 접시는 몇 개던가. 가장자리 우그러진 프라이팬은 또 몇 개던가.

 오늘도 그랬다. 일요일 오후라 아빠는 안마 의자에 드러눕다시피 하고선 넷플릭스를 시청하고 있었고, 동생과 나는 각자 방에서 웬수 같은 활자들과 씨름하고 있었다. 아빠는 요즘 시리즈물에 빠져 있다. 암 판정을 받은 화학 선생이 남은 가족을 위해 필로폰 제조자가 되어 날뛰는 드라마에 울다 웃다 하는 것 같다. 동생은 한껏 미뤄둔 영어 학원 숙제를 하고 있었을 테고, 나는 일 학년 마지막 기말고사 준비를 하느라 신경이 꽤 예민해져 있었다.

"어머니, 또 깼어요? 안 다치셨어요?"

동생이 쪼르르 달려가 그녀 턱 밑에 얼굴을 들이민다. 평소 더할 나위 없는 친근한 반말로 그녀를 대하던 동생도 그녀의 위기 앞에서는 언제 그랬냐는 듯 깍듯해진다. 한마디로 살아남는 법, 사랑받는 방법을 아는 녀석이다.

남들 보기에 우리집이 꽤 민주화된 것처럼 보이지만 결단코 그건 아니다. 공평무사라는 덕목이 집안에서부터 얼마나 실천하기 힘든지는 동생을 대하는 그녀와 아빠의 태도를 보면 알 수 있다. 그들은 동생 편이다. 그걸 아는 동생은 가끔 내 눈치를 본다. 출장 갔던 아빠가 사 온 고디바 초콜릿의 제 몫을 패키지째로 양보하는 이도, 내 생일선물을 세심하게 챙기는 이도 그들이 아니라 동생이다. 지난 내 생일에는 투명 젤리 케이스에다 너로 충분해, 라는 문구가 들어간 커스텀 폰 케이스를 건네줘서 얼마나 감동했는지 모른다. 열 살 남자애의 감성으로는 생각할 수 없는 선물이라 조금 놀랐다. 아마 자기 반 여자애들이 어떻게 하고 노는지를 관찰했다가 그 상위 버전을 검색해 내게 적용한 것 같았다. 녀석의 속마음은 그녀와 아빠가 차라리 누나인 나를 더 좋아해 주기만을 바라는 것인지도 모른다. 편애 수혜자로서 자꾸만 내 눈치가 보이는 모양이다. 이런 동생을 미워할 수가 없다. 말하자면 우리집에서 동생은 적敵이 없다.

  몇 년 전까지는 동생을 괴롭히기도 했다. 그녀식 표현을 빌리자면 개 패듯이 팼다는데 그건 과장이고 내 스트레스를 해소할 만큼은 암팡지게 쥐어박은 적은 있다. 6학년 때였다. 막 사춘기가 시작되던 나는 모든 게 짜증스러웠다. 그때 나는 내 인생 최초로 가슴앓이라는 걸 해봤다. 수영 강사 때문이었다. 잘 다듬어진 몸매로 물길을 가르던 그는 다른 친구들보다 내 영법을 교정하는데 더 많은 시간을 할애해 주었다. 지금 생각해 보면 그건 내 착각일 수도 있었다. 어쨌거나 물속에서 그의 손길이 내 어깨에 닿았을 때, 저릿하면서 몽글몽글한 통증이 심장을 죄는 느낌을 받았다. 나이에 비해 성숙한 체형을 지녔던 내게 단순한 호기심으로 친절했을 뿐이었겠지만, 그땐 그의 관심이 친구들의 질투심을 자아낼 만큼 내게 자부심을 갖게 한 것도 사실이었다. 사춘기 초입에 들어선 딸내미의 그런 설렘이나 혼란을 부주의한 성정의 그녀는 이해할 마음조차 없어 보였다. 연습장에 괴발개발 갈겨놓은 낙서와 하트 문양을 보자 단박에 경고성 멘트가 날아왔다. '일초를 아껴 써도 시원찮을 판에 쓰잘데기 없는 낙서질을 한다'나. 나는 '너는 지껄이세요, 나는 귀머거리랍니다.'라는 표정을 지은 채 잠자코 있었다. 평소 그녀의 잔소리 한 마디에 두 마디 변명으로 맞받아치곤 했는데 그날은 그럴 수가 없었다. 내가 좋아하는 사람이 또래 남자애가 아닌 스물세 살 휴학생이라는 것만으로도 그녀로서는 기가 찬데, 수영강사라니 눈에 불꽃이 튀었던 것이다. 공부 제일주의인 그녀로서는 내가 좋아하는 사람이 일류 대학에 적을 둔 과외 선생님이었다면 저토록 흥분하지는 않았을 것이다.

  그녀 분노의 불티가 화염으로 번지는 것은 결코 내가 원하는 게 아니었다. 참는 게 상책이었다. 그녀의 애정은 여전히 동생에게만 올인 중이었고, 내 맘을 헤아리지 못하는 그녀에 대한 야속함을 나는 동생을 향해 풀었다. 내 눈앞에 알짱거린다는 핑계로 동생을 침대 코너로 몰아붙였다. 동생 머리통을 쥐어박는 내 손길은 말하자면 그녀를 향한 것이었다. 약간 통쾌했고 많이 찜찜했다. 그렇다고 자책하지는 않았다. 이건 다 그녀가 자초한 일이야. 그렇게 해서라도 내 상처가 보상받기를 바랐다. 그 며칠은 일찍 일어난 동생이 제 방에서 쪼르르 달려 나가 그녀와 아빠 틈에서 비비적대는 것도 눈꼴사나웠고, '우리 아드을, 잘

자쩌?'라며 동생 엉덩이를 두드리며 혀 짧은 추임새를 넣는 그녀의 목소리도 여간 재수 없는 게 아니었다. 다 지난 얘기다. 이제는 잠자리에 든 동생의 엉덩이와 뱃살을 번갈아 가며 주물럭거리는 그녀와 아빠를 지켜보는 일에도 무덤덤해졌다. 동생을 쳐다보는 그들의 안면근육이 뿌듯한 만족감으로 일그러지는 것도 무조건적인 내리사랑이려니 할 정도는 되었다. 대체로 맏이와 막내가 느끼는 부모의 사랑 크기가 서로 다르다고 하질 않던가. 부모가 처음인 그녀와 아빠도 동생이 태어나자, 나도 어린아이라는 것을 인식하지 못한 채 그 사랑을 동생에게로 옮겨갔을 것이다.

"어쩌다가 깼어?"

동생보다 한 템포 늦게 비교적 건조한 톤으로 내가 물었다. 동생과 완전히 다른 방식으로 관심을 표하는 내가 맘에 들지 않는지 그녀는 내 눈을 마주치지 않고 대꾸했다.

"원래 엄마가 뻘짓 잘하잖아."

그녀의 말대로 그녀는 칠칠치 못하다. 부엌일에는 더 어설프다. 무슨 딴생각이 그리도 많은지 그녀가 하고자 하는 일이 설거지인지 밥 짓기인지 망상에 잠기기인지 그녀 스스로 헷갈리는 것 같다. 오늘도 그랬다. 뭔가를 급히 메모하려고 눈에 보이는 키친타월을 꺼내려다 옆 선반의 중접시를 건드린 모양이었다. 그녀는 부엌일을 하면서도 대개 수첩을 옆에 끼고 한다. 물기 묻을까 봐 핸드폰은 사용하지 않는 것도 있지만, 종이에 적는 것이 습관으로 굳어 그게 편하단다. 수첩이 보이지 않을 땐 키친용 냅킨에다가 그때그때 떠오르는 단상들을 메모하곤 한다.

그러고 보니 그녀는 건망증도 있다. 집에서 불리는 그녀의 애칭은 오버걸 아니면 건망증대마왕녀이다. 물론 그 별칭들은 다 동생이 짓고 부르는 것들이다. 오버하는 그녀를 동생은 부담스러워한다. 동생은 학교나 학원에서 있었던 일을 그녀에게 보고하는 걸 그다지 좋아하지 않는다. 밖에서 무슨 일이 있었는지를 아예 맘에 담아 두질 않고 귀가하는데 그녀가 자꾸 캐물으니 귀찮기만 하다. 건성으로 대답한 말꼬리를 물고 늘어지며 그녀는 늘 뭔가를 확인하고 싶어서 안달이다. 하지만 동생에겐 어림 반푼어치도 없는 수작이다. 그나마 조금밖에 허용되지 않는 휴식 타임, 포트나이트 게임에 몰입할 수 있는 그 아까운 시간을 그녀를 위해 할애하고 싶겠는가 말이다. 리액션이 없는 스타일도 맥 빠지지만, 지나친 리액션도 상대를 성가시게 한다는 걸 그녀가 모를 리 없다. 한데도 동생 앞에서는 자제가 되지 않는 모양이다. 하여튼 엄마는 오버걸이야. 동생이 그렇게 중얼거린 이후 그녀는 우리집의 오버걸이 되었다. 그녀의 오버 짓을 지상중계해 보자.

"엄마, 나 학원에서 영어 단어 시험 두 개밖에 안 틀렸어."

"백 문제 중에?"

"아이 참, 열 문제였어."

"(순간 멈칫하다가) 그려? 세상에나, 세상에나, 어쩜 그런 일이 다 있노? 널 낳을 때 큰 머리통 때문에 아랫도리 다 빠지는 줄 알았는데 고생한 보람이 있다, 야. 이제 조금만 더 노력하면 한 개밖에 안 틀리겠네. 역시 우리 아들이여."

호들갑스럽게 과장을 해댄다.

"엄마, 욕은 안 하는 게 좋지만 해야 할 땐 짧고 굵어야 제맛이지요?"

"너 그거 어떻게 알았어?"

"네이버 웹툰 보면 다 나와요."

"어머, 세상에나, 세상에나, 어쩜 너는 만화에서도 그런 현명한 것만 배우니?"

"유튜브 짱구나 넷플릭스 진격의 거인 같은 거 보지 말라면서요."

"꼭 그런 건 아냐. 근데 짧고 굵은 욕은 뭐야?"

"개새끼, 씨발놈!"

"(잠시 호흡을 가다듬고) 그 욕 해봤어?"

"당근이죠. 속으로는 자주 하고 입 밖으로는 일 년에 한 번쯤 해요."

켁! 정말이지 '세상에나, 세상에나'라는 감탄사가 절로 나올 지경이다. 유치찬란한 그들만의 언어유희에 표창장이라도 주고 싶다. 게다가 동생을 대하는 그녀의 목소리 톤은 교양을 드러내야만 할 때와는 얼마나 다른지. 그녀는 공적인 전화를 받을 때는 한껏 목소리를 깔아 시니컬한 분위기를 조성한다. 그래야 품위 있다고 생각하는 것 같다. 한데 동생 앞에서는 자제심을 잃고 방방 뜨는 하이톤을 구사한다. 저음 목소리가 동양인에게는 어울리지 않으니 목소리 깔지 말라는 아빠나 친한 친구들의 핀잔을 묵살할 만큼 저음을 의도적으로 내뱉는 그녀지만 동생 앞에서는 그 허위도 소용없다. 하이톤에다 비염 때문에 생긴 특유의 콧소리가 원래 목소리였던 것처럼 흥분하기 일쑤다. 세상에나, 세상에나,가 추임새로 붙는 그녀의 이런 오버액션은 우리 집에선 아무도 쳐다보지 않는 식탁의 눅진한 미역튀각 같은 것이 되어버렸다. 그래도 그녀는 동생 앞에서라면 여전히 어떤 언행이라도 튀길 준비가 되어 있다.

수첩 이야기를 해야 하는데 잠시 샛길로 빠졌다. 어느 날 영어 학원에서 돌아온 동생이 말했다.

"엄마는 엠니지아야."

"뭔 말이여?"

동생의 작은 말 한마디에도 귀가 커지는 그녀가 바투 물었다.

"건망증대마왕녀인 엄마 같은 증세를 엠네지아라고 한다고."

그러더니 송아지 동요 버전으로 엠니지아, 엠니지아,라고 하면서 온 집안을 헤집고 다니는 것이었다. 나중에 안 일이지만 영어의 엠니지아는 단순한 건망증이 아니라 그것을 넘어선 기억상실을 뜻하는 거였다. 그 단어를 학원에서 가르쳐줬을 리는 없었다. 우연히 본 애니메이션 한 장면을 기억해 뒀다가 떠오르는 순간 그렇게 말했을 뿐이었다. 그 어려운 단어를 학원에서 배워와 까먹지 않고 말한다고 생각한 그녀는 자신이 놀림감이 되는 것과는 상관없이 동생 앞에서 연신 헤헤거렸다.

건망증이 있다고 생각하는 그녀가 메모를 하는 것은 나쁘게 말하면 강박이요, 좋게 말하면 습관이다. 하지만 수첩에 적어둔 메모까지 까먹을 정도이니 그게 좋은지 나쁜지 나로선 판단이 서지 않는다. 뭔가를 적어야 한다는 강박 때문에 그녀는 아무거나 떠오르는 생각을 그저 메모한다. 정작 잊어버리고 싶은 것은 건망증 대상에서 열외가 된다고 그녀가 투덜대기는 한다. 잊고 싶은 것은 끈질기게 기억나고, 기억해야 할 것을 쉽게 까먹는 게 건망증의 최대 속성이긴 하다. 아무래도 건망증은 심리적인 것과 연관이 있는 것 같다. 대체 얼마나 중요한 단상이 떠올라 메모를 하는지 슬며시 사금파리를 치우는 그녀 등 뒤로 키친용 냅킨을 내려다본다. 〈저녁의 클래식, 애인이 너무 공평한 게 문제였다, 회덮밥 냄새가 치명적인 시 한 편이 될 수 있다, 내핍의 발작처럼 아리아를 쏟아냈다, 카페 구석, 코 푼 종이가 말라 비틀어질 때까지 갈매기 소리를 들었다〉 그녀가 키친타월에 쓴 메모들이다. 엥, 이게 뭐야? 나로서는 전혀 이해도 공감도 할 수 없다. 문맥이 이어지는 것도 아니고 그렇다고 특이한 어휘를 발견한 것도 아니고, 메모해야 할 만큼 절박한 내용도 없다. 밑도 끝도 없는 저런 메모를 왜 하는지 모르겠다. 하지만 어떤 상황인지 대충은 이해할 수 있을 것 같다. 클래식을 들으면서 이른 저녁 준비를 하던 그녀는 써야 한다는 강박으로 뒤죽박죽된 머리를 일깨워 무의식적으로 떠오른 생각을 적어 내렸을 것이다. 언젠가는 지난 경험과 섞어 그것을 재배열하고 가공하면 소설의 한 에피소드가 되지 않을까 하고 적어두는 것 같았다.

예의 키친타월에 등장하는 그녀의 청춘 시절 애인에 관해서 부연 설명할 필요가 있겠다. 내 기억 속의 그녀는 언제나 클래식 음악을 들었다. 치마로사의 오보에 협주곡을 들으면서 그녀는 어린 내게 이렇게 말하곤 했다. 너, 적어도 심포니와 콘체르토와 소나타가 어떻게 다른지 정도는 아는 남자를 만나야 한다. 그다음 레퍼토리는 듣지 않아도 뻔했다. 교향곡은 미완성 된 것만 아니라면 대체로 4악장으로 이뤄져 있고, 멘델스존의 바이올린 협주곡 1악장 정도의 멜로디는 흥얼거릴 줄 알고, 쇼팽의 피아노 협주곡 1번을 치는 백건우의 앙다문 입술이 민감한 예술적 감흥 때문이라는 것쯤은 이해할 줄 아는 남자를 만나야 한다는 말이 이어질 것이었다.

젊은 날의 그녀 애인은 음악에 조예가 깊은 공학도였다. 인품마저 타의 추종을 허락하지 않아 첫사랑에 상처받은 그녀를 충분히 위무하고도 남았다. 그 남자에게 푹 빠졌던 그녀가 나에게 심포니와 콘체르토 정도를 구별하는 남성관을 피력한 것은 말하자면 자기 위안 같은 것이다. 적어도 그녀의 애인 같은 사람만 만나도 내 인생에 곡진한 핍박은 피해 갈 수 있을 거란 자기 투영으로 나는 해석한다. 그녀의 말에도 어폐는 있다. 그녀가 말하는 음악적 조예가 깊은 남자가 애정과 우정에 대한 합당한 배분율조차 모른 채 공평무사하기만 한 성격이라면 결혼 상대자로는 다시 생각해봐야 하는 것 아닌가 말이다. 우정에 버금가는 애정만으로도 만족한 걸 보니 그녀는 음악적 조예가 깊은 그 애인에게 어지간히 빠져든 게 틀림 없다. 어린 나는 왜 심포니와 소나타를 구별할 줄 아는 남자를 만나야 하는지는 몰랐다. 다만 피아노학원에서 지겹도록 쳐대는 소나티네 따위는 내 인생에서 멀어져야 할 대상이라는 것만은 확실히 알아냈다. 피아노 배우기를 그만둔다고 했을 때 그녀는 그녀가 가진 가장 실망하고도 냉소적인 표정을 내게 보여줬다. 그것은 하나밖에 없는 딸내미가 콘체르토와 소나타도 구별할 줄 모르는 매력 없는 남자를 만날까에 대한 두려움이기도 했고, 공부에 자질이 없는 애가 나아가야 할 차선책을 포기한 데 대한 미련 같은 것이기도 했다. 딸년이 일류 피아니스트가 되기를 바란 게 아니었으니 그녀로서는 내가 피아노를 치는 것이 수학이나 영어를 공부하는 것보다 손쉽다고 생각하고 있었다.

"그럼 뭐 할래?"

피아노 치기를 관둔 지 하루도 넘기지 않았는데 그녀는 닦달했다.

"몰라. 남들 하는 대로."

나는 아무렇게나 내뱉었다.

"이눔의 지지배가 남들 하는 대로가 어떤 건데?"

사실 나는 남들이 어떻게 하는지 잘 몰랐다. 별로 알고 싶지도 않았다. 그저 어둠의 세계에서 막 손 털고 싶은 말단 조직원처럼 피아노 건반에서만 손만 뗄 수 있다면 뭐든지 할 것 같은 기분이었다. 그녀와 나는 이렇게 달라도 너무 다르다.

얼마 전 학교에서 드디어 문과냐 이과냐 하는 갈림길에서 선택을 해야 할 일이 닥쳤다. 융합형 인재 양성이니, 진로 다양화 요구에 부응한다느니 등의 이유로 문과 이과 구분 없이 선택 과목 중심으로 대처한다지만 그건 표면적인 상황일 뿐이고, 입시에 전력투구하는 우리 학교는 효율성을 들어 그룹을 나누고 있었다.

"난, 죽어도 문과는 안 가. 국어지 언언지 하는 과목은 지문만 봐도 머리가 아프고, 사회나 역사 같은 외우는 과목도 질색이야. 그러니 설득 마!"

이렇게 말했다. 엄마처럼 글 쓴다고 머리 싸매는 비실용적인 것들은 싫어, 라는 말은 입안에서만 맴돌았다. 그 말이 나오기도 전에 그녀가 굳히기 작전으로 나왔기 때문이다.

"넌 수학 좋아하니까 문과 가라. 문과 가서 수학 잘하면 얼마나 유리한데?"

 어디서 들은 해괴망측한 논리로 그녀는 나를 꼬드겼다. 그녀는 내가 법조인이나 경제학자가 될 만큼 뛰어난 재능이 있다고 문과에 가라고 한 것은 아니다. 그저 보통 엄마들 바람처럼 웬만한 모범생 흉내를 내어주기를 소망하고 있었다. 말하자면 초등학교 선생님 같은(?) 것이 되어, 무난하고 성실한 남자 만나 평화로운 일상인이 되어주기를 바라는 것이다. 정말이지 그녀의 오버 짓대로 세상에나, 세상에나, 무너지는 내 마음의 비탄이 절로 나온다. 그처럼 자유로운 영혼인 척하며, 평화로운 일상을 저주하는 그녀도 자식 문제 앞에서는 지나치게 현실적이다. 세상을 직시하라는 그녀의 뭉근한 위압에 경멸감을 느낀다. 나는 모범생이 되고 싶지도 않거니와 초등학교 코흘리개를 상대로 내 숨은(겉보기로 나는 제법 얌전한 인상이다.) 개성을 시험당하고 싶지도 않다. 꿈에조차 그런 생각을 한 적이 없다.

 "이눔의 지지배, 현실을 몰라도 뒤지게 모르네. 밥벌이가 얼마나 힘든지 아나? 엄마도 이런 현실적인 이야기를 해주는 멘토가 있었다면 이렇게 어영부영 살지는 않았어."

 그녀 말을 온전하게 믿지는 않는다. 왜냐하면 누구나 이루지 못한 꿈이나 과거에 대한 회한에다 그런 식의 핑곗거리를 갖다

붙이기 때문이다.

"그러면 니 인생관이 뭔데?"

"인생관? 그런 거 없어."

그녀가 중요하게 생각하는 인생관이 고작 무난한 일상인이 되는 것이라면 겨우 열일곱 살인 내가 받아들이기엔 너무 뻔한 클리셰 아닌가. 그저 살아 내기, 불온해도 좋은걸, 그래도 행복해. 요즘 내 생활 모토는 이 세 가지다. 그녀처럼 글 같은 것 쓰겠다고 골치 아픈 척하며 제 스트레스를 내게 전가하는 그런 일만 아니라면 그 어떤 인생관도 감내할 준비가 되어 있다. 삐딱해서 고무적인 내 하루는 대체로 평온하다. 그녀의 잔소리와 지나친 관심만 없었으면 좋겠다. 인생이라는 게 어디 계획대로 되기나 하던가. 하루하루 그냥 살아 내면 그게 한 삶의 궤적이 되는 거다. 그녀 흔적이 성공적이라 할 수 없듯이 지금 내 흔적이 실패라고 누가 단언할 수 있나. 그러니 그녀여, 부디 내 충만한 하루의 우물에다 당신 고단한 옷자락일랑 적시지 말기를.

"하여튼 일 벌이는 데는 뭐가 있어. 비키 봐라. 저래 치우다가 손가락까지 깨겠다."

마약 범죄 놀음에 계속 눈을 고정했다간 오후 휴식을 온전히 보장받지 못한다는 걸 감지한 아빠가 꼼지락거리는 그녀를 뒤로 밀쳐낸다. 사금파리를 찍어내기 위해 키친 타월에 물을 묻히려던 아빠가 한마디 더 거든다.

"이기 당신이 맨날 말해쌌는 아방가르든가 다다이즘인가 하는 예술이가? 전위예술도 좋지만 부엌 휴지에다 지렁이 같은 글씨는 말라꼬 써제끼쌌노?"

그녀를 온전하게 이해하지 못하는 건 아빠도 마찬가지다. 어쨌거나 내 주장은 그렇다. 인생 막살아선 안 되지만 그렇다고 부러 징징거릴 필요도 없다. 모르겠다. 그녀 심사가 뒤틀리고 힘든지는 모르겠지만 괴롭지 않은 내 인생에 왜 그녀가 사서 고춧가루를 뿌리는지. 그녀는 온전히 그녀 삶만을 관장했으면 좋겠다. 그게 내 소박한 바람이다.

2. 내핍에 빠졌구나

그녀가 독서 중이다. 소파에 비스듬히 누워 책 표지 모델인, 한껏 도약하는 무용수의 바짓가랑이를 움켜쥐고 있다. 니진스키의 『영혼의 절규』. 제법 두꺼운 책을 한나절 만에 해치우는 중이다. 아빠는 거실 한 코너에 몰려 연신 골프채를 휘두른다.

필드가 아니라 연습장에도 맘대로 못 나가는 아빠의 비애. 연습장 회원권을 끊어놓고 반타작도 못하는 아빠더러 그녀가 몇 번 종알댔다.

"연간 티켓 말고 열흘 단위로 끊으라고. 연습장 갈 시간에 만날 술 푸면서, 버릴라꼬 티켓 끊었냐고요?"

말을 아끼는 게 천성인 아빠가 변명을 했다.

"가기 싫어서 안 갔나? 당신은 직장생활을 안 해 봐서 모린다. 맘은 안 낑기고 싶어도 몸은 회식 자리에 있어야 하는 기 조직생활이라 카는 기다. 뭘 모리면 좀 가만히 있어라. 까불고 있어."

그녀가 아빠에게 까부는지 어쩐지는 잘 모르겠지만 아빠에게만 유독 인색하게 구는 건 사실이다. 내가 알기로 그녀는 타인들에게 금전적 호의를 베풀 줄 안다. 성격이 급한 데다 피해의식이 많은 그녀는 앞장서서 밥값을 내는 편이다. 쓸데없는 호기를 부릴 때도 있는데 그런 날엔 꼭 자신의 주책없음을 아빠에게 확인시킴으로써 동정을 얻으려 한다.

"민지 아빠, 내가 미쳤제? 지가 밥 산다 캤는데 성질 급한 내가 내뿟다. 저거 잘난 남편 자랑만 늘어놓으니까 따라온 친구도 하품만 하던데. 내가 생각해도 오버다, 오버! 내 미친 거 맞제?"

"지금 당신 맘이 억수로 안 편한 모양이제. 밥 사주고도 뭔가 찜찜하다 이 말 아이가? 그카만 그 밥은 안 사는 기 맞다. 친구까지 데불고 와서 동해안 유람하다 니한테 들른 거라며? 남편 자랑에 럭셔리한 생활상만 실컷 듣다 왔는데 어찌 안 찜찜하겠노? 선물로 피데기 한 축까지 준비했다메? 베풀고도 맘이 안 편하면 진심이 아니다, 알겠나? 그래놓고 아직까지 정희씨한테는 다시 국물 멸치 하나도 안 부쳐줬제? 니가 산 빌라값 오른 건 다, 니 친구 정희씨 안목 아이가? 어째 사람이 의리가 없어, 의리가!"

덧붙이자면 그녀 친구 정희씨한테 멸치뿐만 아니라 과메기까지 부쳐준 걸 알고 있지만 아빠는 매년 그 소리를 한다. 멸치 안 부쳐줬다고 서운해할 정희씨가 아님을 아빠도 잘 알고 있다. 다만 아빠가 보기에도 뭐든지 넘치는 듯한 그녀를 자제시키기 위해 그런 예를 들었을 뿐이다.

이럴 때보면 확실히 아빠가 한 수 위다. 아빠와 그녀로부터 자유로운 나 말고 왜 동생이 그녀보다 아빠를 더 좋아하는지 알 것 같다. 그녀가 돈 내는 자리에서 구두끈을 고쳐 매지 못하는 것은 급한 성격 때문이기도 하지만, 그녀의 고백대로라면 콤플렉스 때문이다. 그녀의 청춘은 고달팠다. 그녀의 아버지는 자식을 기르기에 충분한 돈을 가지고 있었으나 절대로 헛된 곳에 쓰는 사람은 아니었다. 그녀의 엄마 또한 마찬가지였다. 공납금이니, 수학여행이니, 교과서 대금이니 따위의 공식적인 비용 외에 사교비나 용돈의 필요성을 인식하지 못했던 그녀의 부모 탓에 그녀는 많이 위축되었다. 더러 사교의 장에서 유머와 미소가 돈보다 한 수 위임을 증명하는 사람들이 있긴 했다. 하지만 그것은 염치없음의 민망함을 위트란 재능으로 변환할 수 있는 사람들에게나 가능한 일이었다. 대개의 경우 사교 모임의 헤게모니는 금전에 좌우된다. 유머와 위트, 심지어 카리스마까지 겸비했으나 내세울 것 없는 경제력으로 소심해진 그녀는 자신의 사교 무기를 발휘할 기회를 번번이 놓쳤다. 다행인지 불행인지 청춘 시절, 그녀를 따르는 후배가 많았다. 하지만 그녀는 될 수 있으면 그들의 눈을 피해 애꿎은 보도 블럭에다 눈을 박고 다녔다.

"언니, 인생 상담 좀 해주세요. 같이 커피 마시러 가요."

후배 중 누군가가 심각하게 그녀의 팔뚝을 잡아끌 때 그녀는 움찔했다. 궁상맞은 선배의 속내를 알아챈 후배가 언제나 먼저 산뜻하게 말했다.

"언니, 커피값은 제가 낼게요."

후배의 제안이 털털하고 담백할수록 그녀의 속내는 초라하고 비참했노라고 그녀는 틈만 나면 아빠에게 추억담을 얘기하곤 했다.

"그러니 여보, 내가 사람들 만나면서 밥값 쓰는 건 뭐라 하지 마. 밥값이나 찻값 스트레스 없는 사회가 내겐 명랑사회야, 유 언더스탠? 자기는 귀한 집 막내로 자라 이런 내 맘 모를걸."

얼떨결에 엄마의 급조된 '귀한 집 막내아들'이 돼버린 아빠는 그녀의 여우짓에 넘어가 그래, 밥값 정도는 써도 괜찮아. 근데 자가발전이 좋겠지? 품위유지비 정도는 벌 수 있다고 만날 큰 소리치니까 난 걱정 안 해. 이렇게 나온다.

한 번 샛길로 빠지면 곁가지를 너무 치는 게 내 연상의 특징이다. 니진스키를 읽는 그녀 얘기를 하다 엄청 길을 돌아간다. 영혼의 절규? 그녀는 니진스키의 절규에 몰입할 때가 아니라 골프연습장에 보내달라고 시위하는 아빠의 골프채 팔매질 절규에 더 신경 써야 하지 않을까. 아빠의 휘두름 속에는 니진스키 못지않은 실존적 영혼의 절규가 숨어 있다. 그녀는 아는지 모르는지. 아빠는 연신 천장을 향해 골프채를 휘두른다. 집안에서 연습하다 거실 전등 여러 개 날렸다는 그녀 친구들의 원성이 거짓이 아닌 것처럼 휙휙, 바람 소리가 날 때마다 전등갓이 흔들린다. 아무리 휘둘러도 제 영혼의 절규를 다 드러내지 못한 아빠가 골프채를 내려놓고 냉장고에서 감을 꺼내온다. 펑퍼짐하게 부푼 그녀 엉덩이 같은 감을 아빠가 깎는다. 니진스키에 빠져 있던 그녀가 얌체 같은 고양이 꼴로 홀짝 소파에서 내려앉는다.

"니진스키는 양성애자였어."

멀뚱멀뚱, 데면데면. 아빠도 나도 심지어 그녀 맘을 헤아릴 줄 아는 동생마저 아무런 반응이 없다.

"상대는 자신의 후견인들이었지. 그들과 차례로 결별하고 아내를 만났다고."

그녀가 다시 아빠를 공략 대상으로 삼는다. 단순 무식(아빠 미안!)을 과묵함으로 방어할 줄 아는 아빠는 여전히 니진스키가 스키를 타든, 스키니 진을 입든 관심 없다는 표정으로 나머지 감을 깎을 뿐이다.

"아빠, 먼저 드세요."

책방에서 게임을 끝낸 동생이 포르르 뛰쳐나와 포크로 찍은 감을 아빠 입에 쏙 밀어 넣는다. 확실히 녀석은 분위기 메이커다. 동생의 이쁜 짓 한 방에 아빠는 금세 기분이 좋아진다. 그녀에게 선심성 멘트를 날린다.

"니진스키가 남자야, 여자야?"

"세상에, 니진스키가 누군지도 몰라?"

"딸내미가 입던 스키니 진은 알아도 그런 건 모른다."

"하여튼 말을 말아야지. 대화가 안 돼. 대화가!"

앗, 이건 아닌데. 이럴 때 그녀는 작정하고 지혜와는 거리가 먼 여자가 되기로 한 듯하다. 어렵게 말문을 튼 아빠의 입에 손수 지퍼를 채우려 하다니, 그것도 모자라 한 수 더 뜬다.

"그럼 이사도라 던컨이 여자인 줄도 모르겠네."

저럴 땐 그녀가 아무리 내 엄마라도 입을 확 꿰매버리고 싶다.

"이사도라? 24시간 돌면서 춤만 춘다던 탤런트 별명 아냐?"

"언제 적 얘길 하고 있어? 관두자, 관둬. 하여튼 당신 때문에 면학 분위기 조성이 안 돼."

"면학 분위기 망치는 일이라면 남의 말할 처지가 아닐 낀데. 당신한테 독서는 수면제잖아."

얄미운 그녀를 향해 한 방 제대로 날린다. 아빠의 멋진 선방!

실은 나도 니진스키가 남잔지 여잔지 모른다. 아예 관심조차 없다. 겉표지에 나온 사진을 봐도 딱히 남자라는 느낌은 들지 않았다. 엄마는 아빠와 나를 한심하다는 듯 쳐다봤다. 엄마가 그런 표정을 지을 때의 대상은 십중팔구 아빠 아니면 나이다.

동생이 마땅히 엄마 편이라는 근거도 없는데, 엄마의 가늠자는 나쁜 것에서는 언제나 동생을 비껴간다.

십 년은 성장하고 십 년은 춤추고 나머지 삼십 년은 정신장애를 앓다 갔다,는 니진스키 평전의 표지 선전 문구를 보고 그녀는 책을 구입했단다. 나라면 그 문구에서 어떤 호기심도 느끼지 않는다. 나서 자라고 살다가 죽는 것, 이 단순한 삶의 궤적 중간에 삼십 년쯤 미친 생이 끼어 제 영혼을 갉아먹은들 뭐 그리 별스러운가. 불안하고 불온한 그 삶이 오히려 역동적이고 좋지 않았을까. 어차피 유한한 삶, 왜 사람들은 남의 생애에 과도한 연민으로 추억하고, 그것도 모자라 활자화까지 해가며 관심을 가지는지 모르겠다. 그런 시간에 수학 문제 하나를 더 풀겠다. 인생은 결국 단순하고 명쾌한 해답인 죽음으로 결론난다는 것을 모르기라도 하는 것처럼.

그녀는 텔레비전 드라마를 거의 보지 않는다. 내가 보기에 교양 있는 척하기 위해서가 아니라 뭔가 시각적인 것에 몰입하는 것을 지겨워하는 것 같다. 그 어떤 드라마에도 별 흥미를 보이지 않는 그녀가 글 쓰는 사람이 맞나, 하는 생각이 들 때도 있다. 그녀의 글 쓰는 친구 중에는 드라마 광 팬이 있다. 아침 드라마에 빠져 출근 시간을 놓치고, 주말 드라마에 미쳐 주인공

팬 카페에 가입했다는 친구의 고백을 그녀는 무척 신기해했다.

드라마나 영화에서 의외로 쓸 거리를 많이 구한다는 그녀 친구의 팁에 공감은 하면서도 막상 드라마 보기는 실천하지 못하는 원인을 그녀는 아직도 찾지 못하고 있다. 굳이 원인을 찾는 다면 남자 앞에서 질질 짜는 여자, 이유 없이 머리끄덩이 잡고 고함치는 아줌마, 친정으로 달려 온 딸의 내막도 듣지 않고 어서 빨리 재벌 시댁으로 들어가라고 다그치는 위대한 서민층 아버지, 아이를 낳지 않은 여자는 반 쪼가리 인생이라는 대사가 할당되는 정형화된 시어머니 등 이런 캐릭터들을 못 견뎌 내는 것 같았다. 요즘 드라마는 그런 것과는 거리가 먼, 세련되고 현실감 넘치는 데도 그녀는 자신의 틀에서 벗어나질 못하고 있는 것 같다.

어쩌다 텔레비전을 같이 볼 일 있으면 우리 세 식구는 그녀와 될 수 있으면 멀리 앉으려고 한다. 저건 저래서 어쩌구, 그건 그래서 저쩌구. 드라마를 제 방식대로 쪼개고 자르고 찢기 때문에 그녀를 제외한 나머지 식구는 편두통을 앓을 지경이다. 그냥, 아무 생각 없이 봐. 즐기라고. 아무리 아빠와 내가 핀잔을 줘도 소용없다. 아예 그녀 앞에서 입을 다무는 게 낫다. 심지어 런닝맨이나 아는 형님 같은 예능 프로그램을 볼 때도 그녀의 편견은 양념처럼 등장한다. 유재석보다는 강호동을 좋아하는 그녀는 일방적으로 런닝맨을 폄훼해 버린다. 유재석이 부러 넘어지고 약한 척하는 거야. 시청자의 기호를 읽고, 방송의 묘미를 아는 거지. 그녀는 조금만 예민한 사람이라면 패를 읽을 수 있는 유재석의 캐릭터를 못마땅해했다. 강호동의 계산된 리액션도 만만찮은데 그녀는 일방적으로 유재석의 캐릭터가 별로라고 말한다. 사물이나 사람에게서 객관적 거리를 확보하는 게 쉽지 않다는 걸 잘 알지만, 그녀의 판단은 때로 너무나 주관적이다. 유재석이나 강호동에 대한 그 어떤 호불호를 갖지 않은 채 오로지 웃기 위해 텔레비전을 보는 나머지 셋은 속으로만 '입닥쳐!'를 외칠 수밖에 없다. 될 수 있으면 그녀와 멀리 앉는다. 그래도 시청에 방해가 된다면, 하나 둘 슬그머니 일어나 작은 텔레비전이 있는 안방으로 건너가 버린다.

  어느 정도는 이해한다. 불안한 그녀 내면 때문에 삶이 지겨워지는 중이다. 불안하니 작은 것에도 자꾸만 시비를 걸게 되는 것이다. 그 나이쯤이면 자연스레 들어차는 막연한 불안감을 그녀는 직면하고 있다. 그녀가 드라마를 싫어하는 것도, 예능 프로그램을 볼 때 시비를 거는 것도 그 프로그램 자체와는 무관하다는 것을 나는 어느 순간 눈치챘다. 텔레비전 앞에서 참외를

반 가른 그녀. 알알이 박힌 노랗고 딱딱한 참외씨를 발라내니, 텅 빈 무덤 같은 참외 속이 보인다. 참외 씨 무덤과 휑한 참외 속을 번갈아 바라보며 한숨짓던 그녀. 건망증 환자처럼 칼질을 멈춘 그녀 표정은 뭔가 휩쓸려 나갔어요, 내 마음 한쪽은 비어 있지요, 라고 말하는 것 같았다. 아빠와 나 그리고 동생이 곁에 있어도 뭔가 공허함을 느끼고 있는 것 같았다. 내가 중간고사를 망치고 그녀 앞에 섰을 때보다 훨씬 깊은 절망을 담은 그녀 순간적인 표정을 잊을 수 없다. 그녀는 고스란히 자신을 앓고 있는 중이다. 그 허기는 성과나 완성이라는 가시적인 현실을 마주하지 못한 자의 자괴감처럼 읽혔다. 열정은 있으되 너무 안으로만 머문 그녀는 이렇다 할 생산성을 담보하지 못하고 있었다. 무모하기라도 했으면 망하거나 승한 것 중 선택이라도 할 수 있지, 이도 저도 아닌 그녀 삶에 스스로 불안의 위기를 만들어내는 것처럼 보였다. 그녀 내면을 읽을 수 있었지만 나는 그녀에게 묻지 않는다. 섣불리 위로하지도 않는다. 대신 반으로 잘린, 씨를 걷어내 속이 빈 참외를 한 입 크게 물어본다.

3. 내 집은 어디인가?

 고백하자면 이 글은 세 번째 다시 쓰고 있다. 그녀 때문에 인스타그램도 맘대로 못한다. 차마 차단을 누를 수도 없고, 내가 자제할 수밖에 없다. 분출할 곳이 없어 온몸이 근질거린다. 임시방편으로 포털 사이트 한 곳에 비밀 카페를 개설했다. 사생활을 들키지 않는 가장 안전한 방법이다. 그곳에서 두 번째 쓴 글까지 다 날려버렸다. 카페에 글을 쓰다 보면 '자동으로 저장 됩니다'라는 멘트가 일이 분 간격으로 화면에 뜬다. 고것 참, 편리하네, 라고 중얼거리며 한나절을 쓰고 난 뒤 수정 버튼을 눌렀는데 웬걸, 카페 초기 화면이 온데간데없이 사라지고 사이트에 접속하려면 비밀번호를 입력하라는 커서만 얄밉게 깜박인다. 괴발개발 써 내려간 넋두리가 순식간에 사라져 버렸다. 뭔가 실수했겠지 싶어 다음날 다시 일기를 쓴 뒤 저장 기능을 대신하는 수정 버튼을 눌렀는데 똑같은 현상이 일었다. 쓰벌, 절로 욕지기가 나왔다. 욕 잘하는 건 아무래도 그녀를 닮았다. 그 피가 어디 갈까? 삼 일째 되는 날, 남아 있던 글을 모조리 내컴퓨터 로컬디스크로 옮겨버렸다. 그 뒤 한 번도 비밀 카페에 들어가 보지 않았다. 그렇게 내일을 안전하게 기약해도 좋아 보였던 내 비밀카페는 삼일천하로 막을 내렸다.

  이 글? 그냥 워드로 써 내려간다. 다 쓴 뒤 어디에 옮겨 놓지? 이참에 블로그 하나 만들면 딱 좋겠지만 그녀 말에 의하면 예비 수험생은 그딴 데 신경 써서는 안 된단다. 그녀는 지난 겨울방학 때부터 나더러 예비 수험생이라 부르기 시작했다. 고3 되어 수험생 소리 듣는 것만으로도 부담 백배일 텐데, 그녀는 고2 되기 직전인 나더러 예비 수험생이라고 마음대로 불러댄다. 요즘은, 조금만 참고 공부해 봐. 네 인생이 달라지잖아. 이렇게 앵무새처럼 되풀이한다. 참고 공부한다고 다 해결되는 세상이 아님을 누구보다 잘 아는 그녀가 저런 말을 한다는 게 좀 우습다. 참고 공부하는 데도 별 뾰족한 수가 없는 것으로 말할 것 같으면 그녀만한 사람도 없지 않은가. 요즘엔 무슨 바람이 불었는지 영어 공부에 재미를 붙였다나. 그것까지는 좋은데 보기에 여간 딱한 게 아니다.

  "어휴, 답답해."

  내가 버린 영어 듣기 평가 문제집을 풀고 있던 그녀더러 그렇게 말했다가 일주일간 간식 구경을 못하는 변을 당했다. 듣기 열일곱 문항 중 산수 문제 비슷한 게 꼭 하나는 나온다. 이를테면 한 고객이 옷 가게에 들러 정찰 가격 블라우스를 애써 35퍼센트 에누리해서 샀다면 실 지불 금액은 얼마인가, 따위의 유치찬란한 문제인데 '후천적 숫자 인지 난해증'을 앓고 있는 그녀가 맞힐 리 없다. 손님과 주인의 흥정을 잘 듣고 백분율 계산을 한 뒤, 더하고 빼서 숫자를 구하기만 하면 되는 문제인데도 그녀는 자꾸만 틀렸다. 열이 오른 그녀는 문제집에서 일부러 그 계산 문제만 찾아 풀었다. 맞힐 리가 없다. 자신도 답답한지 왜 정답이 그녀가 찜한 것이 아니냐고 나에게 따지듯 물어댄다.

"아휴, 답답해. 그냥 들리는 대로 풀어. 꼬아서 계산하지 말고."

안 풀리는 이유조차 설명할 수 없어 답답한 내가 말한다.

"이눔의 지지배가 몰라서 물으면 갈쳐 주면 되지 잘난 척하긴!"

잘난 척이 아니라 댁이 답답한 거 맞거든요. 그렇게 대꾸하고 싶은 걸 억누르고 나는 내 방을 향해 슬며시 자리를 뜬다. 나는 차라리 그녀가 다른 아줌마들처럼 노래교실이나 산악회 또는 에어로빅 강좌 같은 곳에 재미를 붙였으면 좋겠다. 그도 아니면 동네 사우나에 죽친 채 간밤에 본 연예가 소식에 거품을 물거나 시댁 흉을 보면서 슬쩍 신랑 자랑도 잊지 않는 그런 아줌마였으면 좋겠다. 단박에 늘지도 않을 영어 공부를 한답시고 콩글리시로 나를 귀찮게 하는 것만은 정말이지 피하고 싶다. 렛잇비, 그냥 내버려 둬. 공부로 스트레스받는 우리에게 가장 좋은 어른의 관심은 그냥 내버려 두는 것임을 그녀는 모른다.

"니가 다 푼 영어 모의고사 나한데 던져. 재활용하게."

처음 그녀가 내게 그렇게 큰소리칠 때 나는 솔직히 긴장했다.

"틀린 거 많다고 잔소리할 거면 안 보여 줘."

그녀의 숨은 영어 실력에 주눅들까 봐 나는 미리 방어벽을 쳤다.

"안 틀릴 걸 틀려준다면 실망이지."

짐짓 실력을 숨긴 고수처럼 그녀가 거들먹거렸다.

웬걸, 실망한 것은 그녀가 아니라 내 쪽이었다. 그녀는 처음 열 문제를 풀었는데 단 한 문제만 맞힐 수 있었다고 솔직하게 고백했다.

"야이야, 그것도 내용을 알고 맞힌 게 아니라 보기가 그럴듯한 말로 쓰여 있길래 찍은 거다."

다혈질인 그녀가 가끔 귀여워 보일 때가 있는데 저렇게 꼬리를 내릴 때다. 그날 나는 눈치챘다. 그리고 잠깐 '내핍'이란 단어를 웅얼거렸다. 그녀는 내핍의 우물 안에서 분열을 일으키고 있는 중이다. 육체적으로는 주름진 이마, 늘어나는 허리 사이즈, 정신적으로는 텅 빈 가슴 그리고 답답한 머리. 이런 일상을 만성두통처럼 가까이 두고 있으니, 그건 내핍이 분명한 거다. 그녀의 내핍은 내가 세상에 태어나기 훨씬 이전부터 고착화된 고질병일 것이다. 내핍을 견디는 스스로의 처방전으로 가엾은 글쓰기를 해왔노라고 그녀는 심심찮게 고해했다. 거기다가 영어 공부까지 추가한 것인데 그녀는 제법 흥미로워하면서도 절망한다. 일말의 허영 때문에 그녀는 노래교실이나 등산모임 같은, 어쩌면 그녀 자신의 내핍을 영어 공부에서보다 더 치유해 줄지도 모를 그런 처방전은 절대로 취하지 못할 것이다. 평범한 아줌마의 속성조차 따르지 못하는 근거 없는 자존, 그게 그녀의 한계다.

참고 공부해 봐,라는 그녀의 말에 대해서 이야기하다가 여기까지 왔다. 어쨌거나 그녀는 그런 말을 내게 할 필요가 없다고 본다. 공부,라는 말이 별로 필요 없음은 그녀 자신도 잘 안다. 공부라는 게 누가 하라고 해서 되는 성질의 것이 아님을 그녀가 왜 모르겠는가? 그래, 모든 게 내핍의 우물 때문인 거다. 그 속에 갇혀 있는 한 그녀의 모순된 잔소리는 계속될 것이다. 상대에게 꼭 줘야 할 것이 뭔지를 알면서도 그것을 주지 못하는 자기 강박. 그녀의 무의미한 잔소리를 감당하면서 나는 자꾸 연민이 인다.

　오늘 아침에도 그녀랑 한바탕했다.

　"야, 김민지!"

　호의적이 아닌 일로 나를 호칭할 때 그녀는 언제나 야, 김민지,라고 명령조로 서두를 꺼낸다.

　"야, 김민지! 어제 산 이불 또 피밭을 만들어놨네."

　내가 서운한 건 야, 김민수!라고 부르는 횟수보다 야, 김민지!라고 부르는 횟수가 훨씬 많다는 점이다. 아, 아니다. 그녀는 거의 야, 김민수!를 부를 일이 없다. 집에서 동생 민수는 이름이 없다. 아드을! 이 한마디면 끝이다. 동생을 부를 때 그녀는 안 그래도 비염 때문에 망가진 목청을 더욱 코맹맹이 버전으로 가다듬은 후, 아드을! 하며 부드럽게 입술을 공글린다. 콧바람을 내뿜는 그녀 안면 근육이 얼마나 과장된 경쾌함으로 피어나는지 정작 그녀 자신은 모른다. 내 몫의 이불을 그녀가 사 온 것은 일주일 전이었다. 요즘 유행하는 친환경 오가닉 이불이다. 무선 온도 감지 센서가 달려 있어 온열 기능도 된다. 귀찮아서 처음 확인차 말고는 거의 실행 버튼을 누를 일이 없긴 하지만. 그 전에 그녀는 자신의 친구에게 내 흉을 본 적이 있다. '가시나가 온열매트를 켜놓은 채로 맨날 학교로 줄행랑을 친다'는 것이었다.

등교 준비할 시간도 모자라는 판에 아무리 자신의 침대라지만 매트 전원 일일이 끄고 등교하는 학생들이 몇이나 될까? 그냥 내가 학교 간 뒤에 청소하면서 손수 끄면 될 것을 그녀는 왜 동네방네 떠들고 다니는지 모르겠다.

"배려를 아무 데나 붙이지 마라. 그건 습관의 문제니까."

배려 좀 해주면 안 되냐고 대꾸했다가 낮게 깐 목소리만큼 싸늘한 그녀의 눈초리를 맞아야만 했다. 뒤로 물러날 수밖에 없었다. 어쨌거나 전기장판의 전원 끄기 문제로 골치 아프던 그녀가 드디어 해결책을 내놓았다. '오가닉 이불에다 무선 충전 기능 있는 거 하나 사줘. 온도 조절도 돼. 그것 하나면 전기장판 안 써도 돼.' 이렇게 말해준 그녀 친구가 고마울 정도로 이불은 내 맘에 쏙 든다. 오가닉 소재인데 내장재에 무슨 짓을 한 건지 따뜻하기 그지없다. 흰색 세트인데 포인트로 깔개엔 세 송이 꽃 몽우리, 이불엔 여섯 송이 만개한 장미가 수 놓인 독특한 디자인이다. 이불을 덮고 있으면 포근한 느낌도 그만인데 섬세한 디자이너의 손길까지 느껴져 천국의 잠을 자는 것 같았다. 한데 그 이불에다 생리혈 좀 묻힌 걸 두고 그녀는 '피밭을 만들어놨'다고 과장을 하는 것이다. 과히 오버걸 다운 표현법이다.

'댁은 실수 안 하고 사슈?'

이렇게 대꾸하려다 나는 꾹 참는다. 아침으로 나온 시리얼을 꾸역꾸역 밀어넣을 뿐이다. 찬 우유에 탄 시리얼이 목구멍을 타고 내려 가자 뒷골이 서늘해진다. 학교에 도착하자마자 찬 우유 때문에 화장실로 직행하게 될 것이다. 그녀의 잔소리만 없다면 부실한 아침 식단 정도는 이해해 줄 수 있을 것 같다. 그녀와의 갈등(어쩌면 그녀 일방적인)만 빼면, 어떤 험악한 일이 닥쳐도 별 고민 없이 해결할 내 하루는 평화롭기만 하다. 쉬는 시간마다 엄마랑 통화하는 마마걸 같은 친구들도 문제지만 그녀와 마주치는 게 불편한 나 같은 영혼도 문제가 많다는 걸 안다. 하지만 어쩌랴. 이것이 또한 내 한계인 것을. 나도 그녀처럼 이른 내핍을 앓고 있는지도 모르겠다.

4. 물어본다

그녀가 운다. 아니 그녀가 울었다. 그녀를 잘 모르는 주변인들은 그녀가 눈물 따위와는 쉽게 친구가 되지 않을 거라고 단정해 버린다. 하지만 그녀는 건망증대마왕녀 못지않게 눈물의 엘레지이기도 하다. 자고로 눈물이란 꼭 나와야 할 때 흘려줘야지만 제 값어치를 한다. 한데 그녀의 눈물은 대체로 싸구려이다. 그녀는 이미 이십 대 때 자신의 눈물이 그다지 제값을 하지 못한다는 것을 알았다. 이 에피소드는 나머지 우리 세 식구가 지겹도록 들은 이야기이다. 한 남자가 있었다. 첫사랑. 무한대로 뻗어가는 그 남자에의 환幻 때문에 그녀는 우는 날이 늘어만 갔다. 환의 덩이가 커질수록 눈물샘에 숨어 있던 봇물도 크게 터졌다. 남자는 그녀의 눈물에 지쳤다. 좀 더 어른이 된 뒤이기는 하지만 그녀는 자신의 눈물에 지친 남자의 나른한 입꼬리를 충분히 이해했다. 말하자면 값싼 눈물 끝에 값비싼 교훈을 얻은 셈이었다. 무턱대고 눈물샘이 발달한 사람이야말로 지겨운 대상이 될 조짐이 보였다. 이십 대의 그 사건 이후 그녀는 될 수 있는 한, 울지 않으려 이를 악물었다. 그녀는 여자의 눈물 따위에 제 연민 어린 시선을 쏟아붓고서는 흐뭇해하는 남자들을 우스워할 줄도 알게 되었다. 그치들은 엉뚱한 곳에 발휘한 자신의 휴머니즘이 최상급이라고 굳게 믿는 듯했다. 그녀는 값싼 자신의 눈물을 경멸하는 사람이었으므로 그 남자 이후 어떤 남자에게도 동정받기를 원한 적이 없었다. 사무침이 없는 관계를 유지하는 자는 언제나 관계의 우위를 선점한다. 그렇게 무심해진 그녀의 일상은 적어도 평화를 가장할 수는 있었다.

그런 그녀가 울었다. 그것도 내 앞에서.

그녀는 요즘 심리 상담센터에 다닌다. 상담심리를 전공한 그녀 친구가 권했다. 식탁에서 들은 그 이야기의 현장성을 재구성하면 이렇다.

"너, 아들을 딸보다 더 좋아하지?"

"그야 뭐 그렇게 보일 순 있지만, 내 맘은 똑같아."

"조금 솔직해져 봐. 자애란 공평무사할 때 더 빛나잖아."

"그런 말, 말아. 그놈의 공평무사 땜에 아픈 청춘을 보낸 것 잘 알면서"

"농담 말고. 맏이와 막내가 느끼는 사랑의 정도가 다르다잖아. 그건 부모 잘못이야."

동생이 태어난 뒤 맏이들은 자신도 어린데 동생 때문에 어른 취급을 받으면서 크게 상처를 받는다는 내용을 그녀 친구는 되새겨 주고 있었다.

"그렇긴 해. 알게 모르게 딸에게 상처를 줬을 거야. 하지만 맘은 둘 다 똑같이 대했어."

"아냐, 그렇지 않았다는 걸 인정해야 해. 너나 나나. 애정과 자애는 달라. 애정은 소유욕이지만 자애는 발산욕이야. 자신을 돌아봐. 더 나아질 수 있어."

자신을 돌아보면 공평한 자애를 줄 수 있다는 그녀 친구의 말에 그녀는 충격을 받았다. 그녀 자신이 조금은 공평무사하지 못했다는 것을 여태껏 인지하지 못하고 있었던 것이다. 아무렇지 않은 척했으나 실은 당황한 그녀는 상담센터 수강생이 되었다. 그녀에게 조금씩 변화가 일기 시작했다. '모든 현재는 모든 과거의 집합'이라는 센터장의 화두에 수긍을 하게 되었다. 과거의 어떤 트라우마가 사람에 대한, 혹은 사물에 대한 호불호를 규정지을 수 있다는 가르침에 동의를 하게 된 것이다. 그녀가 나보다 동생을 더 좋아하는 것은 동생이 단순히 아들이라거나 막내라거나 하는 이유 때문이 아니라 '나를 덜 좋아할 수밖에 없는 어떤 실존적 경험치'가 숨어 있다는 얘기다. 그 경험이 뭔지는 앞으로 계속해서 찾아 나가야 하고 그 답은 그녀의 과거 속에 있다는 것이다.

　이런 사실은 그녀가 종강 두 시간을 앞두고 나를 그 센터에 초대해서 알게 되었다. 가족 갈등 당사자를 방청객으로 초청한 상담이었다. 솔직히 말하면 나는 그녀의 갈등 상대자가 아니라고 생각한다. 아무것도 모른 채 그녀의 요청에 참석하긴 했지만, 그때도 지금도 그러한 생각에는 변함이 없다. 굳이 카뮈 아저씨의 사상을 빌리지 않더라도, 가족 사이에서도 어느 정도는 부조리한 그 무엇이 존재한다는 것쯤은 안다. 그런 사소한 것까지 문제 의식을 가지고 덤빈다면 이 세상 피곤해서 어떻게 살겠는가. 어쨌거나 그녀는 내가 그녀를 생각하는 것 이상으로 스스로 갈등 상황을 만들어 가고 있는 셈이었다. 그런 내 생각은 틀리지 않았다. 상담센터장이 그것을 확인해 주었다. 갈등의 진폭이 서로 다른 건 과거 경험의 폭이 다르기 때문이란다. 그녀만큼 그녀와의 관계에 내가 심각하게 반응하지 않는 건 내 경험의 폭이 단순하고 담백하기 때문이라나. 알듯 말듯 한 얘기였지만 충분히 공감할 수 있었다. 개인적 경험의 상호 작용을 심리학에 녹여내 설명하면서 센터장은 감성에 호소하는 말들을 쏟아냈다. 학문으로서 가족 관계를 수치화하고 분석해서 재해석할 것 같은 내 예상을 엎어버렸다.

"자녀에게 사랑한다는 문자를 보내세요."

"자기 전 한 번만 안아주세요."

"함께 목욕탕에 가세요."

"손잡고 산행을 하세요."

센터장이 이런 뻔한 결론을 수강생들에게 주입할 때 나는 무척 지루했다. 한데 여기저기서 훌쩍이기 시작하는 것이었다. 대부분이 그녀 같은 아줌마 부대들이었다. 센터장을 가운데 두고 그녀와 눈이 마주쳤다. 그녀가 울고 있었다. 왜 여기 불려 와 앉아 있는지 멀뚱해하는 나로서는 조금 당황했지만 어쨌거나 아줌마 부대에 섞여 앉은 그녀도 울었다. 한때 한 남자 앞에서 흘렸던 어처구니없는 눈물이 재생되는 순간이었다. '평소 쿨한 척 이미지 관리하더니 한 방에 말아 드시는구려.' 하는 통쾌함이 내 맘을 휘저었다. 하지만 그녀 상황을 조금은 이해할 마음도 있었다. 하지만 연민하는 그 마음도 오래가지는 않을 것이다. 사람은 쉽게 변하는 게 아니니까. 그녀가 내 앞에서 울었다고 해서 그녀의 자애 부등호가 동생 쪽에서 내 쪽으로 급작스레 꺾이는 것은 아닐 것이다. 나는 '열 손가락 깨물어 안 아픈 손가락 없다' 같은 기만 섞인 속담을 맹신할 만큼 멍청이는 아니다. 아, 수정해야겠다. 안 아픈 손가락이 아니라 덜 아픈 손가락으로. 언젠가 잠 안 오는 밤, 그녀가 읽던 심리 상자, 어쩌구 하는 책을 본 적이 있는데, 어쩌면 어린 시절 덜 아픈 손가락의 당사자가 그녀였을지도 모른다는 생각을 해본다. 계란프라이가 오빠 도시락에만 얹히던 유년을 유머러스하게 추억하는 그녀도 극복하지 못했던 그 미묘한 경험, 밥상 앞에서 오빠만 무릎에 앉히던 아버지에 대한 야속함. 욕하면서 닮는다는 식으로 그녀의 트라우마가 내 앞에서 재현되는 것은 아닌가 모르겠다.

각설하고 하필이면 그녀가 운 날 저녁, 내 모의고사 성적표가 집으로 배달되었다. 아무리 자유로운 영혼인 척해도 딸내미의 하찮은 모의고사 성적에 신경을 쓰는 한 그녀는 삼류 자유인에 지나지 않는다. 나는 그녀가 아주 많이 자유로워졌으면 좋겠다. 나로부터 가족으로부터 심지어 그녀 자신으로부터. 하지만 아직 멀었다. 자신 있는 수학과 영어조차 엉망인 등급이 매겨진 결과표를 보자, 그녀는 보란 듯이 탁, 식탁 위로 그것을 내리찍는다. 열 마디의 말보다 싸늘한 눈초리 한 가닥이 더 모욕적일 때도 있는데 이번에는 왠지 그런 기분을 느끼지 못했다. 제 영혼을 갉아먹는 그녀의 쓸데없는 번민에 속절없는 연민이 밀려든 것이다.

힘내라, 담에 잘하면 되지, 뭐. 이런 교양 있는 모성을 기대한 건 아니었다. 하지만 오후 한나절의 마음 깊숙한 곳에서의 울음보가 무색할 정도로 저토록 품격 없는 현장성을 금세 노출하다니. 역시 사람은 쉽게 변하지 않는다.

그날 저녁 그녀를 연민하느라 약간 피로하긴 했지만, 나는 낙서를 남겼다.(나도 많이 괴로웠던가? 아직은 잘 모르겠다.) 그녀와 소통하는 별 뾰족한 방법을 알지 못하는 나로서는 종종 이런 방법을 쓴다. 너저분한 내 책상 위 연습장에다 그녀에 대한 아쉬운 맘을 배설했다. 이번에는 이랬다.

"날고 싶다. 벗어나고 싶다. 하루빨리 날아오르자."

그녀는 분명 내 낙서를 읽게 될 것이다. 그 낙서가 내가 학원을 파하고 내 방문을 열 때까지 온전하다면 그녀만의 갈등이 약하다는 뜻이고, 찢어진 채 쓰레기통으로 직행했다면 그녀의 자존심이 상처받았다는 뜻이다. 물론 아무래도 상관없다.

집에 들어갈 때 현관문을 열어줄 그녀 표정이 궁금하다.

안개 기둥

그 통지서가 왜 딸려 왔을까.

도심을 벗어나면서도 혼란스러웠다. 십여 년만의 고향길이었다. 캄란콩 아저씨가 만나고 싶다셔. 아저씨 전화번호 내게 있으니 필요하면 연락 줘. 카페지기인 동창 해수가 전화해 오기 전까지는 의문의 통지서가 딸려 온 것을 전혀 눈치채지 못했다.

드넓은 강물 위로 갑자기 몰려오던 저녁 안개, 희부연 사위 속에 파스텔 수채화처럼 풀어지던 어떤 실루엣. 오십 년이 다 되어 간다. 그날의 풍경에 대해선 누구에게도 말한 적이 없다. 바늘처럼 찔러대던 통증 같은 밤들. 풀려날 기미 없는 죄의식의 심연을 숱하게도 헤맸다. 속죄나 고백의 주제를 다루는 소설처럼 언젠가는 나도 그런 소설을 쓰게 될 날이 올 것이라 예감하곤 했다. 불가해하고 불가사의한 세상 앞에서 절망할 때마다 월산아재를 떠올리곤 했다. 뼛속 깊이 연파 양반이자 수안 선비였던 월산아재. 그리고 캄란콩과 순경이와 내가 얽힌 일련의 사건들…….

캄란콩을 만나기 전에 통지서의 진실부터 알아야 했다. 금씨 아저씨라면 내막을 알고 있을 터였다. 고향 정취도 되새기고 금씨도 만나 보고. 오늘 여행의 목적이었다. 월산아재 말년의 궤적을 알 만한 유일한 어른인 데다, 아재가 만난 마지막 사람이 금씨이기도 하니까.

문화연구원 주차장에 차를 세웠다. 수안마을 초입이었다. 본관 건물 이마에 '혼과 예의 본향 연파'라는 거대한 간판이 보인다. 이 매혹적인 타이틀을 선점한 것은 아무리 봐도 신의 한 수이다. 연파에 대한 홍보 문구로 이보다 나은 것은 없으리라. '전통의 숨결이 흐르는 도시'라는 보조 표현도 맘에 든다. 한결같은 연구 정신으로 연파학을 정립해 나가는 소식을 접할 때마다 이곳 출신인 게 괜히 뿌듯했다. 책을 읽으면서 참고할 만한 학술서들의 많은 부분이, 연파시의 이름으로 간행된 것을 알았을 때의 놀라움과 벅찬 감동도 숨기지 않겠다.

관광객들의 방문이 이어지면서 수안마을은 활기를 찾고 있었다. 본 마을은 물속에 갇혔고 댐이 들어서면서 이주 단지가 형성된 곳이었다. 그조차 오랜 세월이 지나면서 고향 본연의 향기와 맛을 잃어가고 있었다. 다행하게도 연파시와 수안마을 주민들의 노력으로 고요한 퇴락의 기미를 벗고 마을은 관광지로 거듭나고 있었다. 하지만 이발소, 중국집, 떡방앗간으로 이어지는 골목에 들어서면 1980년대 아니 1970년대 당시의 신단지 형성 초창기의 흔적이 빛바랜 흔적처럼 남아 있었다. 그만큼 이곳의 시간은 겉과 안이 다르게 흘렀다. 왜 수안마을을 학문의 마지막 방주요, 잊힌 예의의 발원지라고 하는지 알 것 같았다. 담벼락과 길 곳곳에 풍경화와 입체화가 그려져 있다. 담박한 고졸미는 사라지고 키치적 때깔을 입은 모습이 조금은 낯설다. 수몰민의 얼룩진 삶을 가리는 은폐의 용도는 아니겠지. 출향민으로서 괜히 예민해진다. 관광객의 하루치 오락이 주민들의 오랜 상처와 맞바꾼 것임을 그 누가 알까.

 지난봄, 나는 문제의 통지서 서류를 고향 카페에 올렸다. 몇 년 전 해수는 '물안개 속 기러기'라는 카페를 개설했다. 사라져버린 고향마을을 그리는 소통 공간이었다. 뿔뿔이 헤어져 살고 있지만, 마음만은 수안마을에 남아 있다는 취지였다. 서류는 '연파댐 수몰지구 보상 수령 통지서'였다. 돈뭉치나 남길 것이지 아버지는 아무짝에도 쓸모없는 그 서류뭉치를 작은 궤에 담아 유산인양 남겼다. 평생을 성실히 살아온 아버지에겐 그것이 당신 존재 증명의 전부였을지도 모른다. 모두 열두 장인 통지서는 1975년 2월과 8월 사이에 작성된 공문서였다. A4 용지보다는 작고 B5 용지보다는 큰 사이즈의 통지서는 누렇게 변색 되고 얼룩진 데다 눅진한 먼지 냄새까지 풍겼다. 캄란콩의 눈썰미에 의하면 그 서류의 마지막 한 장이 아버지가 아닌 캄란콩 자신의 이름으로 되어 있다는 것이었다. 해수의 전언을 듣고 서류를 다시 살펴보았다. 열두 번째 통지서의 수신인 이름은 분명 캄란콩의 본명인 이욱해로 되어 있었다.

앞쪽 열 장은 지번 차례대로 '토지의 표시 및 가격'에 관한 것이었고, 나머지 두 장이 '지장 물건 표시 및 가격'에 관한 것이었다. 토지 항목은 토지 가격만 죽 적혀 있어서 별다른 눈길이 가지 않았다. 하지만 지장 물건 항목에는 절로 눈길이 오래 머물렀다. 주택 및 행랑, 연초 소매업과 일용잡화 권리금 그리고 헛간과 변소 가격까지를 망라하고 있었다. 아버지의 이 통지서 뒤에 한 장이 더 붙었는데 그것이 캄란콩의 이름으로 되어 있었다. 캄란콩의 물건 내역서도 보았다. 너무 구체적이라 코끝이 시큰해졌다. 주택 176,897, 헛간 9,720, 변소 3,600, 담장 11,900, 뽕나무 12그루 4,554, 복숭아 12그루 2,290, 대추나무 12그루 4,400 ……. 금액 항목 아래에 적나라하고 빼곡한

숫자가 수기로 적혀 있었다. 희한한 일이긴 했다. 당시 캄란콩이 받을 보상이 한 푼도 없다는 것은 나 같은 꼬맹이도 알고 있었다. 캄란콩 이름의 보상 내역서가 존재하는 것도 신기했고, 그것이 아버지 서류에 딸려 온 것도 의문이었다.

 보상 내역을 찍어 카페에까지 올린 것은, 오랜 시간이 지났지만 수몰민의 실존적 허탈감을 전파하고 싶어서였다. 요즘 화폐 기준으로 보면 터무니없는 보상 액수가 헛웃음을 짓게 했고, 변소와 헛간 그리고 유실수 그루 수까지 적힌 그 아련한 시간을 공유하고 싶었다. 슬퍼서 웃음이 나는 그 자료를 통해, 그때의 애환을 상기하고픈 마음도 없지 않았다.

 마을 수상길로 내려갔다. 6월이었지만 뜨거운 햇빛이 호수 주변을 내리쬐고 있었다. 물 가장자리는 쓰레기와 녹조 때문에 지저분하고 어수선했다. 하지만 수상교를 조금만 걷다 보면 물의 도시 연파답다는 감탄이 절로 나올 만큼 푸르고 드넓은 호수가 펼쳐졌다. 연파煙波. 안개 낀 물결의 고장이라는 의미처럼 이 도시 물길에는 사계절 안개가 연기처럼 수면에 피어오르곤 했다. 고향을 떠나기 전까지 나는 모든 마을 앞으로 큰 강이 흐르는 줄 알았다. 마을마다 물돌이 강을 끼고 산다는 게 얼마나 큰

행운인지는 큰 강 없는 타지를 떠돌면서 알았다. 수상교 중간쯤에 다다르면 아담한 산성이 섬처럼 떠 있고 그 앞의 깊은 물속이 학교가 있던 자리였다. 다리 한쪽 전시 공간에는 댐 건설 이전의 마을 풍광이 사진과 전시물로 재현되어 있었다. 연파시에서 삼십 분 거리인 이 마을이 내가 나고 자란 수안마을이었다. 수안水雁이라는 지명 역시 안개와 관련이 있었다. 물 위에 뜬 새벽 물안개가 무리진 기러기 형상을 한 데서 따온 이름이었다. 물속 기러기 마을이라고 '물기' 마을이라고 줄여서 불렀다. 기러기 모양의 안개가 떠도는 평화롭고 한갓진 마을의 본류는 이제 저 물속에 가라앉아 버렸다. 과거의 시간으로만 남은 전시물들을 한참 들여다보던 남자가 옆 동료에게 무심코 말을 건넸다. 예와 선비의 문화 원류를 찾아서, 라는 코너의 사진과 문구는 내리꽂는 태양과 물바람에 거의 바래져 있었다.

"고리타분하잖아. 선비는 무슨 얼어 죽을."

종종 듣던 말이었다. 내 고향이 연파라고 말하면 처음에는 아, 양반 동네 출신이네요, 하고 호의적으로 반응했다. 하지만 좀 만만해졌다 싶으면 사람들은 저 남자의 반응과 별다르지 않은 속내를 비치곤 했다. 그럴 때마다 나는 반박할 명쾌한 말들이 금방 떠오르지 않아 난감해하곤 했다. 그런 말들을 인정해서가 아니라, 고향에 대한 자긍이나 기개를 충분히 담지 못한 상태에서 고향을 떠나왔구나, 하는 아쉬움 때문이었다. 더러 무례하다 싶을 정도의 언사를 취하는 이도 있었다. 태평한 논쟁으로 학문을 허비하고, 타성에 젖은 아둔함에 머무느라 연파가 발전이 더디다는 것이었다. 객관적 시선인 양 이런 목소리가 높아지면 나는 니들이 연파를 알아? 살아는 봤어? 하고 한때 유행한 광고 문구를 빗대 반발하곤 했다. 월산아재 한 명만 내세워도 제대로 연파와 연파 사람에 대한 정체성을 보여줄 수 있을 것만 같았다.

  어린 우리는 그를 월산아재라 불렀다. 부드러운 얼굴선과 안온한 눈빛부터 신뢰감을 주는 사람이었다. 마을의 크고 작은 일을 도맡아 했던 리더였다. 수몰에 대한 보상이 행해질 즈음, 아재는 한 집이라도 불이익을 당하지 않도록 분주히도 쫓아다녔다. 아재의 최대 장점은 융통성 있는 처신이었다. 수안 선비라고 불렸지만, 옛것을 따르라거나 딱딱한 원칙을 강요하는 사람이 아니었다. 막연한 기대를 바라는 몽상가는 더욱 아니었다. 삶의 뿌리를 현실에 둔 실용적인 행동가였다. 한 영혼이 그토록 순정하게 공동체의 이익을 위해 고군분투하는 것을 본 적이 없다. 겸양과 섬김, 가족애와 이웃 사랑, 검약과 절제를 실천하면서 융통성까지 겸비하기는 힘들 텐데 아재는 그릇이 컸다.

아재요, 아재는 왜 그리 착해요? 어린 우리가 물으면 월산아재는 "착한 사람, 나쁜 사람이 어데 있노. 조상들의 삶을 따르는 거 밖에 없다." 이렇게 말하곤 했다. 선대부터 이어온 조상들이 가르쳐준 인간에 대한 기본적이고도 아름다운 존중이 이곳 집성촌에는 면면히 이어지고 있었다. 댐이 생기면 저마다의 터전으로 옮겨가겠지만, 월산아재는 이런 정신이 사람들 마음에서 사라질까 우려하곤 했다.

물이 들어차기 전 마지막 여름방학, 아재는 겸허당 마루에 어린 우리들을 모아 놓고 이렇게 말했다. 떠나더라도 자신을 잃지 말아라, 바른길을 가거라. 이런 자세는 윗대부터 몇 백 년째 이어지는 기본 정신이었다. 빈손으로 가지 않고, 빈손으로 보내지 않는다. 월산아재가 우리에게 가르쳐준 최초의 행동 덕목이었다. 사칙연산도 역사도 특강해 주던 아재의 마무리 학습은 언제나 이런 소소한 행동 강령이었다. 연파학 맥을 잇는 옛 기록에도 보면 이런 사례들이 꼼꼼히 적혀 있다고 했다. 옷감과 벼루를 받으면 참빗과 부채를, 곶감을 받으면 대추라도 답례하는 마음이 마을을 이루는 기본이라고 말했다.

"그렇다고 누가 뭘 들고 오나 안 오나 손끝을 봐서도 안 된다."

월산아재의 염치 문화 강좌는 은연중에 우리의 강령처럼 되었다. 인간이 인간다운 행위의 가장 기본적인 태도가 염치를 아는 것이라 했다. 염치 문화의 미풍양속이 생활 속 제일 실천 강령이라고 아재는 강조하고 또 강조했다. 가르침의 깊은 내용은 잘 이해하지 못했지만, 우리는 마을에서 어른 한 명의 역할이 얼마나 중요한지는 확실히 알게 되었다.

　이런 분위기 덕인지 나는 나이 든 지금도 방문객의 손끝을 잘 보지 않는다. 손 언저리에 눈길이 가는 것을 피하고, 손님의 차림새를 위아래로 훑지도 않는다. 사람을 앞에 두고 귓속말하는 것도 안 좋은 것이라고 배운 기억이 또렷하다. 월산아재의 조기 교육 덕에 너무 웃자라버린 경우였다. 어쨌거나 아재와 함께라면 깜깜한 동굴이라도 환하게 헤쳐 갈 수 있던 시절이었다.

　그런 월산아재에게도 아킬레스건은 있었다. 순경이었다. 아무리 좋은 아버지의, 더할 나위 없는 가르침이라 해도 순경이만은 교화하지 못했다. 술이 한 순배 돌면 아재는 푸념 삼아 아버지께 이런 말을 하곤 했다. "행님요, 자식 진짜 맘대로 안 되니더. 달래보기도 하고 얼굴 붉혀도 보지만, 절대 뺏을 수는 없디더." 아는 것보다 중요한 게 느끼는 것인데, 순경이 하나 바르게 이끌지 못하는데 무에 그리 동분서주하는지 모르겠다며 하소

연하곤 했다. 순경이나 나나 삶의 지혜를 제대로 익히기에는 너무 어린 나이였다. 순경이와 나는 결이 맞지 않았다. 아주 지독히.

나와 순경이가 그랬듯이 월산아재와 대척인 지점에 캄란콩이 있었다. 그의 유일한 자부심은 베트남 파병 출신이라는 점이었다. 그도 그럴 것이 근동 마을 몇을 합해도 파병 군인은 캄란콩밖에 없었다. 청룡부대 깃발 휘날리며 베트남 중부 전선인 캄란만에 상륙했었다는 이야기는 수십 번도 더 들었다. 일 년도 안 되는 그 경험은 가진 것 없는 캄란콩의 강력한 무기가 되었다. 캄란에서 베트콩 잡던 사내라는 의미로 캄란콩으로 불렸는데, '캄란에 다녀온 베트콩 같은 새끼'라는 폄훼의 의미가 숨어있다는 것은 캄란콩 자신만 몰랐다.

스스로를 일컬어 '파월 용사'라고 칭할 때 그의 눈빛은 이미 정글 속을 누비고 있었다. "파월 용사한테 보상 하나 못 해준다꼬, 엉?"라든가 "파월 용사한테 도랑 치는 부역에 나오라꼬, 엉?" 같은 말로 마을 분위기를 흘트렸다. 인근 사람들도 이욱해, 라는 본명은 몰라도 캄란콩이란 별명은 다 알 정도였다. 마을의 훼방꾼이자 근동의 이단아인 그를 좋아하는 사람은 아무도 없었다. 아재만이 예외였다.

캄란콩은 집도 절도 없는 사람이었다. 캄란콩 아버지가 재산을 처분해 타지로 나갔다가 말아먹고 귀향했기 때문이었다. 탕진한 재산과 함께 캄란콩의 아버지는 술병으로 죽었다. 월산아재는 당신 명의로 된 집터와 집을 기꺼이 내주었다. 캄란콩이 월남 파병에서 귀국한 뒤에는 논과 밭도 공짜로 부치게 해주었다. 캄란콩의 노모를 봐서 그렇게 하는 거라 했지만, 아재는 원래 그런 사람이었다.

 해수의 전언에 의하면 캄란콩은 몇 년간 관공서를 들락거린 끝에 기어이 유공자로 인정을 받았단다. 겉은 멀쩡해 보여도 참전 후유증으로 협심증을 앓는다고 어필을 한 것이 당국에 받아들여졌다고 했다. 국가유공자를 위한 복지 사업 일환으로 복권 판매소까지 불하받았다고 했다. 한때 거기서 나오는 월세만 해도 쏠쏠했다고 했다.

 석빙고 자리가 저기쯤이었을까. 수상교 끝자리에서 호수 오른쪽을 가늠해 보았다. 석빙고는 댐 수몰 직전에 연파 민속촌과 달빛 다리 근처로 옮겨갔다. 하곳길, 서촌리 모퉁이를 돌면 길 왼쪽 바투 붙어 석빙고가 있었다. 큰 돌을 깎아 만든 내부에 잔디를 얹은 구조물이었다. 출입구가 뒤쪽으로 숨어있었기에, 겉으로 보면 큰 무덤처럼 보였다. 무더위를 피해 더위를 식히곤 했는데, 시원하면서 으스스한 기운이 오히려 호기심을 불러일으키던 우리만의 쉼터였다. 임금께 진상할 은어를 보관하던 장소라거나 겨울에 채취한 얼음을 저장하던 시설이라는 것을 그때는 몰랐다.

언제나처럼 무리를 이뤄 학교를 나섰다. 끼고 싶지 않았지만, 십 리 귀갓길을 혼자 갈 수는 없었다. 순경이가 석빙고 안으로 들어가자고 했다. 별생각 없이 나도 아이들 꽁무니를 따랐다. 순경이는 몇 주째 내게 말을 걸지 않았다. 동네 아이들이 내게 다가오는 낌새라도 보이면 눈빛으로 저지했다. 여자 엄석대가 따로 없었다. 석빙고 안은 어두컴컴했다. 순경이가 다른 아이들을 향해 나와 놀 것이냐고 물었다. 대답 대신 아이들은 석빙고 벽에 파진 손바닥 만한 홈들을 보거나 축축한 바닥을 내려다봤다.

"봤지? 니 편은 없어. 선생님이 팔뚝에 낀 때 밀어주니 좋디? 선생님 흰머리 뽑아주면서 아주 신났더라."

나로서는 기억조차 나지 않는 일 학년 때의 일까지 들먹이며 순경이는 나를 압박했다.

"그럼 내가 어째야 하는데?"

나는 기어드는 목소리로 항변했다.

"어째야 하는지 갈체 주꾸마. 이렇게!"

순경이는 다짜고짜 내 머리채를 낚아챘다. 이내 드잡이가 시작됐다. 하지만 날래고 드센 순경이를 당해낼 재간이 없었다. 내 머리칼이 한 줌 뽑혀 나갔다. 흠칫 놀라는 아이들을 이끌고 순경이는 유유히 석빙고를 빠져나갔다. 시원하고 호기심 서린 석빙고가 내겐 한순간에 공포와 수치심 가득한 감옥이 되고 말았다. 홀로 석빙고를 빠져나오며 나는 목 놓아 울었다. 아프고 무서워서가 아니라 외롭고 서러워서 울었다. 저항할 힘도 상대할 배짱도 없는 스스로가 너무 미웠다.

순경이 엄마는 일찍이 집을 나갔다 돌아오기를 반복했다. 갑갑한 데다 남 먼저 위하는 양반이라며 아재와는 재미가 없어서 못 산다고 했다. 둘 사이의 유일한 혈육이 순경이었다. 핏줄이지만 어떻게 저렇게 아재를 닮지 않고 제 엄마만 닮았느냐며 사람들은 뒷말을 했다. 니 월산아재 딸 아니지?, 니 엄마 닮았더라. 이 두 마디를 순경이는 가장 듣기 싫어했다.

순경이보다 나는 두 살 어렸다. 나는 일곱 살에 입학했고 순경이는 아홉 살에 입학했다. 그때는 호적에 관한 사연이 다양한 만큼 입학 나이에도 뚜렷한 원칙이 있던 시절이 아니었다. 또래

보다는 어리니 귀엽게 보일 수는 있어도, 나는 질투를 살 만한 존재는 못 되었다. 똑똑하거나 예쁜 아이와는 한참 멀었다. 모든 걸 독차지해야 하는 순경이 눈에만 그렇게 보일 뿐이었다. 자신에 비해 선생님들이나 마을 어른들이 나를 더 이뻐한다고 단정 짓고 있었다.

우리집 담배포에서 망중한을 보내던 월산아재와 어른들의 시간이 기억난다. 겨울이면 화투와 장기를 둘 때도 있었지만 어른들은 진지한 대화를 나눌 때도 많았다. 그때는 무슨 말인지 잘 이해하지 못했다. 하지만 지금에 와서 월산아재의 어록을 더듬어 보면 새삼 아재가 특별한 사람이었음을 알게 된다. 허무맹랑한 요설과 이상뿐인 문장은 진정한 학문이 아니라고 했다. 진정한 선비는 학문에만 관심이 있는 게 아니라, 실생활에서 관용적이고 적극적이어야 한다. 개인의 성장을 꾀하되, 의리와 기본을 중시해야 한다. 재물을 탐하지 않고 주변을 살펴야 한다 등등. 덕담인 듯 토론인 듯 모인 장정들과 이야기하던 월산아재를 잊지 못한다. 상식적이고 보편적인 정서가 마을에 흐르도록 아재는 부지런히도 애썼다.

하지만 캄란콩은 월산아재를 좋아할 수가 없었다. 댐이 들어서기 두어 해 전이었다. 마을 길을 넓히자는 의견이 지배적이었다. 새 길을 내는데 가장 먼저 많은 땅을 내놓은 월산아재가 주도했다. 수몰 예정지이긴 했지만, 새마을 사업이 한창인 때라 동참하자는 의미도 있었다. 아재의 땅을 공짜로 부치는 캄란콩이 극렬히 반대했다. 한 뼘의 논도 내놓을 수 없다며 뻗댔다. 주객이 전도된 광경이었다. 예의 "파월용사 대접이 이런 거냐"는 몽니를 부렸다. 지나친 결핍으로, 세상과의 불화를 자초하는 것만이 제 자존심을 지킨다고 생각하는 모양이었다. 공사 당일, 굴삭기 기사가 길을 내는 동안 캄란콩은 온몸으로 저항했다. 논바닥에 드러누웠다가 굴삭기를 보고 미친개처럼 달려들다 오른쪽 팔이 부러졌다. 병원으로 실려 가는 자전거 뒤에서도 캄란콩은 아재를 향해 으르렁댔다. "월권이다, 월권! 엉? 저 새끼 내 손으로 죽에뿐다!"

월산아재의 인품이 숙질수록 캄란콩은 아재를 맹렬히 미워했다. 보상 문제가 본격적으로 논의되자 그 감정은 절정으로 치달았다. 아재로서는 캄란콩을 도와주려야 도와 줄 건덕지가 없었다. 호의가 계속되면 권리인 줄 안다고 했던가. 캄란콩은 아재를 만나기만 하면 이렇게 말했다. "내 집에서 내가 버젓이 살고 있는데, 내 것이 아니라는 게 말이 되나, 엉? 한 푼 없이 떠나라 카는 게 말이 되나 말이다!"

아버지가 남긴 보상 통지서에 이런 내용이 나온다. '1970년 10월 이전부터 현재까지 거주하는 세대에 한하여, 이사비와 이향 위자료를 지급한다.' 이사비는 가구당 삼만 팔천 원이었고, 이향 위자료는 인당 오천 원이었다. 그러니까 수몰 대상 재산이 한 푼도 없다고 해도 이사비와 이향 위자료 만큼은 받을 수 있었다. 하지만 캄란콩네는 그마저도 적용 대상이 아니었다. 공시된 날짜보다 석 달 뒤에 낙향했기 때문이었다. 당국이 정한 그 규정을 캄란콩이 이해하려 들 리 없었다. 보상 위원회 마을 대표인 월산아재만 들들 볶았다. 우는 놈 떡 하나 더 줄 수 있는 위치의 사람이 누구인지 캄란콩은 알고 있었다.

"보상도 못 받는 집구석, 엉? 불이나 찔러뿔란다."

댓바람부터 막걸리에 깡소주까지 들이켠 캄란콩은 바지랑대를 들어 장독대를 휘갈겼다. 퍽퍽 몇 개 있지도 않은 장독이 차례로 깨졌다. 된장이 사방으로 흩어졌다. 장물이 검은 눈물처럼 왈칵 쏟아졌다. 청자 담배에 불을 붙여 한 모금 빨더니 캄란콩은 초가지붕을 향해 담뱃불을 던졌다. 추녀 끝 지푸라기에 불이 붙었다. 연기가 오르는 것을 보고 놀란 사람들이 우르르 달려왔다. 집안 물독부터 가까운 우물까지, 물을 퍼 나르느라 온 동네가 분주했다. 젖은 옷가지와 이불 무더기를 지붕으로 던져 겨우 불길을 막았다. 캄란콩의 악다구니는 방화 사건 이후에도 새벽이면 밀려오는 안개처럼 온 마을로 퍼지곤 했다. 그 대상은 노모일 때도 있었지만 대개는 월산아재였다.

산성길을 나와 외곽 삼거리에서 동쪽으로 방향을 틀었다. 댐 건설 막바지에 산허리를 잘라 새 길을 냈었다. 비포장도로였던 그 길이 말끔하게 정비되어 있었다. 마을로 향하는 언덕 직전에 연파 국제 컨벤션센터를 비롯한 세계 정신문화 공원이 조성되어 있었다. 컨벤션 센터는 행사가 없는지 조용했다. 정신문화 공원을 잠시 둘러보았다. 고향 땅이 전통 정신문화 관련 행사와 그것의 보존을 위한 공간으로 거듭나는 것을 보니 큰 위안이 되었다. 누구보다 기뻐할 사람은 월산아재일 것이다. 아재의 맑은 영혼이 컨벤션 센터 주변을 맴도는 것 같았다.

선착장 근처에서 길은 뚝 끊겼다. 연파 순례길 중 산성길의 막다른 장소, 내가 살던 집터 주위는 뻘밭으로 변해 있었다. 고지대에 위치한, 오백 년이 되어 가는 은행나무만이 수안마을이 한 때 번성한 촌락이었음을 알려주고 있을 뿐이었다. 인적 드문 적요한 공간을 오래된 은행나무와 몇 개의 부속 건축물만이 쓸쓸히 지키고 있었다. 선착장 쪽으로 향하려는데, 도로를 가로질러 풀 섶으로 뱀 한 마리가 스르르 사라진다. 몸 말리러 나왔다가 불청객의 출현에 놀란 것 같았다.

그 시절 캄란콩의 뱀 껍질 에피소드가 절로 떠오른다. 지금처럼 여름 문턱을 알리는 유월이었다. 나는 월산아재 집 그러니까 순경이네로 향하고 있었다. 우리집 담벼락을 뚫고 자란 자생 앵두나무에서 딴 앵두 한 줌을 쥔 채. 순경이와 화해하고 싶었다. 엄밀히 말하면 화해는 아니었다. 엄석대 휘하에 들어갈 수밖에 없었던 주인공 '나'처럼 비굴해지려던 참이었다. 왕따로 지낼 수는 없었다.

저만치 삽을 든 채, 예의 청자 담배를 문 캄란콩이 오고 있었다. 논물을 가로채 끌어대고 오는 모양이었다. 되풀이되는 얌통머리없는 짓에 월산아재가 경고했지만 조롱으로 대꾸할 뿐이었다. "내 논에 물 대기라는 속담이 왜 있는데, 엉? 물은 대라고 있는 거 아니요?" 맥락 없고 논리 없이 약을 올리는 건 캄란콩의 특기였다. 달콤한 악취나 불쾌한 순정을 떠올리게 하는, 실소를 부르는 캄란콩의 이러한 소통법이 오히려 인간적으로 보일 지경이었다.

길섶을 기어가던 뱀을 본 것은 나와 캄란콩 동시였다. 캄란콩은 피우던 담배를 휙 던지더니 삽으로 살모사 목을 짓눌렀다.

뱀 모가지를 왼손으로 낚아채더니 순식간에 뱀의 목 아래를 이빨로 물어뜯었다. 이어서 뱀 껍질을 오른손으로 주욱 까내리는 것이었다. 베트콩을 맨손으로 때려잡았다는 말이 거짓이 아니었다. 허연 몸통을 한 살모사는 꼬리 끝까지 온몸을 격렬하게 흔들어 댔다. 뱀 껍질 까내리는 장면에서 나는 까무라칠 듯 소리를 질렀다. 순경이가 고함을 듣고 집 밖으로 나왔다.

순경이는 내가 비굴해질 기회조차 주지 않았다. 나를 보자마자 다짜고짜 뺨을 후려쳤다. 서너 차례 야멸차게도 때렸다. 잘난척한 값이라고 했다. 순경이에게 가야 할 내 손의 앵두가 사방으로 흩어졌다. 캄란콩이 옆에 있었지만, 순경이는 눈도 깜짝하지 않았다. 순식간에 일어난 일인 데다, 손에 든 뱀 때문에 캄란콩도 순경이를 저지할 수 없었다. 어째서 저런 축축한 독종이 월산아재의 딸일 수가 있단 말인가. 순경이에게 아재의 피가 흐른다는 게 도무지 믿어지지 않았다. 지난 운동회, 철봉에서 떨어졌을 때 하필이면 아재가 나를 발견하고 달려왔다. 아재는 흙투성이가 된 내 볼과 팔꿈치를 털어준 뒤 어깨를 감싸 안았다. 아이러니하게도 거친 아재의 손길과 까슬까슬한 옷 촉감이 그렇게 포근하게 느껴질 수가 없었다. 그 장면을 본 순경이 눈이 또 뒤집어진 모양이었다. 이번엔 감히 제 아버지 품에 안겼다는 것이 내 죄목이었다.

학폭 피해자들의 무너지는 자존감과 열패감은 당해보지 않고서는 설명하기 힘들 것이다. 순경이가 화난 이유는 내가 잘난척하며 선생님이나 어른들 앞에서 알랑댄다는 것이었다. 나로선 도무지 잘난척하지 않고, 알랑대지 않는 게 어떤 것인지를 알지 못했다. 어떻게 해도 순경이 맘에 들기는 글렀다. 하루빨리 전학을 가고 싶었다. 하지만 댐 물이 들어차기 전에는 불가능한 일이었다.

뒤늦게 캄란콩이 구세주로 나섰다.

"어린 것들이 파월 용사의 쓴맛을 봐야 아나, 엉?"

캄란콩은 둘 다 말리는 시늉을 했지만 뱀 대가리를 순경이 면전에 휘휘 저었다.

"못된 것들은 엉, 모가지를 비틀어야 돼."

하나도 고맙지 않았다. 캄란콩이 내 편을 들어준 것까지 죄목에 추가되어 더한 왕따를 당할 것이기 때문이었다. 저 흔들리는 뱀 신세야말로 내 모습이었다. 순경이 내 목을 비틀고 발가벗기는 기분이었다. 아버지한테도 손바닥 한 번 맞아 본 적이 없었기에 모멸감은 더했다. 캄란콩 앞에서 수모를 당한 것도 창피했다. 온 우주가 어둠 속 깊이 내려앉는 기분이었다. 이대로 나를 놓아버리고 싶었다. 시골 아이들이 순진하다는 말은 반은 맞고 반은 틀린다. 그들은 도시 문명의 혜택 앞에서나 순진한 것이지, 성정 자체가 도시 아이들보다 더 순진한 것은 아니었다. 경제적 여유 없는 고만고만한 삶이 아이들 세상까지 강퍅하게 만든 것인지도 몰랐다. 어쨌든 내 수치심과 분함은 복수심으로 변해갔다.

그해 여름 별다른 예고도 없이 물이 마을 앞까지 들어찼다. 수몰민을 대상으로 한 보상은 이미 일 년 전에 끝났다. 이주할 시간이 충분히 주어졌지만, 물이 들어차기 전까지는 터전을 버리기 쉽지 않았다. 저지대 주민들은 급히 보따리를 쌌다. 안락했던 낮과 무해한 밤들이 한순간에 사라지는 것을 보며 슬퍼할 겨를조차 없었다.

높은 지대에 위치한 우리 마을은 시간적 여유가 있었다. 물이 차오르긴 했지만, 집과 농토가 완전히 잠길 정도는 아니었다. 누구 하나 섣불리 마을을 떠나지 못했다. 만수위까지 물이 차오른다고 했지만 딱히 그런 것 같지는 않았다. 남아 있는 사람들이 안전하게 떠날 때까지 수위 조절을 하는 것 같았다.

사람들 얼굴에 막연한 두려움의 그늘이 드리워졌다. 오지 않은 미래에 대한 걱정으로 서로를 위로하면서도 그 마음이 제대로 전달되지 않는 나날이었다. 단단했던 연대감이 흐트러질 만큼 저마다 제 안의 불안을 감내하기에 바빴다. 쉽게 잠들지 못하는 밤들이 지나고 있었다.

강물이 호수로 변모하자 현실적인 고통이 따랐다. 이웃한 동네와 하루 아침에 생이별을 하게 된 것이다. 각 마을로 이어지는 길이 물속에 잠겨 버렸다. 돌아가기엔 너무 멀었다. 그때 마을 사람들이 생각해 낸 이동 수단이 넓고 큰 플라스틱 목욕통이었다. 붉은색 고무 다라이 아래, 뗏목을 덧대 안전을 꾀하는 이들도 있었지만 대부분 고무통 자체를 보트로 활용했다. 강을 끼고 산 사람들이라 물과는 친숙했기에 여차하면 수영해서 빠져나오면 된다고 생각했다.

동산 너머에서 내려다보는 댐 풍경은 남해 어디쯤을 옮겨 놓은 것 같았다. 멀고 가까운 산 주위를 드넓은 물이 감싼 형태였다. 그날도 월산아재는 고무통 보트를 호수 위에 띄웠다. 강 건너 안포 언덕에 사는 금씨를 만나고 오는 길이었다. 금씨는 아재의 외척 동생이었다. 열 살 정도 차이 났지만 성향이 비슷해 터놓고 지냈다. 못이 있던 깊숙한 산허리에 살고 있던 금씨는 고향을 지킬 사람 중의 하나였다. 집과 대부분의 농토가 수몰선보다 높은 위치에 있었기에 계속해서 농사를 지을 수 있었다.

어쩌다 내가 그날 호수 근처를 목도했을까. 분명 복수의 화신이 나를 그곳으로 이끌었을 것이다. 캄란콩은 월산아재가 고무 다라이로 도강할 때마다 저놈의 영감탱이, 언젠가는 내 손으로 아작을 내고 만다, 하고 노래를 불렀다. 아직 오십도 되지 않은 아재를 캄란콩은 영감탱이라며 깎아내렸다.

댐의 중간쯤에서 월산아재의 보트가 일렁이는 것이 보였다. 나무로 깎은 노를 저어 강을 건너오는 중이었다. 그때 마을쪽 포구에서 캄란콩이 호수를 향해 헤엄쳐 들어가는 것이 보였다. 섬뜩한 느낌에 가슴이 두근거렸다. 하지만 나는 캄란콩의 진군을 은근히 응원하고 있었다. 그 순간만은 그랬다. 순경이가 내게 한 만행만을 되새겼다. 매몰차고 모질었던 석빙고의 시간과 끔찍하고 사나웠던 뱀 껍질의 순간이 잊힐 리 없었다. 순경이도 고통을 당해야 한다. 순경이에게 가장 큰 고통은 제 아버지, 즉 월산아재의 유고有故일 터였다. 제 아버지를 좋아했던 순경이를 아프게만 할 수 있다면 그것이 월산아재라도 어쩔 수 없다는 생각이었다.

캄란콩의 자맥질과 월산아재의 고무 다라이가 서로 가까워지고 있었다. 그때 점령군처럼 물안개가 몰려들기 시작했다. 삐걱대듯 출렁이던 큰 고무 대야, 작은 물길을 가르며 뛰어든 그림자, 그리고 허우적대던 손길과 손길. 이윽고 아재의 보트도 캄란콩도 짙은 안개 속으로 사라졌다. 순식간에 악마의 장난질에 놀아난 것 같았다. 캄란콩이야 이십 대 후반에다 파월 용사 출신이니까 호수 깊은 곳이라 해도 헤엄쳐 나올 수 있을 것이었다. 하지만 오십을 바라보는 아재에게는 탈출이 무리였다.

적의가 쌓이면 판단력을 잃게 되는 모양이었다. 뭔가 잘못되어 가고 있다는 것을 알아챘을 땐 모든 게 끝난 뒤였다. 나 말고는 목격자가 없었다. 내가 본 것에 대해서 입만 다물면 그만이었다. 내 비겁함은 순전히 순경이 탓이라고 합리화했다. 나는 그 모든 것을 똑똑히 보았다. 하지만 입을 닫았다. 영원히 그 장면을 내 인생에서 삼킬 작정이었다. 하지만 그 침묵 하나로 나는 평생의 자책감에 저당 잡혔다.

아재의 죽음은 단순 사고사로 처리되었다. 기상이변과 부주의로 인한 익사였다. 이틀 뒤 조그맣게 기사까지 났다. 최근에 옛날 신문을 검색해 본 적이 있다. 그 사건의 지방신문 사회면 단발 기사 헤드라인은 이러했다. 고무 대야, 댐 이동 수단으로 위험, 연파댐 건너던 주민 익사. 애도의 감정이라고는 찾을 수 없는, 팩트에 기인한 그 기사를 읽으며 아재의 죽음이 너무 가볍게 소비된 것 같아 더한 죄책감이 일었다.

일주일 뒤, 우리는 이사했다. 예정된 도시행이었다. 순경이가 얼마나 아파하고 괴로워했는지는 들은 바 없다. 내 화급한 마음이 부른 완패한 싸움이자 어리석은 복수였다. 내 하루하루는 지옥이었다. 자책이 들 때마다 스스로를 세뇌했다. 그날 깜란콩은 안개 속 강물로 뛰어들지 않았다! 나는 아무것도, 정말이지 아무것도 보지 못했다! 뼈마디를 뚫고 나온 죄의식이 안개처럼 사방으로 흩어져 사라지기만을 바랐다. 안개는 바람에 흩어지고 온기에 사라지는 속성을 지녔기 때문이었다. 하지만 그 바람이 클수록 내 안의 안개는 흰 소금처럼 커다란 기둥을 만들었다. 악몽인 듯 환영인 듯 그 안개는 단단한 기둥이 되어 나를 옥죘다. 내가 목도한 풍경을 부정할수록 안개는 위무도 달램도 없이 커다랗고 단단한 기둥이 되어 나를 몰아세웠다. 너는 봤다! 그러나 말하지 않았다! 귓가를 때리는 그 목소리는 내 뼛속 기둥까지 욱신하게 파고 들었다.

강을 건너야 안포마을이다. 차량 도선호가 선착장에 보인다. 직선거리 1킬로미터 내외의 두 마을은 댐으로 단절되어 버렸다. 수위가 낮아져 배를 운항하지 못하면 산길을 우회해 30킬로미터 이상을 돌아가야 한다. 컨테이너로 된 운임소에서 안내인이 나온다. 물 건너 아는 할아버지를 만나러 간다고 솔직히 말했다. 신분증 검사가 끝난 뒤 젊은 안내인은 차량 승선을 손짓으로 허락했다. 후진으로 차를 운전해 배에 올랐다. 뜸한 방문객이 성가신 듯 안내인의 눈에는 초점이 없다.

　기관사가 운항을 하는 동안 안내인에게 말을 붙여 보았다. 얼마 전 연파호 횡단 교량 건설사업에 대한 뉴스를 접한 기억이 났기 때문이다.

　"다리가 빨리 놓였으면 좋겠어요."

　"주민들도 그 희망 하나로 견디지요."

　내가 건널 이 물길이 가칭 안포대교의 유력한 후보지라고 했다. 수안마을과 안포마을을 잇는 큰다리가 될 터였다. 동서로 갈라져 버린 주민 생활상이 교량 건설 하나로 충분히 통합될 수 있을 터였다. 호수면 윤슬이 흰 꽃잎 무리처럼 반짝인다. 물결 소리까지 흡수한 동력선 모터 소리가 경쾌하다. 그 시절 고무 다라이 보트 길과 현재의 차량도선 길은 그리 다르지 않아 보인다. 안개 낀 그날, 아재와 캄란콩이 만났던 물길 지점을 눈으로 어림짐작해 본다.

　안포 선착장에 닿는다. 돌아오는 길에도 배를 타겠냐고 묻는 안내인에게 그러겠다고 대답했다. 먼 길을 돌아나갈 이유도 없었지만, 무엇보다 월산아재에게 못다 한 인사를 하고 싶었다. 마을 깊고 높은 터에 금씨는 살고 있었다. 입구에서 금씨 댁을 수소문할 생각이었다. 한데 뜻밖에도 마을 입구에서 금씨를 만날 수 있었다. 운이 좋았다. 경운기를 몰고 가는 노인이 금씨라는 걸 금세 알아차렸다. 많이 야윈 데다 처진 어깨는 어쩔 수 없었지만, 긴 얼굴에 유비 같은 귀 모양새가 그대로였다. 담배포집 딸이라고 내 소개를 하자 반색을 했다. 월산아재랑 제일 가까웠던 사람이 아버지였다는 것도 기억하고 있었다. 산딸기와 앵두 그리고 풋고추를 따서 가는 길이라고 했다. 주말에 딸네 식구들이 서울에서 오기로 했다고 했다. 느티나무 아래 평상에 앉았다.

만수위라 올해 안포리 청보리 축제는 열리지 않았다고 했다. 수위가 낮아지면 돌다리가 드러나고 이웃 마을과 연결이 된다고 했다. 몹시 안타까웠다. 수몰의 상실감보다 오래된 고립감이 더 큰 상처처럼 느껴졌다.

일상적인 안부가 오간 뒤 조심스레 물었다.

"월산아재의 죽음……."

기다리기라도 한 듯 금씨가 내 말을 끊어 받았다.

"형님 죽음이야 뭐 말할 게 더 있나. 안타깝기 그지없지. 돌풍과 안개만 아니었더라도…….."

 내 죄책 서린 의문에 맞장구를 쳐줘야 이야기가 계속될 터인데 금씨는 딱 잘라 그렇게 말했다. 구순이 가까운 노인이 아니라 팔팔한 젊은이 같은 총기를 지니고 있었다. 월산아재의 죽음은 예견된 것이나 마찬가지라고 했다. 보상 문제와 뒤치다꺼리로 마음고생이 심했다고 했다. 와중에 췌장암이 발병해 투병 중이었다고 했다. 아버지를 비롯한 몇몇 어른들은 알고 있었다고 했다. 내가 놀란 표정을 짓자, 어린 우리는 눈치채지 못했을 것이라고 했다. 어쩌면 순경이도 몰랐을 것이란다. 알려고만 했다면 나는 아버지로부터 아재에 대해 충분한 정보를 얻을 수 있었을 터였다. 하지만 침묵을 택한 그 세월 동안, 스스로를 기둥 안에 가두느라 마음의 귀를 열 여유가 없었다. 부끄러운 일이었다. 더 이상 피할 것도 지나치게 비겁해할 필요도 없다는 사실에 조금 위안이 되었다. 날 선 마음도 시간 앞에서는 무뎌지기 마련이었다.

 "순경이 소식은 알고 있어요?"

 금씨가 먼저 순경이를 언급했기에 물어보기가 한결 수월했다. 카페에도 순경이 근황은 올라온 적이 없었다.

 "몇 년 전, 지 아부지 따라 갔다."

우리 가족이 떠나고 일 년 뒤, 순경이도 서울로 이사했다고 했다. 아재가 남긴 재산은 월산 아지매 수중으로 넘어갔고, 그게 순경이까지 득을 볼 정도로 관리가 된 것 같지는 않다고 했다. 남편 복까지 없는 순경이는 말년에 건설 현장의 신호수로 일하다가, 암으로 죽었다고 했다.

"암은 내력이여 내력."

금씨가 담담하게 말했다. 용서하고 용서받을 일들 앞에 죽음이 그 기회마저 막아버린 것 같아 조금은 씁쓸했다. 화해 없는 애도가 무슨 소용일까. 가슴 한쪽이 아려오는 건 어쩔 수 없었다. 순경이가 내게 한 행동보다 복수심에 삐뚤어졌던 내 마음이 결코 더 가벼운 죄라고 여길 수는 없었다.

에코백에서 통지서 서류를 꺼냈다.

"이 서류, 좀 봐주세요."

빛바래고 얼룩진 통지서가 과거를 추억하는 금씨와 궁합이 맞아서일까. 금씨는 정정한 노인답게 통지서의 수신인으로 적힌, 캄란콩의 이름을 정확히 알아보았다.

"이욱해라, 캄란콩 아닌가?"

이웃 동네 사람이었던 금씨가 기억할 정도로 캄란콩은 만인의 악명 높은 캄란콩인 게 분명했다. 둥근 웃음이 났다.

"이 서류가 왜 우리 아버지 것과 함께 있을까요?"

"별다른 이유가 있을라. 당시에도 월산형님이 의논하러 왔지. 내사 뭐, 형님 뜻대로 하시라 그랬제."

그 통지서는 캄란콩에게 주는 월산아재의 마지막 선물이었다고 했다. 보상 명단에서 제외되었던 캄란콩에게 아재가 당신의 것을 양도한 것이었다. 캄란콩이 살던 집과 헛간 등의 보상액을 조건 없이 캄란콩에게 양도했던 것이다. 희미한 기억이지만 뽕나무를 비롯한 과실수가 캄란콩네 집 주변에 있었던 기억은 없다. 추측하건대 몇 푼 되지도 않는 이사비나 이향 위자료조차 받지 못하는 캄란콩네를 위해 월산아재가 내역을 보태 적은 것 같았다. 보탠 것만큼 아재네 보상 항목은 줄어들었을 것이다. 편법이긴 했지만, 이타적인 의도였기에 당시엔 용인되었던 것 같았다. 아재는 길이 남을, 서류라는 확실한 징표로써 캄란콩의 자존심을 세워주려 했던 것이다.

캄란콩에게 내역서 대로 보상금은 주어졌지만, 서류까지 건네지지는 못했다. 굴삭기 앞에서 드러눕는다, 집에 불을 지른다 등등의 이어지는 악행에 아버지와 금씨는 월산아재를 말렸다. 서류를 빌미로 감당할 수 없는 패악을 부릴 수도 있었기 때문이었다. 아재가 통지서를 갖고 있기도 뭣했다. 월산아지매가 자초지종을 안다면 시끄러워질 것이 뻔했다. 보상이 끝나갈 즈음, 아지매는 기가 막히게도 집으로 돌아왔다. 차선책으로 아재를 도왔던 아버지가 그 통지서를 보관할 수밖에 없었다. 아버지로부터는 이런 이야기를 들은 적이 없었다. 인간에 대한 도의와 사람에 대한 희망을 끝까지 버리지 않은 아재의 한결같음에 목이 메었다. 그걸 모를 리 없으면서 어찌 그리 캄란콩은 아재에게 못되게 굴었는지. 지금 생각하니 자신이 부치던 아재의 논밭 보상마저 탐냈던 게 아닌가 싶다.

  금씨와 작별을 했다. 금씨는 앵두와 산딸기 그리고 풋고추까지 챙겨 주었다. 준비해 간 에서 골드 담배 한 보루를 건네는 내 손이 민망해질 만큼 귀한 선물이었다. 살아생전에 금씨 아저씨를 다시 만날 수 있을까 싶은 맘에 발걸음이 무거웠다.

  안포 선착장으로 차를 되돌렸다. 길 양쪽에 금계국과 개망초가 번갈아 흐드러졌다. 길섶 가까이 차를 세운 뒤, 금계국과 개망초를 조심스레 꺾었다. 개망초가 금계국을 안개꽃처럼 둘러싸는 모양새로 작은 꽃다발을 만들었다. 소담한 꽃다발에서 들풀 향이 배어 나왔다.

  내가 본 그날의 풍경이 진실이었을까. 기억도 풍화된다. 풍화 과정에서 왜곡되거나 가공되기도 한다. 따라서 기억은 실재를 증명하지도 않는다. 그날의 풍경에 어떤 왜곡도 스며들지 않았다고 확신할 수 있을까. 금씨를 만난 뒤 그런 생각이 들었다. 당국의 담백한 발표처럼, 주변의 확인처럼 자연현상에 의한 사고사가 명확할 수도 있었다. 한데 왜 나는 그토록 오랜 시간 동안 안개 기둥에 사로잡혀 있었던가. 안개 기둥은 내가 키운 내 안의 괴물일 뿐이었을까. 순경에 대한 복수심과 상처에 대한 강박이 강화되면서 어떤 환영幻影을 만들어 낸 것일까. 기억이 자책으로 남는 지점과 추억으로 치환되는 지점은 한 끗 차이 같았다.

캄란콩을 만나야 할 이유는 이제 사라졌다. 하지만 만나 볼 생각이다. 그날의 진실 때문이 아니라, 못다 전한 아재의 진심이 묻혀서는 안 될 것이었다. 일흔을 훨씬 넘긴 세월을 살았으니, 캄란콩도 원망과 회한이란 과거만을 파먹고 살진 않을 것이다. 어쩌면 캄란콩에게는 소중한 훈장이 될, 오래된 지장 물건 내역 서류도 전해줘야 하지 않는가. 주택 십칠만여 원, 헛간 구천여 원, 변소 삼천여 원, …… 그리고 대추나무 열두 그루 사천여 원. 아련한 보상의 시절이 나란한 과수나무처럼 지나간다.

수안마을로 나가는 배에 다시 올랐다. 들꽃 꽃다발을 보더니 기관사와 안내인은 동시에 눈이 휘둥그레진다. 나는 가만 목례를 하고 강물을 눈으로 가리킨다. 내 의도를 알아채기라도 한 듯 그들은 짐짓 모른 척 시선을 돌린다. 배가 중간쯤 왔을 때 나는 꽃다발을 조심스레 물 위로 던졌다. 아재의 마지막 그날에 보내는 나만의 제의祭儀이자 애도였다. 꽃다발이 조금씩 일렁이며 배에서 멀어진다. 모든 걸 내려놓고 물러앉은 아재처럼 꽃다발은 점점 멀어만 간다.

  월산아재…….

  목메어 더 이상 속말이 나오지 않았다. 그날의 안개와 아재의 병 그리고 허물없고자 한 당신의 삶. 거짓말처럼 연파시 쪽에서 안개가 몰려온다. 뱃머리 쪽으로 휘감던 안개가 점점 내 눈앞으로 다가왔다. 그 안개가 뭉쳐 단단한 기둥을 이룰까 봐 두려웠다. 하지만 그런 일은 일어나지 않았다. 바람이 불자 둥글게 모인 안개는 기러기 모양으로 대형을 이뤘다. 아재를 더 이상 만날 수는 없지만, 위무하듯 안개는 둥글고 부드럽게 내 안을 휘돌아 사라질 것이다. 가까이 수안마을 선착장의 층계가 보이기 시작한다. 배의 엔진 소리가 옅어지자, 마을을 감싼 먼 산에서부터 장막이 걷히듯 서서히 안개가 사라지고 있었다. 저만치 노랗고 하얀 들꽃 다발이 걷히는 안개를 뚫고 고요히 떠내려가고 있었다.

따뜻한 컵
프로젝트

카페 '피다'는 한산하다. 통유리 너머 늦가을 정원이 한눈에 들어온다. 장식 없이 너른 뜰에는 손질되지 않은 잔디만이 바람에 뒤엉킨다. 더벅머리로 엉킨 채 찬바람 맞은 저 잔디를 말끔하게 깎아주고 싶다. 가만 커피잔을 모아 쥔다. 손 안 가득 온기가 감도는 데도 가슴속 뒤얽힌 냉기는 가시지 않는다. 누가 손의 온기가 곧 마음의 온도라고 섣불리 결론지으려 하는가. 나로선 이번 프로젝트가 영 맘에 차지 않는다.

마감이 코앞인데도 웜 컵 프로젝트는 출구를 찾지 못하고 있다. 지리멸렬에 빠진 팀원들이 재충전할 마지막 타이밍이라며 기찬세는 회식 겸 회의를 제안했다. 나는 1차 회식 자리에는 가지 않았다. 알맹이 없는 그 시간을 포기하고 곧장 2차 회의 장소인 피다로 건너왔다. 작업에 필요한 음반과 책을 둘러본다는 핑계였지만 실은 기찬세와 마주하고 싶지 않아서였다. 서점에 가는 척하며, 기찬세에게는 일곱 시 반까지 피다로 가겠다고 카톡을 넣어 두었다. 읽음 표시 1이 금세 사라졌지만 답문은 없었다. 우리팀은 퇴근 회식 후에도 회의가 잦은 편이다. 마음 같아선 회의에도 참석하고 싶지 않다. 하지만 어떤 식으로든 프로젝트 방향이 결론이 나야 하기에 빠질 수는 없다. 삼원 가든에서 돼지갈비를 뜯은 팀원들은 조금 있으면 피다로 몰려올 것이다.

카페 모퉁이에 있는 화장실 입구에서 늙수그레한 남녀 한 쌍이 손을 잡고 나온다. 익숙한 모습이다. 먼저 온 그들이 화장실에 간 사이 내가 들어온 모양이다. 느린 걸음으로 자신들의 자리로 돌아갈 때까지 둘은 잡은 손을 놓지 않는다. 그들 테이블에는 시나몬 롤이 담긴 접시와 커피잔 두 개가 놓여있다. 견우옹과 수로부인임을 금세 알아보겠다. 늙은 커플이 시나몬 롤과 커피를 즐기러 동네 카페 나들이를 한다는 건 기사에서 읽었다. 최근 우리 회사 근처 아파트로 이사했다더니 이곳 피다까지 접수한 모양이었다.

그들은 배우 출신 잉꼬부부이다. 지금은 여행가 커플로 더 잘 알려져 있다. 『버스 타고 방방곡곡』이라는 다소 진부한 제목의 여행서를 출간하기도 했는데 늘그막에 그 분야에 나름의 독자를 확보하고 있었다. 흔한 차 한 대 없이 똑딱이 카메라와 배낭 하나로 전국을 누빈 것은 온 국민이 알 정도였다. 요즘은 힘에 부쳐 핸드폰 카메라와 간단한 크로스백으로 바뀌었고 여행 횟수도 줄었다. 여행 대신 소소한 동네 카페 나들이로 노년을 즐기고 있었다.

볼일 보는 아내를 지키려고 화장실 입구까지 따라나선 호위무사 견우옹. 대중에게 알려진 이미지 그대로이다. 옅은 체크무늬 오버핏 셔츠를 걸친 견우옹과 투 버튼 레이어드 블라우스 차림의 수로부인. 흰 바탕에 살구색이 겹친 부인의 블라우스 왼쪽 가슴엔 붉은 꽃 한 송이가 어깨까지 수놓아져 있다. 클레마티스 꽃이다. 갈색으로 염색한 머리칼을 단정하게 빗어 넘긴 것도 부부가 닮았다. 선글라스를 머리에 얹지도 않았고, 그 흔한 액세서리를 손과 목에 달지도 않았다. 하지만 커플로 맞춰 입은, 감청색 통바지만으로도 중후한 맛을 내기에는 부족함이 없다. 오래전 은퇴한 배우들이라고 믿어지지 않을 만큼 자연스러운 멋과 기품이 우러나온다.

갓 연애질에 들어선 소년 소녀처럼 그들은 소곤댄다. 주로 수로부인이 말을 하고 추임새처럼 견우옹이 고개를 끄덕인다. 말을 잇는 부인의 호흡이 가빠질세라 견우옹은 눈치껏 물컵을 건네곤 한다. 이른 저녁 함께 카페에 나와 시나몬 빵을 뜯고 커피를 마실 수 있는 노년이라니. 별것 아닌 것처럼 보이는 이 노년의 풍경은 아무나 즐길 수 있는 것은 아닐 터였다. 그들 금슬이 얼마나 좋은지에 대한 실시간 목격담이 심심찮게 포털 사이트를 장식했다. 그런 날이면 '견우옹과 수로부인처럼 노년을 보내고 싶어요.'라는 댓글이 순식간에 좌르르 달리곤 했다.

노을빛에 반사되는 두 얼굴빛이 한갓지게 평화로워 보인다. 저들이 우리의 웜 컵 프로젝트 피실험자로 초대되었다면 어땠을까. 따뜻한 컵이 쥐어졌든, 찬 컵이 전해졌든 그 상황과는 무관하게 따뜻하고 긍정적인 선택을 했을 것만 같다. 처음 보는 제 삼의 상대에게도 긍정의 시그널을 한없이 전파했을 것만 같다. 그런 마음은 의도하고 의식하는 마음과는 다른 천성에서 오는 것일 테니까. 그럴수록 웜 컵 프로젝트의 무리한 가설이 떠올라 답답하기만 하다.

'따뜻한 컵 프로젝트 the warm cup project'는 착각하는 인간에 관한 실험이다. 인간 존재의 허당끼를 해석하는 심리 보고서인데, 인간이란 무엇인가에 대한 시리즈 중 세 번째 프로젝트였다. 종편 방송사의 심야 프로그램에 편성된다는데, 그 실험 영상을 우리팀이 맡게 되었다. 따뜻한 컵은 따뜻한 가슴을, 찬 컵은 차가운 가슴을 품는다는 것이 주제인데, 이 명제에 걸맞은 시청각 자료를 하청받은 우리팀이 제작해야 했다. 방송사 담당자의 요구는 단순 확고했다. 주제에 맞는 화면을 만들어 내라는 것이었다. 그러니까 이미 답은 정해져 있었다. 그러니 그 답이 자연스럽게 도출된 것처럼 영상을 최대한 만들어 내야 했다.

  실험 영상의 시놉시스는 그리 복잡하지 않았다. 엘리베이터 안, 한 손엔 무거운 짐, 다른 한 손엔 커피를 든 요원이 피실험자에게 커피를 들어줄 것을 부탁하게 된다. 요원의 손엔 냉커피 또는 온 커피가 들려져 있다. 커피를 들어준 피실험자는 엘리베이터를 내려, 옆에 마련된 사무실에 들어가 한 신입사원의 객원 면접관이 되기로 짜여있다. 물론 피실험자들은 이것이 실험이라는 것을 모르는 상태로 투입된다. 남녀 각 다섯 명, 총 열 명의 피실험자들이 섭외되었다. 그들은 반으로 갈려 각각 냉커피와 온 커피를 들어달라는 부탁을 받게 된다. 이 상황이 설정이라는 것 또한 피실험자들은 모른다. 프로젝트 의도대로라면 온 커피를 들어준 이는 신입사원을 추천해야 하고, 냉커피를 들어준 이는 신입사원을 탈락시켜야 한다. 따뜻한 커피를 들어준 사람은 무의식적으로 가슴에 온기가 돌아 면접 대상에게 호의적이 되는 반면, 냉커피를 들어준 사람은 마음마저 차가워져 면접 대상을 비호감으로 낙인찍게 된다는 것이 방송사가 의도하는 웜 컴 프로젝트의 결론이었다.

　의뢰처의 의도에 맞게 영상을 제작해야 했다. 최대한 자연스러운 장면을 뽑아내느라 우리 팀은 고군분투하고 있었다. 가설이 요구하는 대로 영상을 조작한다면 그 부자연스러움은 금세 탄로날 것이다. 만족스러운 영상이 나오기까지 두어 번의 수고는 할 요량이었다. 가설이 진실이라면 실험 영상 작업은 쉽게 끝날 것이기 때문이었다. 하지만 그리 쉬운 과정이 되지 못하고 있었다. 첫 실험에서 한 명을 제외한 아홉 명의 피실험자가 면접대상자를 신입사원으로 추천하겠다는 의견을 내놓았다. 불채용 의견을 낸 한 명조차 냉커피 쪽이 아니라 오히려 따뜻한 커피를 들어준 쪽이었다.

　원인 분석이 이어졌다. 면접대상자로 투입된 요원의 인상이 너무 좋았다는 의견이 나왔다. 피실험자들의 성향이 다들 순순하고 동정적인 사람들일 수도 있었다는 말도 더해졌다. 각각 냉온커피를 들어달라고 부탁한 요원이 과도하게 친절한 바람에 피실험자들의 기분이 고무되었다는 의견도 있었다. 피실험자들의 그날 컨디션이 공교롭게도 다들 좋았기 때문이 아니겠냐는 의견에도 수긍하는 분위기였다.

　재실험 영상을 찍었다. 면접대상자의 인상이 너무 좋았다는 피실험자들의 조언에 따라 조금 더 평범해 보이는 사람으로 교체했다. 모든 변수를 조율해 피실험자들도 새로 모집했다. 한데 이번에는 더 놀라운 결과가 나와 버렸다. 냉커피를 들어줬던 사람들 네 명은 면접자를 채용하겠다는 의사를 피력했고, 온 커피를 들어줬던 세 명은 면접자를 채용하지 않겠다는 의견을 냈던 것이다. 역시 웜 컴 프로젝트가 의도한 것과는 아무런 연관성이 없는 실험 결과였다. 의뢰측인 방송사도 당황했고, 영상 담당인 우리측도 갈팡질팡했다. 이런 영상 실험을 왜 담아야 하는지 모두 답답해했다.

그렇다고 의뢰한 쪽의 의도대로 영상을 마냥 조작할 수만도 없는 노릇이었다. 눈치 빠른 시청자들과 실험에 동참한 피실험자들의 입을 가벼이 여겨서는 안 되었다. 시각 미디어들의 다각화로 요즘 시청자들의 눈높이라면 금세 알아챌 것이고, 피실험자들 역시 각종 정보 매체에다 진실한 경험담을 늘어놓는다면 손 쓸 길이 없기 때문이었다. 방송에 쓰이는 자료 화면들이 백 퍼센트 진실이 아니라는 것쯤은 이제 시청자들도 아는 시대가 되었다. 하지만 너무 티 나면 송출 안 한만 못했다. 적당히 타협한 조작 영상, 이것이 우리에게 필요할 터였다. 총괄 리더인 기찬세의 얼굴이 굳어졌다. 내가 담당한 음악과 내레이션 작업도

진척이 더디기만 했다.

　냉커피를 들었느냐 온커피를 들었느냐에 따라 사람 마음이 따뜻해질 수도 차가워질 수도 있다니. 그것이야말로 편견이 낳은 착각일 뿐이라는 생각이 들었다. 방송사 기획팀이 하고 싶은 이야기는 인간이란 진실 여부를 떠나 자그마한 물리적 환경에서도 영향을 받는다는 것이었다. 그만큼 어리석고 착각하는 동물이 인간이며, 그 어리석고 착각하는 맛 때문에 인류는 발전할 수 있었다, 뭐 그런 취지인 것 같았다. 인류 발전의 원동력, 이런 취지에는 공감했지만, 그것을 꼭 저런 실험으로 보여줘야만 할까 하는 맘에 슬슬 짜증이 일었다. 실험 환경이나 주변 인물, 피실험자의 심리 상태나 취향 그리고 세계관 등에 따라 얼마든지 선택이 달라질 수 있을 것이었다. 변수를 고려하지 않은 일방적인 가설과 막무가내 실험에 지쳐가고 있었다. 내가 봤을 때는 무의미하고 위험한 가설 같았다. 호기롭게 그 영상 제작을 떠안은 기찬세가 나는 맘에 들지 않았다.

　그간 기찬세와 엮이는 일이라면 뭐든지 꼬였다. 그가 하다만 업무를 떠맡은 적이 있었다. 연애할 남자도 없이 마흔을 목전에 둔 것도 서러운데, 승진은 멀기만 하고 남의 일, 그것도 기찬세의 뒤치다꺼리를 해야한다는 현실이 서글프기만 했다. 인수인

계를 받은 지 얼마 되지 않았을 때였다. 이상한 문자가 한 통 날아왔다. 무슨 내용인지 확실한 기억이 나지는 않지만, 이건 이런데 저건 왜 저런 거냐는 식의 시비 섞인 문자였다. 실무자가 아니면 알 수 없는 내용을 의뢰자의 질문인 것처럼 하고 보내온 것이었다. 누가 이런 문자를 보냈을까. 별생각 없이 확인 버튼을 누르는 순간 깜짝 놀랐다. 발신자 이름에 기찬세의 이름이 떴다가 사라졌기 때문이다. 발신자 표시 제한 문자로 보냈는데 뭐가 잘못되어 순간적이나마 흔적이 뜬 모양이었다. 괘씸하기 그지없었다. 어지간히 할 일이 없나 보다 싶었다. 후일을 잘 부탁한다며 악수를 청하던 모습이 진심이기를 기대하지는 않았다. 포장된 온기 속에 노골적인 냉대를 감추고 있음을 느낄 수 있었기 때문이었다.

 기찬세와 멀어진 직접적인 계기가 있었다. 입사 초창기였다. 지금은 나보다 잘나가는 자리에 있지만, 기찬세는 내 입사 이년 후배이다. 비가 몹시 내리던 날 새벽이었다. 비바람에 부러진 우산을 쓴 기찬세가 내 원룸 앞으로 찾아왔다. 어디서 들었는지 '가죽 호랑 맘과 종이 호랑 맘'이라는 자료가 필요하다고 했다. 방송사 다큐 공모에 실패한, 회사로부터 사실상 폐기 명령을 받은, 분신 같은 그 기획품을 나는 버리지 못하고 있었다.

중산층과 하류층의 아동 양육 방식을 비교 관찰한 영상 및 기록물이었다. 당시 회자되던 '타이거 마더, 엘리트 교육법'을 패러디한 기획물이었다. 혹독한 훈육으로 자녀를 성공시키려는 엄마의 교육법이 옳은가에 대한 보고서였다. 같은 타이거 맘이라도 중산층 엄마와 하류층 엄마가 확연하게 다를 수밖에 없음을 증명하는 다큐 자료들이었다. 개인적으로 흥미가 있어 수십 명의 대조군 학모들을 만나 취재한 것들이었다.

작업한 파일만 줬어도 됐는데 나는 기찬세에게 필요 이상으로 친절했다. 발품 팔고 구글링하고 유료 사이트 뒤져서 구한, 논문을 비롯한 텍스트들을 라면 박스 가득 담아 건넸다. 애석하게도 그 자료는 돌려받지 못했다. 아니 돌려받을 필요가 없게 되어버렸다. '타이거 대디들의 반란'에 소모품으로 소진되었기 때문이었다. 엄마에서 아빠로 주체만 바뀐, 기찬세의 그 기획품은 시놉시스 단계에서 교육방송 공모 사업에 선정되었다. 3회 시리즈로 방송사에 작품이 팔린 것은 회사로서도 고무적인 일이었다. 아이디어를 도용당했다며 억울해할 기회마저 나는 박탈당했다. 지금은 안 되지만 그때는 되는 일이 세상에는 일어나는 법이었다. 모든 일의 성패를 좌우하는 건 타이밍이었다. 뼈마디 속 흐르던 피톨이 솟구치고 영혼이 잠식당하는 느낌이었지만 어찌할 수가 없었다.

  심상찮은 내 얼굴빛을 보고 직속 과장이 들고 일어섰다. 아이디어를 훔치기 전에 양해를 구하거나, 그도 아니면 공동 프로젝트로 했어야 하는 것 아니었냐고 기찬세를 몰아세웠다. 기찬세로서도 할 말은 있었다. 적극적으로 자료를 건네준 것은 나였고, 그것이 문제가 된다면 기획 단계에서 이의를 제기했어야지, 왜 선정된 지금 와서 난리냐는 것이었다. 회사에서는 당연히 기찬세 편이었다. 과정이야 어쨌든 회사의 매출과 위상을 올린 당사자가 기찬세였기 때문이었다.

  따지자면 내 잘못이었다. 당시 나는 기찬세의 첫인상에 호감을 느끼고 있었다. 해서 그 새벽, 기찬세의 빗길 방문에다 어떤 낭만적 의미를 부여하고 있었다. 그런 내 맘을 기찬세가 이용한다는 생각은 전혀 하지 못했다. 내가 자초한 일이니 할 말은 없었다. 따뜻한 컵을 들었다고 따뜻한 것을 선택하는 것만이 아니듯, 따뜻하게 느껴지는 것과 진짜 따뜻한 것은 다른 것이었다. 그때 이후로 나와 기찬세는 한층 껄끄러운 사이가 되었다. 신경전은 끝날 기미를 보이지 않았다.

  어제 일도 지나칠 수가 없다. 프로젝트가 아무리 시원찮아도 내 몫은 쳐내야 한다. 마냥 미룰 수는 없어서 세 번째 실험까지

한 것 중에 살릴 수 있는 것만으로 조합해, 중간 작업을 사내 공유망인 협업 혁신 네트워크에 올렸다. 어떤 기획이든 오픈 채널에서 자유로이 피드백한 뒤 최종 컨펌을 받는다는 게 회사의 방침이었다. 실패할 프로젝트를 알아본 것인지 다들 관심이 없었다. 한나절 만에 겨우 댓글 한 개가 올라왔다. 익명이었다. '음악과 내레이션 조합이 어색해요. 영상은 좋으나 배경 음악이 겉도는 것 같은데요. 좀 더 감각적인 편집이 필요해요.' 배경 음악이 오래된 것이기는 했다. 알이오 스피드 웨건의 '킵 더 파이어 버닝'을 삽입했다. 좋아하는 올드팝이기도 했지만, 죽어가는 프로젝트가 활활 타오르기를 바라는 개인적인 맘도 없지 않았다. 빠르게 지나쳐도 되는 영상들을 배경으로 한 그 음악은 속도감 때문에, 지쳐가는 내 마음에 불을 지펴주고 있었다.

  익명의 댓글 역시 기찬세가 달았다는 것을 느낄 수 있었다. 내 블로그에 기찬세가 다녀간다는 것을 나는 알고 있었다. 어느 날인가 기찬세는 저 아웃사이더 샀어요, 하고 콜린 윌슨의 평론집을 사무실로 들고 와서 자랑했다. 섬세하고 깊이 있는 책이라며 아는 체를 했다. 내가 블로그 독서 카테고리에다 좋은 책이지만 끝까지 읽기 힘든 책 맨 윗자리에 그 책을 언급한 지 사흘 만이었다. 앞부분 앙리 바르뷔스의 지옥 부분을 읽기 시작하면 주체할 수 없는 흥분이 몰려온다. 하지만 뒤로 갈수록 너무 전문적이고 딱딱해서 압박감이 온다. 뭐 그런 얘기를 끼적였더랬다. '나도 저 정도는 읽고 있어.'라고 말하고 싶었던 것일까. 기찬세의 의도된 우연을 보면서 나는 신경 좀 꺼주세요, 라고 말하고 싶었다. 그러고 보니 나는 블로그 배경 음악으로도 알이오 스피드 웨건의 곡만을 고집하고 있었다. 그들의 오래된 앨범인 하이 인피델러티에 수록된 곡들을 번갈아 가며 띄웠다. 그 사실을 알고 있는 기찬세가 시비를 걸어온 것이라고 생각했다.

"당신 사진 찍어줄게."

견우옹이 스마트폰을 꺼내 든다. 수로부인은 주저함이 없이 카메라를 응시한다. 입술을 억지로 위로 올리지도 않았고, 손가락으로 브이 자 따위를 만들지도 않는다. 그런데도 겨드랑이에 곧장 날개가 솟는 천사처럼 얼굴빛이 밝다. 셔터를 누르는 옹도, 시선을 맞추는 부인도 빗물에 씻겨 원숙미가 드러난 클레마티스 꽃 같다. 세월에도 자정능력이 있는 게 분명하다. 물리적 현실에서는 늙음이 보이지만 그 분위기만큼은 청춘들 못지않은 풋풋함이 전해진다. 몇 년 전 텔레비전에서 본 그들의 다큐 한 장면이 떠오른다.

수로부인과 견우옹이 라디오를 들으며 나팔꽃 줄기와 담장 사이에 실을 매달아 올리고 있다. 나팔꽃씨는 해마다 심어왔다. 떡잎이 나고 줄기가 이어지면 견우옹은 나팔꽃에다 줄을 매달았다. 라디오에서는 아들과 아내를 살해한 초로의 남편 이야기로 온 세상이 시끄럽다. 견우옹이 남은 실을 정리하는 수로부인에게 말한다.

- 피는 꽃에는 저처럼 악의가 없어.
- 인간은 악의로 가득하다고 말하고 싶은 건가요?

조리개로 나팔꽃에다 물을 주는 견우옹을 향해 수로부인이 되묻는다.

- 그런 뜻은 아니지만, 인간이 꽃만큼 아름다우면 다들 꽃에 눈을 주겠어요?
- 반려동물에 마음주는 것과 같은 이치인가요?"
- 그렇지. 꽃과 동물보다 사람이 월등히 아름답다면 사람에게만 눈길을 주겠지요.

젊은날 사람들에게 시달린 것이 생각났을까. 회한에 젖은 견우옹의 말끝이 흐려진다.

- 사람이 꽃이나 동물보다 못하다는 건가요?
- 못하고 낫고 그런 뜻이 아니지요. 그랬다면 절벽에 핀 철쭉

을 당신에게 따다 줬을 리가 없지요.

  - 당신 농담도 많이 늘었어요. 40년 전 숫기 없던 당신에겐 상상도 못할 일이지요.

 수로부인이 견우옹을 향해 눈을 흘긴다. 미담이 뉴스로 퍼지는 건 오래 걸리지만 추문이 악담으로 확산되는 건 순식간이었다. 그 혹독한 경험은 견우옹과 수로부인에게도 예외는 아니었다. 무명의 미혼 배우였던 남자와 유명 유부녀 배우였던 여자는 드라마를 찍으면서 사랑에 빠졌다. 헌화가를 모티프로 한 시대물이었다. 여자는 벼랑 끝의 철쭉을 원했고 남자는 기어이 그 꽃을 꺾어 바쳤다.

 윤색되었을 당시 그들 만남에 대한 정보를 조합해 본다. 사랑의 속성은 시나브로 스며드는 것이 아니라 금세 빠져드는 것이다. 설명할 수 없고, 설득할 수 없어야 사랑이었다. 논리와 합리에서 멀어질수록 사랑의 감정은 진실할 것이었다. 당신을 놓치고 싶지 않다고 먼저 말한 쪽은 여자였다. 늑골이 으스러지고 실핏줄이 터질 듯한 열병에 감염된 여자는 남자를 원하는 것 말고 아무것도 바라는 게 없었다. 두렵지 않았기에 어린 아들이 있는 것도 감내할 수 있었다. 잦은 악행으로 가정사에 역주행을 한, 허울뿐인 남편을 버린다고 여자를 욕할 주변인은 없었다.

그렇다고 절차를 무시한 채 성급한 정념의 폭주를 감행한 여자를 가만 보고 있지만도 않았다. 대중들은 여자더러 요망한 고양이요, 향기 품은 독풀이라고 비난했다. 하지만 여자는 담대했다. 담대함이 폭발하면 가벼워지기라도 하듯 여자는 제 속이 시키는 대로 했다. 허위 없는 제 감정을 욕되게 하지 않으려면 비난도 자책도 즐길 정도가 되어야 했다. 거침없이 쏜 화살이요, 벼랑을 넘는 파도였던 사랑을 증명하는 길은 보란 듯이 잘 살아내는 것뿐이었다.

시간은 무겁게 흘렀고 그들 배우 생활에도 부침이 있었다. 하지만 모두 옛이야기가 되었다. 둘은 부부 여행가로 거듭났고, 평온한 노년의 보상도 얻었다. 집도 차도 없었고, 좋은 옷도 좋은 가방도 필요치 않았다. 많은 걸 버리고 비워낸 자리엔 바람의 노래나 노을빛 풍경이 들어찼다.

아무리 기다려도 팀원들은 오지 않는다. 취중에 말싸움이라도 난 걸까. 제발 그래줬으면 좋겠다. 술 핑계 삼아 완력 좋고 편치력 강한 누군가가 기찬세를 한 방에 눕혀줬으면 좋겠다. 기획실을 돌아 이렇게 다시 실행부서에서 한 팀이 된 것만으로도 재수 없다. 박스 째 돌아오지 못한, 타이거 맘에 관한 자료들을 생각하면 자다가도 머리를 뜯고 싶어진다. *오디 씨, 아직 안 끝났어? 나, 피다에서 기다리고 있는데.* 오디에게 카톡을 보내본다. 퇴근 이후 줄곧 내가 이곳에 있었다는 것을 오디는 모른다. *그래요? 금방 갈게요.* 내가 기다린다는 걸 기찬세가 알고 있느냐고 오디가 카톡으로 되물어 온다. 나는 그렇다고 대답한다. *세상에.* 오디의 그 답문 한 마디가 모든 걸 말해준다. 오디는 기찬세가 날 의도적으로 기다리게 했고, 내가 제풀에 지치기를 바란다는 것을 알아챈 것이다.

핸드폰 시계가 여덟 시를 넘기고 있다. 두 시간째 피다에 있은 셈이었다. 그 시간이 길지 않게 느껴진 건 견우옹과 수로부인을 바라볼 수 있기 때문이었다. 그 커플에 동화되고 감정 이입되는 일은 흐뭇한 미소를 지나 힐링 차원이 되어가고 있었다.

오디의 독촉이 있었을까. 팀원들이 카페로 몰려온다. 몰려온다고 말하기에는 민망한 세 명이다. 기찬세, 김대리, 강오디 셋만이 카페로 들어온다.

"다들 어디 갔어?"

어리둥절해진 나는 오디를 향해 묻는다.

"집에 갔지. 헤어지려고 회식한다는 말도 있듯이 회식은 빨리 끝낼수록 좋다잖아."

기찬세가 오디 대신 대답하며 맞은편에 앉는다. 회식 후 앉은 자리에서 회의를 끝냈기에 다들 귀가했다고 오디가 말해준다. 이게 무슨 상황인가. 나로선 회의에 참석하기 위해 이렇게 긴 시간을 기다리고 있었는데.

"회의를 끝냈다니 무슨 말이에요, 팀장님?"

굳어지는 내 얼굴을 확인하라는 듯이 나는 일부러 팀, 장, 님 세 음절을 강조했다. 그 표정 속에는 그러고도 당신이 리더냐는 원망과 분노의 의미가 담겨 있다.

"그 자리에 양 팀장이 없었던 건 개인 사정이지. 양 팀장도 회식에 올 만했으면서도 안 온 거잖아. 피장파장 아닌가? 남은 일정 정해졌으니 그렇게 알고 마무리나 잘합시다."

기찬세는 눈 하나 깜짝하지 않는다. 영상은 '합리적 조작'으로 편집하게 될 거라고 했다. 이제껏 찍은 영상을 가설에 맞게 편집할 거라 했다. 내 앞에서 그런 결론을 내렸다간 시비 붙을 것이 뻔하니, 나 없을 때 서둘러 마무리한 것 같았다. 그걸 통보하는 차원에서 오기 싫지만, 이곳 까페까지 들른 것 같았다.

"확보해 둔 영상만으로도 충분할 거예요."

어리둥절해하는 내 앞에서, 별명이 이방인 김대리가 기찬세를 지원 사격한다. 악마의 편집은 예능에서만 가능한 게 아니구

나. 학술 영상에서도 얼마든지 가능하구나. 어이가 없었다. 처음부터 기찬세의 의도대로 될 거라는 건 알고 있었다. 하지만 마지막 회의니만큼 겉보기로나마 조화로운 액션을 취할 줄 알았다. 그건 나만의 기대였다. 아이스 커피가 나오자, 한 모금 홀짝인 뒤 기찬세가 다시 말을 잇는다.

"내일 오전까지 마무리합시다. 오후에는 전무님께 보고 들어갑니다. 양 팀장도 보고할 때는 같이 들어가죠."

기찬세는 선심 쓰듯 꼬박꼬박 부팀장인 나를 팀장, 이라며 업그레이드해 불러준다. 그조차 듣기 싫다. 어떻게 저토록 일방통행일 수 있을까. 가슴 깊은 곳에서 꽃 한 송이가 툭, 하고 떨어져 내린다. 말을 못해서가 아니라 말을 섞고 싶지가 않다. 서로 같은 족속이기 때문에 갈등이 생긴다는 심리학의 한 내용이 떠올라 화들짝 놀란다. 자책을 즐길 정도가 되어야 생이 온전히 제 것이 되는 걸까.

"다 해결됐으니 오디 씨, 노래나 한 곡 불러 봐."

회식 자리에서 한 순배 돈 덕인지 기찬세의 얼굴에 화색이 돈다.

"알았어요. 노래방은 아니지만 그럼 제가 한 곡!"

오디가 카페 벽을 향해 칙칙 애창곡 버튼 누르는 시늉을 한다. 노래방도 아닌데 진짜 노래를 부를까 싶었는지 기찬세는 순간 당황한다.

"곡목은 한 호흡이에요. 우리 오빠들이 팬카페에만 살짝 공개한 건데, 미리 듣는 걸 영광으로 아세요. 꽃이 피고 지는 그 사이를 한 호흡이라 부르자. 제 몸을 울려 꽃을 피우고 피어난 꽃은 한 번 더 울려 꽃잎을 떨어뜨려 버리는 그 사이를……."

조곤조곤 오디의 독창적인 노래가 앉은자리에 퍼진다. 크크 웃음이 절로 난다. 오디가 부른 노랫말은 문태준 시인의 '한 호흡'이라는 시이다. 오디는 즉흥적으로 곡조를 만들어 부르고 있었다. 박자도 조성도 신경 쓰지 않은 그녀만의 발성이었다.

"분위기가 왜 이래? 남자는 말합니다. 그런 노래 몰라?"

기찬세가 플라스틱 빨대를 집어 마이크처럼 입에 대고 자리에서 일어나려 한다. 회식 자리에서 한두 잔 걸친 게 아니다. 오디가 기찬세를 주저앉힌다.

"여기 노래방 아닙니다. 자중하세요. 팀장님은 세상이 맘대로 된다고 생각하시죠?"

"술은 내가 취했는데 강오디, 주정은 니가 하냐?"

기찬세의 말끝이 조금씩 꼬이고 있었다.

"그렇다고 칠게요. 팀장님도 정도껏 하세요."

"또 무슨 시비야? 업무에 관한 거라면 아까 다 끝났잖아."

"양난이 부팀장님을 기다리게 한 것 사과하세요. 카페에 있다는 걸 알면서도 무시했잖아요. 팀원들 아무도 모른다고 생각해, 바람맞히고 싶으셨죠?"

"무슨 소리야? 모두 앉은 자리에서 회의까지 끝내자는데 동의했잖아. 2차로 차나 한잔하자는 분위기였고……. 그 자리에 오디 씨도 있어 놓고 무슨 딴 소리야?"

"팀원 대부분 지금 옆에 없다고 거짓말하시면 안 되죠. 평소처럼 빨리 식사한 후 다들 카페로 옮기길 원했지요. 근데도 팀장님이 시간 아끼자며, 시끄럽고 어수선한 음식점 자리인데도 안건을 처리하고 일어나자고 했잖아요. 팀장님이 그토록 의지하는 하나님도 이런 일로 회개를 거듭하는 팀장님을 보신다면, 분명 지옥 명단 맨 윗자리에다 팀장님 이름을 예약할걸요. 물론 팀장님은 회개조차 제대로 하지 않겠지만요."

기대를 저버리지 않는 나의 오디. 저럴 땐 이웃 레이첼 아주머니에게 당당하게 제 의견을 피력하던 빨강머리 앤을 닮았다. 아니 험버트를 쥐락펴락했던 롤리타를 닮았다. 당당한 천진함과 짜릿한 현실감을 함께 장착한 오디. 내 빛, 내 불꽃, 내 영혼! 나도 모르게 나는 롤리타의 첫 구절을 흉내 내고 있었다. 하지만 곧장 내 비겁을 마주했기에 서글퍼졌다. 오디의 입을 빌릴 게 아니라 스스로 내 목소리를 내야 옳았다. 하지만 기찬세를 오래 겪은 상황에서 시시비비를 가리는 말조차 섞기 싫었다. 결이 맞지 않는 사람과 대화해봤자 근본적인 해결책이 나올 리 없었다.

  팀원들은 여간해서 제 속을 드러내지 않았다. 구설에 오르는 누군가의 상황이 하루아침에 자신의 것이 될 수 있다는 패배감과 위기감을 일찍 배워버렸기 때문이다. 가끔 오디가 나서서 사이다 발언을 할 때가 있었지만 그때마다 팀원들은 나 대신 나서주니 고맙군, 하는 눈빛이 전부였다. 오디 역시 그걸 알면서도 샐쭉해지거나 마음에 두는 법이 없었다. 그저 담대하고 담백한 행동 자체로 있을 뿐이었다. 마음 한쪽 어딘가 칼끝 같은 예민함을 장전한 나로선 그런 오디가 부러웠다. 킬리만자로의 표범과 뒤뜰의 풋나물이 공존하는 것 같은 명쾌한 직설은 오디에게나 어울렸다. 푸하하! 언닌 아직 멀었어. 순진한 거야, 모르는 척하는 거야? 누구든 두 세계를 살아. 눈앞의 햇살에서 뒷문의 그림자까지를 다 자기 안에 품고 있다고. 왜 괴롭고 힘든지 알아? 그건 악마와 천사가 동의어라는 걸 자주 깨닫기 때문이야. 그런 순간으로 자주 내몰린다는 게 유쾌할 리 없잖아. 그런 통찰에 이르렀더라도 겁먹진 마. 진정한 승리자가 되려면 그런 생각 자체를 빨리 놓아버리면 되거든.

어쩜 저토록 맺힌 데 없고 꼬임이 없을까. 콩깍지를 터뜨리며 튀어 오르는 콩 같은 여자 오디. 오디만 봐도 따뜻한 손이 긍정의 선택을 하고 차가운 손이 냉정한 선택을 한다는 가설이 맞지 않는 것 같았다. 그냥 천성대로 움직이는 것 같았다. 심연 없는 낙천과 명랑한 직설이 조화로운 오디는 일시적이고 물리적인 상황에 휘둘려 긍정이나 냉정을 선택하지는 않을 것이다. 자신이 지닌 천성적인 건강함으로, 마음이 시키는 대로 선택을 할 것만 같았다. 한마디로 믿기는 쉽고 밉기는 어려운 캐릭터가 강오디이다.

화장실에 가기 위해 나는 자리에서 일어난다. 다정 삼매경에 빠져있던 노부부는 앉은자리를 정리하고 있다. 커피잔과 케이크 접시를 포개 모으고 티슈로 탁자 위를 훔치고 있다. 저 느긋하고 아련한 평화라니. 나도 모르게 감탄사가 나온다. 화장실 거울을 쳐다본다. 마르고 뒤틀린 이파리 같은 얼굴이 거울 속에 비친다. 그 위로 수로부인의 모습을 얹어본다. 그녀의 평온한 얼굴이 부러운가. 다큐 화면에서 본 견우옹과 수로부인의 장면이 다시 떠오른다.

바람 없는 날. 견우옹과 수로부인은 아파트 마당에 나와 있다. 경비원이 바퀴 달린 의자를 사무실에서 내온다.

- 오랜만에 나오셨네요.

의자를 권하는 경비원 장씨는 스스럼이 없다. 같이 늙어가니 유명 배우였다는 생각보다는 동지 의식 같은 게 생기는 모양이다.

- 번번이 민폐를……. 오늘은 당신이 먼저…….

견우옹은 수로부인에게 의자를 양보한다. 흰 블라우스 위로 보자기를 두른다. 옹은 노란 쇼핑백에서 가늘고 긴 가위와 굵은 빗을 꺼내 든다. 얼굴 크기만 한 둥근 손거울을 꺼내 부인에게 쥐어준다. 미용 용구라고 해봐야 그게 전부다. 견우옹은 조심스레 수로 부인의 머리칼을 위에서 아래로 훑는다. 두어 번 부드럽게 머리칼을 흔들어 준 뒤, 다시 한번 머리칼을 빗어 준다. 잘려 나갈 부인의 머리칼마저 아쉽다는 듯 몇 번이고 빗질을 한 뒤 조심스레 가위질을 한다. 담회색의 수로부인 머리칼이 잘려 나간다. 아주 낮은 음의 흰 건반이 내는 소리인 듯 사그락사그락 잘린 머리칼이 천천히 바닥으로 떨어진다.

- 어때, 맘에 들어요? 내가 보긴 이쁜데.

수로옹이 마감 빗질을 하며 묻는다.

― 새삼스럽긴. 맘에 들어요. 이제 당신 차례야.

견우옹이 했던 것과 똑같은 방법으로 수로부인은 옹의 머리칼을 손질한다. 은퇴 이후엔 그렇게 서로의 머리칼을 매만져 왔다.

― 미용실 사장이 싫어하는 장면이겠지만 볼 때마다 참 좋습니다.

의자를 거두러 온 장씨는 진심으로 부러운 눈치다.

― 장 선생도 앉아요. 손봐줄게요.

견우옹이 비닐장갑을 끼며 웃는다.

― 맘에 없는 소리 마소. 떨어진 머리카락 치우려고 비닐장갑 낀 것 내 다 알아요. 그리고 기왕이면 나도 수로부인한테 손질 받고 싶지, 견우옹한테 맡기고 싶겠소?

장씨가 너스레를 떤다.

― 그건 안 될 말! 이 사람은 내 머리 말고는 만져 본 적이 없어요.

견우옹이 주워 담은 머리카락 봉지와 미용 도구를 거두며 말한다.

― 돈 있고 명예 있고 자식까지 번듯한 분들이 왜 미용실을 찾지 않고?

장씨는 자주하던 질문을 또 한다.

- 볕 좋고 바람 없는 날, 우리한텐 이보다 더 좋은 놀이는 없다오.

견우옹이 수로부인을 쳐다보며 웃는다. 돈, 명예, 자식보다 더 귀한 오락이 늙어가면서 있다는 게 다행이라는 듯 수로부인도 따라 웃는다.

화장실에서 나오니 기찬세와 김대리는 사라지고 없다. 오디도 떠날 채비를 하고 있었다. 조금 있으면 애인이 데리러 온단다. 같이 주차장으로 나왔다. 빗줄기가 내비치고 있었다.

"언니, 잘 들어가. 그리고 제 걱정은 마세요."

좀 전에 기찬세에게 대든 것을 의식하고 한 말이다.

"고마워. 걱정 안 해."

"할 말 한 거라서 자신도 할 말이 없을 거예요."

오디가 그녀의 애인 차에 오르는 걸 보고 나도 차에 오른다. 와이퍼를 켜고 서행으로 대로변에 접어든다. 빗줄기가 점점 굵어진다. 첫 번째 버스 정류장을 지나려는데 견우옹 부부가 보인다. 거의 도로로 내려설 듯한 기세로 분주히 움직이는 견우옹. 그들 아파트까지는 세 정거장 거리이다. 버스도 놓치고 택시라도 잡으려는 것 같았다. 카페에서 나올 때 그들 모습이 보이지 않았는데 꽤 오랫동안 그러고 있었던 것 같다.

최대한 그들 가까이에 차를 댄다.

"모셔다 드릴게요. 카페에서 다정하게 계시는 것 봤어요."

"아하, 구석자리에서 혼자 있던 분이네. 웬만하면 더 기다리겠는데……. 신세 져도 될까요?"

"그럼요. 제가 영광이지요."

번갈아 가며 감사하다는 인사를 건네며 노부부가 차에 오른다. 백미러를 쳐다본다. 서로의 얼굴에 묻은 빗물을 닦아주는 노부부의 얼굴빛엔 그늘이 없다. 한때 위험하고 지독했던 파고를 넘나들었지만, 이제 서로가 안정된 피난처임을 알아낸 자들의 여유일 터였다. 차를 탄 지 오 분도 되지 않아 견우옹의 전화기가 울린다. 짧은 통화를 끝낸 그가 말한다.

"희만이가 오늘내일한다네. 형석이 전환데 병원 들렀다가 가는 길이라네."

"어째요……. 부인도 요양원에 있잖아요."

"그렇지. 우리 힘들었을 때 곁방까지 내 준 놈인데, 당장 가봐야지."

"그럼요. 가봐야지요."

"미안한데 우릴 지하철 입구에서 내려줘도 되겠어요."

견우옹이 바투 붙어 내 등을 살짝 두드리고 말한다. 댁까지 모셔다드리지 못하게 된 것이 못내 아쉽기만 하다. 그렇다고 자세한 상황도 모르면서 섣불리 병원까지 모셔다드리겠다는 말도 할 수 없다.

"그런데 여보, 무슨 꽃을 사갈까?"

"오늘내일한다는데 꽃이 필요하겠소?"

"그래도 꼭 들고 가고 싶어요."

"그럼 그렇게 합시다."

"무슨 꽃이 좋을까?"

"길게 생각하지 마오, 정신 건강에 해로워. 그냥 올라꽃!"

"무슨 말이에요?"

"남미 여행 갔을 때 가이드가 한 말 기억 안 나요?"

"무슨 기억이요?"

"무슨 말을 해야 할지 도무지 모르겠거든 올라,라고 말하라고 했잖아요. 세상 친근한 말이 올라라고. 꽃이라고 예외겠어요?"

견우옹은 오랜만에 그들만의 유머법인 올라, 이야기를 꺼낸다. 좀 더 젊었을 때 페루 여행을 갔을 때였다. 안녕하세요, 라는 스페인어가 '올라'였다. 한데 통하지 않는 모든 상황에 올라!

한마디만 하면 다 통한다고 가이드가 우스개처럼 알려주었다. 이후 견우옹과 수로부인은 진짜로 뭔가 갑갑하거나 풀리지 않는 상황을 맞닥뜨리면 올라, 라고 말 장난을 하곤 했다. 그조차 십여 년이 지난 일이었다.

"그랬었지요."

"그럼요. 지금 고민하지 말고 꽃집에 가서 젤 맘에 드는 것 골라요. 희만이도 그 마음 알 테니."

어쩜 저리 물 흐르는 듯한 소통을 할까. 대화 하나하나에 모난 데가 없다. 가슴이 절로 따뜻해진다. 비 오는 밤, 노부부의 사소한 소곤댐에 견줄 만한 지상의 기쁨이 있기나 할까. 뭔가 좁은 터널을 벗어난 것 같고 무거웠던 어깨가 가벼워지는 느낌이다. 마음이 조금씩 누그러진다. 이번 프로젝트는 실패작이 될 게 뻔하다. 가설을 증명하기 위해 맞지도 않는 상황을 역으로 꿰맞추려 한다는 게 말이 되는가. 조작하는 마음은 결코 따뜻한 컵 프로젝트의 주제가 될 수는 없을 터였다. 따뜻한 컵 프로젝트가 별건가. 진정한 따뜻한 컵은 있는 그대로의 올라꽃 하나면 족하지 않은가.

지하철역이 보인다. 속도를 줄인 채 백미러를 본다. 어깨를 기댄 노부부 머리 위로 따뜻하고 환한 올라 꽃송이가 피어오른다. 신호 대기 중, 카톡 진동음이 들린다. 나는 전화기 거치대에 손을 뻗어 메시지를 확인한다. *잘 도착했어, 언니? 따뜻하지 않아서 따뜻한 웜 컵 프로젝트, 파이팅!* 나도 모르게 피식 터지는 웃음. 원래 진심일수록 농담은 직설적이다. 어떤 답문을 보내야 오디도 웃을 수 있을까. 수로옹의 올라꽃 같은 촌철살인 한마디를 떠올리며 나는 갓길에 주차를 한다. 내릴 곳을 가늠하던 백미러 속 견우옹과 수로부인의 눈빛이 마주친다. 여전히 평안하다.

니암카가
오신다

정해진 포럼식은 열한 시였다. 한데 니암카는 두 시에 온다고 했다. 낭패였다. 나는 본능적으로 사무실의 벽시계를 쳐다보았다. 열 시 사십 분. 양쪽 블라인드 틈새를 길게 뚫고 나온 햇살이 시계 중심을 갈라놓고 있었다. 햇살에 갈라진 시계처럼 시간을 잘라 놓을 수만 있다면. 누구보다 당황한 단장은 고개를 좌우로 흔들며 조여 맨 넥타이 매듭을 두어 번 풀어 내렸다. 니암카가 오시는 날이면 단장은 넥타이 차림으로 출근하곤 했다.

"……어쩌지요?"

광장에 모인 청중들을 창 너머로 내려다보며 내가 말했다. KTX를 타고 온 외부 초청 인사는 지금 택시 안이란다. 십 분 뒤면 도착할 것이다. 내심 니암카가 참석하지 않은 채 그대로 행사가 진행되었으면 싶었다. 내 속마음이 들키기라도 한 것일까.

"어쩌긴 뭘 어째! 사람이 하는 일에 안 되는 게 어딨어?"

사람이 하는 일에 안 되는 게, 라는 말은 단장이 자주 내뱉는 말이었다. 그 말을 눌러 담고 '안 되는' 일을 되게 하는 것이 내가 할 일이었다.

　왕금희 단장. 그가 없는 자리에서 우리는 그를 왕거미라고 부른다. 이곳 사람들 중 일부는 '으'와 '어' 음절을 구분하지 못한다. 아예 바꾸어 발음한다. 그런 사람의 발성기관을 지나면 '왕금희'는 영락없이 '왕거미'로 들린다. 니암카가 오시는 날을 제외하면 단장은 사시사철 체크무늬 남방만 고수한다. 그래서 왕거미란 그의 별명 앞에 '체크무늬'라는 수식어가 덧붙기도 한다. 체크무늬 왕거미. 거미줄을 떠올리게 하는 체크무늬 이미지 때문일까. 내가 봐도 그 별명은 단장에게 썩 어울린다.

　니암카가 머무는 공식적인 시간은 십 분. 나를 비롯한 단원들은 그가 머물 십 분을 위해 백일은 시달리는 기분이다. 니암카가 우리 행사에 얼굴을 내미는 횟수는 일 년에 대여섯 번. 그러면 실무진인 우리가 시달리는 심리적 기간 또한 그만큼이라는 뜻이다.

　"나구호 씨도 내일 면접에 꼭 참석하라고 통보하고."

　단장실을 나가려는데 쐐기를 박듯 왕거미가 말했다. '꼭'이라는 말을 길게 강조하는 단장에게서 미안하다거나 계면쩍어하는 표정은 찾아볼 수 없다. 바뀐 행사 시간 때문에 신경이 곤두서 있는데, 애먼 사항까지 챙기려니 내 표정이 절로 일그러진다.

"거, 참, 휴머니스트 흉내 그만 내. 어차피 나호군지 나구혼지 그 자도 다른 응모자가 없었다면 내정된 거 아니었어? 혹시 알아? 면접장에서 기대 이상의 대단한 아이디어가 나올지."

아뇨. 나구호 씨가 면접장에 나타날 일은 없을 거예요. 나는 속으로만 말했다. 초빙 직원이 될 뻔한 나구호 씨는 이제 이용당할 불청객으로 신분이 바뀌어 버렸다. 그런 나구호 씨를 왕거미가 굳이 면접 프레젠테이션에 참석시키려 하는 이유는 한 가지였다. 몇 명 되지도 않는 면접 대상자들인데, 한 명이라도 더 늘여 면접장 분위기를 띄워야 한다는 것이었다. 들러리가 많아서 나쁠 건 없다는 뜻이었다. 이 모든 건 니암카 보시기에 좋은 일이었다. 단장의 일거수일투족은 니암카에게 수렴되고 있었다.

나구호 씨는 우리쪽에서 급히 요청한 면접 영 순위자였다. 컨소시엄 프로젝트답게 두 달 전부터 우리팀에서는 팀장급을 공개 모집하고 있었다. 한데 마감 하루 전인 그저께까지 한 명의 응모자도 없었다. 단장은 크게 당황했다. 시쳇말로 니암카가 안다면 쪽팔리는 일이었다. 홍보가 덜 된 점도 있었고, 응모 요건이 까다로운 탓도 있었다. 삼 년 이상 경력에 논문 수준의 기획서를 요구했다. 상황은 급박하게 돌아갔다. 그날 하루 있었던 우여곡절은 여기 다 적지도 못한다. 비상 회의가 열렸다. 아무도 응모하지 않을 상황을 대비해 나구호 씨를 수소문해 영입했다. 나구호 씨는 얼떨결에 내정된 응모자가 되었다. 니암카 앞에서 낭패를 당하지 않으려면 단장으로선 어쩔 수 없는 선택이었다.

한데 반전 상황이 일어났다. 마감날인 어제 오전, 전문가를 자처하는 이들이 다섯 명이나 응모했다. 전국적 공모답게 모두 외부에서 지원한 응모자들이었다. 다들 접수 마지막 날까지 꼼꼼히 자료를 준비하느라 막바지에 원서를 낸 모양이었다. 응시 서류를 넘겨보던 단장의 눈이 휘둥그레졌다. 니암카 보시기에 좋을 상황이 넝쿨째 들어온 것이다.

그 중 한 사람이 낸 기획서에 단장은 꽂혔다. 기획안 자체도 좋았지만, '물의 기둥과 회복의 문'이라는 조형물 투시도까지 첨부되어 있었기 때문이었다. 조형물에 대한 안내서도 구체적이었다. 투명한 유리로 된 원기둥에다 내부에는 끝없이 솟구치는 물줄기가 흐르고, 그 기둥 중간 지점에 조명 장치가 연결된

아크릴 문이 달린 형상이었다. 물의 이미지를 통한 회복과 순환을 상징하는 것이라고 했다. 물의 도시라는 명성을 되찾고 자긍심도 회복하자는 주제를 담았다고 했다. 이 조형물을 리셋 어반 플랜 기념관 앞에 세운다는 안이었다. 도심을 상징하는 랜드마크가 생긴다는 건 가시적인 성과물을 좋아하는 니암카 보시기에 좋을 아이템이 분명했다. 단장의 연줄로 겨우 소개받은 나구호 씨의 안에 비할 바가 아니었다. 나구호 씨 경우는 '시간·기억의 회복 사업'과 '돌과 풀의 화해'란 주제가 말해주듯이 주로 문화적 정서와 도시 환경에 주력하는 시민 운동가 타입이었다. 가시적 성과주의와는 거리가 멀었다.

 단장이 선택할 사람은 명약관화했다. 이것 봐! 기획안 제목부터 남다르잖아. 도심 맥박 되살리기, 거듭나는 물의 도시! 우리 지역 이미지에 걸맞은 상징 아냐? 다급하게 나구호 씨를 찾아 헤맸던 사실을 까맣게 잊은 듯 단장은 흥분했다. 요즘은 스토리텔링 시대야. 민생 우선주의니 휴머니즘이니 하는 것들도 스토리텔링이 받쳐줘야 빛을 보는 시대라고. 한눈에 팍 꽂히잖아.

 자연스레 나구호 씨 발탁 건은 없었던 일이 되어 버렸다. 단장은 나구호 씨가 그 사실을 알아야 할 필요는 없으며, 내일 있을 최종 면접 프레젠테이션에 참석하는 것도 막을 필요가 없다고 했다. 아니 적극 참여할 수 있도록 면접 시간을 통보하라고 했다.

 나는 불의를 보고도 꾹 참아야 한다는 걸 알 만한 근무 연차를 보내고 있었다. 하지만 이건 아니었다. 한 사람을 바보로 만들고 싶지는 않았다. 나구호 씨에 대한 예의가 아니었다. 억지스러운 단장의 말이 가슴을 짓누르는 바람에 어제는 늦도록 퇴근을 할 수가 없었다. 우선 차 한 잔이라도 하면서 마음을 다잡고 싶었다. 허브티를 마시기 위해 사무실과 이어진 탕비실로 들어갔다. 창밖은 어두워지고 있었다. 주변 상가의 불빛들이 한둘 켜지기 시작했다. 허브티 백을 내리려 싱크대 서랍장을 열려는데 어디선가 호드득 호드득 소리가 났다. 지난주 야근할 때도 그 소리를 들은 것 같은데 대수롭지 않게 여겼다. 한데 피곤하고 예민해져 있어서 그런지 그 소리는 몹시 거슬렸다.

 가만 소리 나는 쪽으로 갔다. 점점 커지는 소리는 과자 봉지를 만질 때 나는 바스락거림 같기도 하고 양철 빗물 받침대가 바람에 스치는 운율 같기도 했다. 소리를 따라 휴지 박스가 놓여있는 모서리로 갔다. 서랍장 안 알루미늄 환기통에서 나는 소리였다. 조심스레 환기구 입구를 들춰보았다. 맙소사! 살아 움직이는 물체가 보였다. 정체 모를 털 뭉치도 두어 군데 뭉쳐져 있었다. 전화기의 플래시 기능을 이용해 조금 안쪽을 비춰보았다. 꼬물꼬물한 것들이 오종종하니 붙어 있었다. 셋이나 되는 회검은색 동물이었다. 전화기를 꺼내 동영상 모드를 작동시킨 후 다시 안으로 밀어 넣었다. 움직이는 실체가 카메라에 찍혔다. 담비 같기도 하고 어린 여우 같기도 했다.

지난 가을 위층 연구실 곁으로 주방 시설을 옮겨간 뒤 환풍구는 그대로 있었다. 그 안에 둥지를 튼 모양이었다. '뭐꼬뭐 동물' 사이트에 접속해 찍은 동영상을 올렸다. 주변에 묻은 털 사진도 같이 올렸다. 하늘다람쥐가 틀림없다는 댓글들이 올라왔다. 어떤 댓글을 보니 자신들의 정원수에도 녀석들이 터를 잡고 산다고 했다. 딱따구리가 살다가 버린 집에 둥지를 트는 습성이 있다고 했다. 그러니까 녀석은 저 환풍구를 딱따구리가 버린 집쯤으로 알고 냉큼 들어앉은 모양이었다. 천연기념물이자 멸종위기 동물로 지정된 종種이니, 집안에 둥지를 틀었다면 로또부터 사는 게 나을 거라는 우스개 훈수 댓글도 달렸다. 웃어야만 하는 피드백이었지만 나는 어쩐지 울음이 나올 것만 같았다.

인간이 보기에 환풍구는 인공의 물건에 지나지 않는다. 하지만 하늘다람쥐로서는 코 안 풀고 자연의 집을 마련한 셈이다. 이런 낭만적인 생각에 잠긴 것도 잠시 퍼뜩 섬뜩한 생각이 들었다. 조리실이 위층으로 옮겨 가긴 했지만, 기존의 그 공간은 언제든지 가스레인지를 켤 수 있는 구조였다. 환풍구가 연결되어 있기에 누군가 맘만 먹으면 그곳을 다시 조리대로 활용할 수 있고, 그렇게 되면 그 속으로 불기운이 딸려 들어갈 수도 있을 것이었다. 아찔했다. 나구호 씨 얼굴이 하늘다람쥐 위로 겹쳤다. 아무것도 모른 채 연기나 불기둥을 온몸으로 맞이할 수도 있을 터였다. 환풍기 속 사그락거리는 저 무지한 평온은 상황에 따라 평온이 아니게 될 수도 있을 터였다. 일단 탕비실 서랍에 있던 잣, 호두, 아몬드 등이 든 견과류 한 줌을 환풍구 속으로 밀어 넣었다.

포트에서 찻물이 끓는지도 모른 채 나는 내 자리로 가서 사무용 송수화기를 집어 들었다. 아무것도 모르는 나구호 씨가 면접장에 나타나는 수모만은 면하게 해주고 싶었다. 저어……. 아무래도 응모하신 것 철회하시는 게 좋겠어요. 모레 있을 면접은 준비하지 않으셔도 될 것 같아요. 다음 기회에 더 좋은 자리가 있으면 모실게요. 기어드는 목소리로 의례적인 멘트를 하는데 목이 잠겨 왔다. 단장의 지시에 반하는 일이었지만 누구라도 그렇게 바로 잡고 싶었을 것이다. 내정자로 모셨다가 단시간에 들러리로 전락한 나구호 씨의 명예만은 지켜주고 싶었다. 애초에 나구호 씨는 모집 공고가 난 지도 몰랐고, 그 자리를 원한 적도 없었다.

좀 더 솔직하자면 나구호 씨만을 위해서 전화를 건 것은 아니었다. 나구호 씨의 상황이 내 상황이 되지 말란 법은 없었다. 이용당해도 참고 모멸감을 맛봐도 견디는 게 조직 생활이라지만 최소한 더티 플레이의 피해자로 남게 할 수는 없었다. 무방비 상태에서 화르르 불세례를 받게 할 수는 없었다.

전화기 너머 나구호 씨는 무슨 생각에서였는지 순순히 알겠다고 답했다. 의문의 낌새도 없었고 분노의 조짐도 없는 목소리였다. 자신을 갖고 논 단장과 그 행동대원인 나에게 따지고 화낸다 해도 이상할 게 없는 상황이었다. 쿨한 것인지 멍청한 것인지 가늠이 되지 않았다.

태생적으로 순진하기 힘든 사람이 있는데, 바로 나 같은 사람이다. 뭐, 순진 대신에 순수라는 말로 바꿔도 그 의미가 크게 달라지지는 않을 것이다. 나는 웬만한 불의 앞에서는 꾹 참아 버린다. 쓸데없이 분기탱천해 두 주먹 불끈 쥐는 일은 순진한 사람에게나 어울린다. 참는 건 한두 번이 어렵지, 반복하다 보면 어느 순간부터는 무감각해진다. 이런 내가 싫지 않다. 순정한 낭만성에 길들여져 뭐든 좋게만 보는 사람, 작은 불공정에도 티나게 흥분하며 정의를 외치는 사람, 두 부류 다 부러울 때도 있지만 그렇게 살고 싶지도 않고, 그렇게 살 수도 없다. 영민한 통찰의 방식과는 한참 먼 그런 삶으로는 돌아가고 싶지 않다. 직장 생활 몇 년 만에 얻은 나만의 생존 전략이다. 이런 내 기질을 더욱 강화하고 체화시킨 곳이 바로 내 일터인 '탁 트인 협력단'이다.

"뭐, 어쩌겠어. 두 시에 온다면 오는 거지."

우리가 할 수 있는 일이나 찾아보자며, 하청순은 바뀐 행사 시간에 대해 대수롭지 않게 반응했다. 이곳에서 가장 빨리 가장 많이 배우는 게 체념하는 법이다. 나는 리셋 어반 플랜 협력단의 실무 담당자이다. 리셋 어반 플랜. 공식 명칭인 이 프로젝트 명은 직관적이지 않다. 도시를 재탄생시킨다는 것인지, 처음으로 되돌린다는 것인지 그 의미를 제대로 파악할 수 없게 하는 이름이었다. 그래서 실행팀인 우리끼리라도 팀명만은 쉽게 가자는 의견이 나왔다. 그때 탁 트인 협력단이란 이름을 제시한 이가 단장이었다. 턱 막힌 팀이지만 어쨌거나 이름 자체는 맘에 든다. 유일하게 내가 단장에게 점수를 준 경우였다.

자조 섞인 고백을 하자면 창의력과는 멀수록 이곳에서는 칭

찬받는다. 단장이 실무진을 향해 아무리 아이디어를 강조한다고 해도 그건 말장난에 그칠 경우가 많았다. 모든 포커스는 니암카에게 맞춰져 있기 때문이다. 이곳에서 창의적이라는 말은 니암카의 뜻에 얼마나 가까운가를 의미하는 것이 되어버렸다. 선천적으로 순진하지 않은 나는 진짜 창의적인 일에 더 재능이 있을지도 모르지만 그건 포기한 지 오래다. 오히려 순진하지 않은 그 점 때문에 그럭저럭 버텨내고 있는지도 모른다. 무기력해지고 포기하는 단계까지 겪으면서 그걸 적응이라는 말로 포장하기에 이르렀다. 그렇게 나는 정년까지 살아남을지도 모른다.

리셋 어반 플랜에서 우리가 리셋할 수 있는 건 아무것도 없다. 단 하나 예외, 니암카를 향한 단장의 해바라기 마음만은 날마다 리셋과 재편을 거듭하고 있다. 물의 도시로 되돌아가자, 는 캐치프레이즈를 내세우는 협력단이 실제 하는 일은 그분인 니암카 보시기에 좋은 일만을 하는 거였다. 니암카 보시고 즐기기에 좋은 행사를 집행하는 일이 나와 하청순의 주된 업무이다. 협력단은 삼 년짜리 한시적인 일자리이다.

지난해 유례없는 가뭄으로 도심이 폐허가 되고 난 뒤 급조된 팀이었다. 상하수도 시설이 낡아 오래된 도심은 물 한 방울 구경하기 힘들었다. 악취와 식중독이 외곽지까지 확산되었다. 생수까지 급등해 서민들은 물을 사 먹는 것조차 부담이 되었다. 도심에서 시작된 물 문제는 이 도시 전체를 목마른 긴장 상태로 빠트렸다. 물의 도시로 한껏 위상을 떨쳤던 과거가 무색할 지경이었다. 니암카로서는 뭔가 기획품을 내놓지 않으면 안 되었다. 서둘러 리셋 어반 플랜을 구상하게 되었다. 나름 발 빠른 대처라고 니암카 주변에서는 그의 리더십을 칭송했다. 니암카가 원하던 바였다. 도심 주민의 생활 개선과 나아가 문화 향유까지 바라본다는 거창한 목표가 세워졌다. 그것만으로도 니암카의 위상은 제고될 터였다.

리셋 어반 플랜 2기 포럼 행사. 열한 시에서 두 시로 바뀐 그 행사는 건물 광장에서 포럼 선포식을 하고 이어서 강당으로 자리를 옮겨 좌담회가 열리기로 되어 있었다. 식에서는 니암카와 지역 유지들이 치사를 하고, 포럼에서는 전문가 두 명이 도심 활기 전반에 관한 주제 발표를 하기로 되어 있었다. 참석한 청중들의 질의응답도 마련되어 있었다. 하지만 니암카 사정으로 급하게 시간이 바뀌어 버렸다. 바뀐 시간을 청중들과 패널들에게 어떻게 알려야 하나. 무슨 수를 써서라도 미리 온 사람들을 두 시까지 잡아둬야 했다.

패널 중 지역 인사인 박 교수는 우리 사정을 이해해 줄 수 있을 것이다. 하지만 서울에서 오는 뉴코어 연구소의 표 박사는 어떻게 한단 말인가. 우선 박 교수에게 전화를 걸었다. 그는 너무나 순순히 상관없다고 했다. 니암카 위주로 돌아가는 그간의 모든 상황을 누구보다 잘 알기 때문에 그처럼 쉽게 수긍하는지도 몰랐다. 지역 지식인으로 행세하려면 그 정도 눈치는 있어야 한다. 택시 안의 표 박사와도 순조롭게 통화가 되었다. 포럼을 마친 뒤 오후 약속이 되어 있긴 하지만 취소하면 된다고 했다. 오랜만에 이곳까지 왔으니 미뤄진 세 시간을 자기만의 시간으로 즐기면 된다고 했다. 처가가 근처니 잠깐 들르거나, 물 마른 호숫가 산책이라도 하겠다고 했다. 사무실에 점심 자리를 마련하겠으니 박 교수와 함께 담소를 나누면서 기다리는 게 어떻겠느냐고 조심스레 말해 보았다. 표 박사는 그렇게 할 필요까지는 없다고 했다.

솔직히 나는 두 사람 중 누군가는 화를 내어주기를 바랐다. 니암카가 벌인 일에 생각 없이 따라야 하는 이 지긋지긋한 판을, 목소리깨나 낼 수 있는 누군가가 깨주기를 바랐다. 지극히 온당한 저항이므로 그렇게 한다고 해서 누가 욕할 것도 아니었다. 오히려 사이다 발언이라고 박수받을 일이었다. 하지만 박 교수도 표 박사도 아니 어느 누구도 그런 액션을 취하지 않았다. 네, 괜찮습니다. 그렇다면 그렇게 해야지요, 라고 동조하고 동의하기에 바빴다.

충분히 갑인 위치의 사람들이 아주 가끔 을 입장이 되었을 때, 가장 많이 내뱉는 말 중의 하나가 괜찮습니다, 그렇게 하겠습니다, 라는 걸 이 일을 하면서 알게 되었다. 결정권자 앞에서 인내심 섞인 이해심을 발휘하는 건 암묵적인 자기와의 약속이었다. 하기야 순진하지 않은 나도 그 사실을 알기 때문에 솟구치려는 심장을 이렇게 꾹꾹 누르고 있지 않은가. 니암카가 존재하는 한, 어쩔 수 없는 일이었다.

청중들은 어떻게 하나. 아직 광장으로 오지 않은 사람들을 위해 문자부터 발송했다. 오늘 열한 시 예정인 포럼 행사, 사정상 오후 두 시로 변경. 양해 바라고 많은 참석 바람. 협력단 사이트에도 페이스북에도 같은 내용을 올렸다. 공식 행사 이십 분을 앞두고 시간 변경을 공지한다는 건 무례하기 짝이 없는 일이었다. 하지만 니암카로서는 믿는 구석이 있었다. 일반 주민들은 시간이 변경되든 그렇지 않든 어차피 행사에 관심조차 없었다. 주로 참석하는 사람들은 니암카를 둘러싼 관계자들이고, 그들은 니암카를 위하는 일이라면 언제 어디든 달려갈 준비가 된 사람들이었다. 약속 시간 열한 시가 두 시로 바뀐다고 해서 그들에게 타격이 가는 것은 아니었다.

　미리 도착한 이들을 위해서는 도시락을 제공하기로 했다. 간편 도시락 몇 개 업체를 급히 수소문했다. 팬덤에게 연예인 당사자가 공짜 도시락까지 준다는데 마다할 팬이 어디 있겠는가. 개별자 청중도 더러 있을 것이다. 하지만 연대할 힘이 없는 소수자는 군중으로서의 위력을 발휘하지는 못할 것이었다.

　왕금희 단장, 아니 왕거미의 생사여탈을 쥐고 있는 그를 우리는 니암카라 불렀다. 그 별호는 단장이 우리 몰래 먼저 만들어 불렀다. 처음 왕거미 단장이 니암카, 라는 말을 내뱉었을 때 우리 중 누구도 그 뜻을 알지 못했다. 두 달 전, 속칭 하늘다리 공청회가 있던 날 뒤풀이에서 거나하게 취한 단장이 말했다. 니암카는 어디 갔어? 벌써 떠난 거야? 날 버리고 갔다 이거지? 술을 마시면 귓불이 빨개지는 단장이 그날따라 유난히 벌게진 귓불을 잡아당기며 씩씩거렸다. 나와 하청순은 서로의 얼굴을 쳐다보았다. 니암카라는 말이 누구를 가리키는 것인지 몰라서가 아니었다. 왜 그를 가리켜 니암카라 부르는지 몰라서였다. 오래지 않아 그 이유를 알게 되었다. 단장실에 결재 서류를 들고 갔던 하청순이 그 의문을 풀었다. 하청순은 단장의 책상에서 다음과 같은 메모를 발견했다. main character, 메인 캐릭터. ⇒ niam retcarahc, 니암 렛카락. niamca 니암카. 영화나 연극에서 주인공을 가리키는 메인 캐릭터를 자신만이 알 수 있도록 철자를 거꾸로 표시한 것이었다. 메인 캐릭터라고 말하면 누구를 가리키는지 금세 알기에 단장 자신만이 알 수 있도록 그렇게 암호화한 것 같았다. 니암 렛카락을 줄여 그 옆에 니암카라고 표시해두었다. 어쨌든 단장이 술주정하면서 그 말을 내뱉은 이후로 우리도 그분을 니암카라 부르게 되었다.

니암카가 달린다. 이 말은 우리에게 그분이 오신다, 메인이 뜬대, 왕초 납신다, 등을 의미하는 은어였다. 니암카가 달리면 우리는 날뛰어야 했다. 이 일을 하는 우리의 운명이자 한계였다. 열한 시 오십 분부터 도시락을 나눠주기 시작했다. 단장도 광장으로 내려왔다. 행사 성공 유무는 언제나 청중 수의 많고 적음으로 판가름이 났다. 오늘처럼 니암카가 참석하는 행사라면 더욱 그랬다. 도시락을 받은 참석자들은 광장 주변과 강당 안쪽에 머물렀다. 단장이 말했다.

"난방도 빵빵하게 틀어 드리고, 강당에서 기다리는 분들께는 영화라도 틀어드려."

자료 담당인 하청순이 디브이디를 가져왔다. 메추리, 라는 영화였다. 잠시 놀랐지만 나는 이내 눈을 찡긋했다. 현실성이 없다, 잔인하다는 등의 이유로 개봉 당시에는 관객들의 호응을 얻지 못했는데 요즘 들어 새삼 이슈가 되는 영화였다. 구체적 장면들이 현실 정치와 너무나 닮아서, 사람들이 다시 찾아보는 영화였다. 그 사실을 단장이 안다면 당장 다른 것으로 바꿔 상영하라고 했을 것이다. 하지만 단장이 그 정도까지 눈치 있는 사람이 아님을 우리는 알고 있었다. 강당에 모인 사람들은 영화를 보면서 점심을 먹었다. 하청순과 나도 그들과 함께 했다. 한 식구처럼 호흡하고 있다는 것을 보여줘야 한 명이라도 더 남아 있을 터였다. 이래서 군중더러 개돼지라 하는 건가 하는 자조가 일었다. 영화를 보던 청중들은 영화 내용에 공감한다는 듯 간간이 혀를 차거나 깊은 한숨을 내쉬었다.

  영화가 끝날 즈음 단장이 강당으로 내려왔다. 기다려 준 사람들에게 인사를 하겠다고 했다. 그때 입구에서 청소 담당인 김 여사가 길을 막았다. 예의를 차린답시고 다급히 앞치마를 벗는 바람에 머리칼이 헝클어졌다. 머리칼을 쑥스레 뒤로 넘기며 김 여사가 말했다.

  "단장님, 남자 화장실에서 자꾸 지린내가 올라와요. 그분이 화장실에 갈 수도 있을 텐데 냄새나면 안 되잖아요. U자관 아래, 벨브 하나만 교체하면 되는데. 벌써 몇 번째 말했는데도……."

 그 사실은 나도 알고 있었다. 김 여사가 몇 번이나 관리팀에 말하는 것을 들었다. 점심시간이 짧아서, 부품상에 갈 수가 없어서, 외근 중이어서 등등 온갖 핑계를 대던 담당 윤정수는 나중에는 이 작은 것 하나로 자신을 귀찮게 하냐며 역정을 냈다. 입사한 지 삼 년도 안 되는 이십 대인 윤정수는 니암카 식 행태를 먼저 배우고 있었다. 니암카가 화장실에 들를 수도 있다는 한마디 말에 단장은 정신이 퍼뜩 드는 모양이었다.

 "관리팀 어디 갔어?"

 강당 뒤쪽에서 도시락 빈 통들을 정리하던 윤정수가 스프링처럼 일어났다. 부품 가게까지는 아무리 늦게 걸어도 십 분이면 족할 것이다. 그것도 귀찮으면 전화 한 통이면 부품 가게에서 출장을 올 수도 있었다. 이 사소한 일은 단장인 왕거미까지 알아야 할 일이 아니었다. 하지만 니암카와 연관된다고 말해야지만 일이 해결된다는 것을 김 여사도 알고 있었던 것이다. 신문고를 울리듯 김 여사가 단장의 길목을 막아선 것은 썩 훌륭한 해결법이긴 했다. 나와 하청순은 마주 보면서 눈으로만 웃었다. 통쾌했지만 씁쓸한 웃음이었다.

 "우린 나중에 절대 저러지 말자."

김 여사의 가로막기 전법에 당황해서 소리를 지르는 단장을 보며 하청순이 말했다. 입사 동기인 그녀와 나는 비교적 죽이 잘 맞았다.

"그런 날이 오기는 할까."

하청순은 눈을 동그랗게 뜨며 나를 쳐다봤다. 자신은 아니지만 나만은 그런 위치에 오를 수도 있는 거 아니냐는 의문 서린 표정이었다. 뜨끔했다. 그런 기회가 온다면 정말 그들처럼 되지 않을 자신이 있을까.

"왜 저 자리에 들면 다들 이상해질까?"

남은 도시락 수를 세며 하청순이 말했다. 백 개를 주문했는데, 도시락은 열세 개가 남았다. 두 시, 시간에 딱 맞게 오는 사람들도 있을 터이니 행사장 인원은 백 오십 석은 채울 것 같았다. 그럭저럭 니암카가 만족할 만한 청중 수였다.

"반쯤 미쳐야 군림할 수 있어."

하청순이 말했다.

"무슨 뜻이야?"

"불안할수록 눈앞에서 확인하려는 욕망은 강하지."

"불안을 잠재우려 참석자 수에 그렇게 집착한다는 거야?"

"그럴 수도. 군중 없는 권력은 무의미하니까."

"……?"

"봐봐. 당장 우리부터 개돼지 역할을 묵묵히 하고 있잖아."

"너무 그러지 마. 우린 정당한 노동 대가를 받고 애쓰고 있는 것 뿐야. 저글링 횟수로 전 직원을 평가하지 않는 게 어디야?"

나는 저글링 실력을 직원 평가 지수로 활용한다는 모 회사를 떠올리며 그렇게 말했다.

"그래도 그건 수동적 식물성을 요구하진 않잖아."

이런 대화를 나누는 사이긴 하지만 나도 하청순과 속내를 완전히 터놓는 사이는 못 되었다. 친하지 않아서가 아니었다. 하청순은 이름에서 풍기는 분위기대로 상냥하고 발랄했다. 제 자리를 확보하지 못한 실무자들의 심리적 공허함이 우리를 하나로 묶고 있었다. 하지만 서로를 경쟁상대로 인정해야만 하는 미묘한 파장을 서로 모르는 건 아니었다. 이를테면 이번 상반기 승급 대상자 명단에 내 이름이 올랐다는 사실을 나는 하청순에게 말하지 않았다. 우연히 단장의 결재 서류에서 그것을 보았다. 한두 주 뒤에는 그 사실을 알게 되겠지만 미리 발설할 수는 없었다. 어쩌면 하청순도 그 사실을 알고 있을지도 모른다. 그런 날이 올까, 라고 내가 말했을 때 눈을 동그랗게 뜬 하청순을 보면서 내가 뜨끔했던 이유이다.

두 시, 드디어 니암카가 오셨다. 빔을 쏜 광장의 무대는 번쩍였고, 중앙 벽면을 채운 화면은 빠르게 바뀌었다. 전문가를 불러 온밤을 새워 마련한 무대장치였다. 행사를 치르기엔 광장보다 강당이 훨씬 좋은 조건이었다. 따로 무대를 설치할 필요가 없었다. 무엇보다 청중들도 앉은 자리에서 식과, 이어지는 포럼을 지켜볼 수 있었다. 하지만 단장의 생각은 달랐다. 뭔가를 보여주기엔 강당은 너무 폐쇄적이고 침침했다. 탁트인 컨소시엄답게 환한 광장에서 하면 얼마나 보기 좋아. 단장의 이 한마디에 광장에다 무대를 따로 만들었다.

광장 앞은 넓은 둔치였다. 강물은 말라 거의 보이지 않았다. 하지만 하늘이 훤히 보일 정도로 탁 트여서 시각적인 효과를 노리기엔 맞춤한 장소였다. 뒤쪽 입구를 막은 자리에 초대형 무대가 들어섰다. 자작나무가 그려진 현수막을 배경으로 양쪽엔 집채 만한 앰프가 설치되었다. 4인조 재즈 국악 밴드가 '사랑을 노력한다는 게 말이 되니'라는 가요곡을 연주했다. 서정적인 멜로디만 보고 선정한 곡목인 것 같았다. 노랫말이 따라 나오지 않은 게 천만다행이었다. 나는 이 곡의 노랫말을 안다. '나도 노력해 봤어. 우리의 이 사랑을. 안 되는 꿈을 붙잡고 애쓰는 사람처럼 사랑을 노력한다는 게 말이 되니' 안 되는 꿈을 붙잡고 애쓰는 사람, 이라는 노랫말이 떠오르자 절로 울컥해진다. 단장은 걸핏하면 사람이 하는 일이 안 되는 게 어딨냐고 했다. 하지만 사람이 노력해도 안 되는 게 사랑이고, 사람의 마음임을 단장은 모르고 있는 것 같았다.

 무대 사이에 솟은 기둥을 뚫고 니암카가 무대 앞으로 나왔다. 우레와 같은 박수가 터졌다. 드레스를 입은 화동이 다가가 니암카에게 종이 왕관을 씌웠다. 이런 곳에서 살고 싶어요, 라는 주제로 이번 식을 기념하기 위해 공모전을 열었었다. 거기에서 입상한 아이의 왕관 작품이었다. 왕관에 얹힌 물의 도시 모양은 어린아이 발상다웠다. 우주 공간 도시는 온통 물 천지였다. 물 위에서 건물도 날고, 나무도 날았다. 뾰족 첨탑 교회도 날아다녔다. 니암카가 왼손으로 머리에 맞지도 않은 왕관을 받아 썼다. 허리를 굽혀 오른손으로는 아이의 손목을 잡았다. 군중을 향해 낮은 자세로 잡은 손을 흔들었다. 입장할 때 터진 박수 소리보다 더 커졌다. 대중들이 공감하기 어려운 지나친 열정이 습관처럼 니암카를 둘러싸고 있는 것처럼 보였다.

 "저 불안의 맛을 즐긴다, 그 말이지?"

 하청순을 돌아보며 내가 말했다. 군중들의 함성에 그 소리는 묻혔다.

"여기 모인 여러분들이야말로 이 도시의 파수꾼이요, 견인차 역할을 하는 분들입니다. 모든 이가 만족할 수 있는 물의 도시 재건 사업을 꼭 성공시키겠습니다."

판에 박힌 인사말을 믿기라도 하듯 박수와 함성이 다시 터졌다. 모두 니암카의 크고 작은 우산을 받고 사는 자들이었다. 그들에게 니암카는 오지 않을 수는 있어도 오늘처럼 온다면 확실하게 오는 사람이었다. 곁에 있지 않아도 항상 있는 자였고, 오지 않아도 늘 오는 자였다. 기다리지 않을수록 자주 왔고, 가라고 떠밀어도 옆에 있는 존재였다.

인사말이 끝났다. 밖으로 나갈 준비를 하는 니암카에게서 관중들 시선이 떠나지 않았다. 단장은 니암카 곁에 밀착 경호원처럼 붙어 있었다. 입구 가까이까지 간 니암카가 뭔가를 단장에게 이야기했다. 오 분은 되어 보이는 독대 시간이었다. 다음 일정을 소화해야 하는 니암카가 오 분 간의 독대를 허락한 것은 단장에게는 오십 분보다 더 긴밀하고 소중한 시간일 터였다. 단장은 연신 고개를 주억거렸다. 퇴근 무렵이면 니암카 담당 비서에 의해 페이스북에 오늘 행사 참가기가 올라올 것이고, 댓글 맨 앞을 장식하는 좋아요, 퍼스나콘은 어김없이 단장의 것이 될 터였다.

니암카가 광장 문밖으로 완전히 멀어지자, 청중들이 주섬주섬 자리를 털고 일어났다. 나는 그들이 강당으로 자리를 옮겨 포럼의 청중이 되어줄 줄 알았다. 그건 착각이었다. 강당으로 들어가는 대신 각자 흩어지기 시작했다. 너무 당황스러웠다. 오전 열한 시, 정해진 시간에 니암카가 왔다면 포럼이 시작되기도 전에 썰물 빠지듯 빠지지는 않았을 것이다. 기다린 사람들도 지친 게 분명했다. 오매불망 기다렸던 목적인 니암카도 떠났으니 더 이상 자리를 지키고 있을 필요가 없어져 버렸다.

그 많던 사람은 어디로 갔을까. 강당 안에는 패널인 박 교수와 표 박사 포함 십여 명만이 남아 있었다. 그건 순수하게 이 포럼에 관심이 있는 사람이거나 관련 담당자만이 남아 있다는 말과 같았다. 이럴 줄 알았으면 부채를 미리 주는 게 아니었다. 행사 기념품으로 만든 부채를 단장의 고갯짓에 따라 니암카가 인사하는 도중에, 나와 하청순은 청중들에게 나눠 주었다. 그분 보시기에 좋아야 했기 때문이었다.

완전히 망한 행사였다. 박 교수와 표 박사도 텅 빈 객석에 할 말을 잃은 표정이었다. 생활인으로 보자면 이 자리에 온 그들 역시 꼼짝 없이 을의 신세일 뿐이었다. 제 이력에 한 줄 덧대기 위해서나, 강연료를 포기할 수 없어 밤새워 자료를 준비했을 터였다. 애초에 단장은 포럼에 참석하는 청중 수에는 관심조차 없었다. 오직 행사 오픈 식에만 몰두했다. 포럼이 시작되기도 전에 니암카가 자리를 뜨자 자신도 사무실로 올라가 버렸다.

포럼은 맥없이 끝났다. 하청순과 나는 뒷정리를 하고 있었다. 이번 행사는 단장에게만 성공적이었다.

"오늘 수고 했어. 그건 그렇고, 나구호 씨 내일 면접 몇 시야? 서류 잘 챙겨 놓고."

"……"

왕거미 단장, 먹이를 낚아채는 거미만큼 집요하구나. 나는 화가 났다.

"내 말 아니고 그분 뜻이야. 나구호 씨를 잘 챙기라네. 거 봐, 나 선견지명 있지?"

"……? ……?"

나는 단장의 말뜻을 알아듣지 못했다. 하청순과 단장의 얼굴을 번갈아 살폈다. 하청순은 알 듯 모를 듯한 미소를 지으며 고개를 끄덕였다. 짚이는 게 있다는 신호였다.

"니암카가 나구호 씨를 맘에 두고 있다, 이 말이야."

이건 또 무슨 말인가. 니암카와 나구호 씨가 연결 고리가 있다니, 금시초문이었다. 뭔가 잘못되어 가고 있었다. 내일 오후

두 시부터 이십 분 간격으로 가나다 순, 다섯 명의 응모자가 면접 프레젠테이션을 하게 되어 있었다. 거기 어디에도 나구호 씨 명단은 없다. 내 선에서 이미 면접에 참석하지 말라고 전화를 돌리지 않았던가. 그 잘난 내 양심 때문에 나구호 씨를 혼란에 빠뜨리게 생겼다. 너무 뒤죽박죽이라 자책감보다는 피로감이 먼저 일었다.

단장과 니암카도 전혀 소통이 되지 않고 있는 모양이었다. 단장의 전언에 의하면 나구호 씨를 우리에게 연결해 준 단장의 지인의 지인이 니암카와 막역한 사이라고 했다. 개인적으로 무슨 마음 수련할 때 알게 된 관계인데, 어제 사적인 정기 모임에서 나구호 씨에 대한 이야기가 나왔다고 했다. 니암카가 마음공부를 했다는 말에 헛웃음이 났다. 니암카는 그 지인 덕에 익히 나구호 씨에 대한 정보를 갖고 있었고 그 능력도 인정하고 있었다고 했다. 어제 그 지인을 만난 뒤로 니암카는 나구호 씨를 채용하려고 마음을 굳힌 거였다. 니암카와 단장, 단장과 나 사이에 커뮤니케이션이 제대로 되지 않은 바람에 일이 꼬인 거였다. 나구호 씨의 존엄을 위해 내가 그에게 전화를 걸었을 것이라고는 니암카도 단장도 꿈에조차 생각하지 못했을 것이다.

리셋 어반 플랜은 니암카에게 사활이 걸린 사업이었다. 니암카로서는 주민들에게 전폭적인 지지를 얻고 있는 나구호 씨를 적극 활용하고 싶었을 것이다. 나구호 씨에 관한 것인데, 정작 나구호 씨만 모르는 일이 막 뒤에서 일어나는 중이었다. 단장은 단장대로, 니암카는 니암카대로 일을 추진한 셈이었다. 어차피 최종 결정자는 니암카 자신이었다.

 나구호 씨에게 면접 철회 요청 건으로 전화할 때 나는 전후 사정을 자세히 말하지 않았다. 나구호 씨는 그것을 니암카의 뜻이라고 받아들였을지도 모른다. 니암카가 오죽 미안하면 실무자에게 전화를 돌리게 했겠느냐 짐작한 것 같았다. 그렇다고 자신을 연결해 준 지인에게 무슨 일이냐고 확인해 볼 수도 없었을 터였다.

 순진하기 힘든 사람이라며 스스로 잘난척했던 내 교만이 나구호 씨를 두 번 죽이는 꼴이었다. 어떻게든 다시 나구호 씨에게 전화를 해야만 했다. 일을 원점으로 되돌려 놓아야 했다. 그것이 옳은지 그른지는 내 의지와는 상관없었다. 아무 잘못 없는 나구호 씨에게 불리한 일은 생기게 해서는 안 될 것이었다. 내 자리로 온 나는 수화기를 들었다. 여보세요. 저쪽에서는 아무 반응이 없다. 하청순이 옆에서 더 초조해했다. 나구호 씨에게 면접장에 나오지 말라고 전화한 사실을 안다면 단장은 전화기로 내 뒤통수를 갈겼을지도 모른다. 하지만 내가 누군가. 불의를 보면 꾹 참는 것만큼 모욕이 덮쳐도 견딜 준비가 되어 있는 자 아니던가.

어슴푸레 저녁이 오고 있었다. 탕비실의 하늘다람쥐가 떠올랐다. 송수화기를 내려놓은 뒤 탕비실을 쳐다보았다. 아니나 다를까 호르륵 호르륵 소리가 들리기 시작했다. 하늘다람쥐가 야간 활동을 시작한 모양이었다. 무의미한 서류를 직조하고 불구의 말을 집행하는 수동적인 나의 삶. 환풍구 속 위험한 하늘다람쥐만도 못한 일상의 행보가 가엾기도 하고 어이없기도 했다.

하청순에게도 녀석들을 보여주고 싶었다. 그녀를 환풍구 앞으로 이끌었다. 호르륵 호르륵, 하늘다람쥐 노니는 소리가 요란했다.

"이게 무슨 소리야? 언제부터 나도 자꾸 소리가 들리더라고."

하청순이 물었다.

"글쎄, 무슨 소린지 맞혀 봐."

나는 연민의 소리, 라는 말을 하려다가 입을 다물고는 다시 송수화기를 들었다. 외부 연결 버튼인 9번을 누른 뒤, 나구호 씨 전화번호를 천천히 눌렀다. 환풍구 속 바스락대는 소리는 끊길 듯 이어졌다. 봄이 오면 하늘다람쥐를 밖으로 내보내야 한다는 전문가 댓글을 기억했다. 주말에는 뒷산에라도 올라 봐야겠다. 딱따구리가 살다 버린 소나무 둥지가 있을지도 모를 일이었다. 환기구 안에서는 여전히 하늘다람쥐 소리가 들렸다. 다시 나구호 씨에게 전화를 걸었다. 무심하게도 규칙적인 발신음만 흘러나왔다. 전화기를 든 내 손끝이 자꾸만 떨렸다. 호르륵, 호르륵 환풍구 속에서 들리던 그 소리가 송수화기로 옮겨져서 들리는 것만 같았다.

무거운 사과

붉고 큰 사과 세 개, 그날 왜 나는 그것을 백팩에 챙겨 넣었을까.

비 그친 하늘은 맑았지만 바람은 여전히 세찼다. 방향을 짐작할 수 없는 태풍의 여파가 계속되고 있었다. 습기 머금은 매연 냄새와 가을 풀 냄새가 열린 차창을 통해 들어왔다. 벚나무 가로수들은 온통 젖어 있었다. 바람이 불 때마다 나뭇가지에 남아 있던 물방울들이 창안으로 후드득 떨어졌다. 물기는 얼굴과 어깨를 스치고 뒷좌석 가장자리 시트까지 적셨다. 새 차에서 나는 가죽 시트 냄새와 바깥에서 들어온 냄새들이 한데 뒤섞였다. 축축하고 너절한 긴장감이 몰려왔다. 더 센 바람이 불어왔으면. 낮게 깔리는 저 불온하고 습습한 기운들을 완전히 몰아냈으면.

운전석의 C는 검정색 둥근 레이벤 선글라스를 머리 위로 얹었다. 멜 깁슨, 탐 크루즈의 일상에 자주 등장하던 아이템이었다. 언젠가 미용실에서 함께 들춰 본 남성잡지 지큐에 선글라스를 낀 두 배우가 나왔다. 파파라치에 찍힌 거리의 멜 깁슨은 너무 늙어 있었고, 야외 카페에서 알 수 없는 음료를 마시던 탐 크루즈의 어깨 또한 너무 지쳐 보였다. 내가 선글라스를 쓰고도 감출 수 없는 그들 세월의 더께들을 훑는 동안 명랑한 낙관성을 지닌 C는 그 두 배우가 쓴, 똑같은 선글라스에 주목했다. 갖고 싶었나 보다. 어쩌면 그 선글라스가 맘에 들었던 게 아니라 두 배우의 일상이 부러웠던 건지도 모르겠다. 언제 적 멜 깁슨이고 언제 적 탐 크루즈인가. 선글라스 다리에 적힌 선명한 레이벤 로고마저 복고풍이란 생각이 들었다. 내 취향은 아니었다. 하지만 C가 좋아한다니 그 또한 그리 나쁘게 보이진 않았다. 쨍한 날씨도 아닌 오늘 같은 날 C가 선글라스를 패션 아이템으로 챙긴 건 아무래도 보여 주기 위한 콘셉트 같다. 선재를 의식한 게 틀림없다.

"창문 닫을까?"

C가 백미러를 쳐다보며 말했다. 조수석의 선재도 뒤를 돌아보며 내 안색을 살폈다. 뒷좌석에 앉은 나는 두 남자가 왜 이러나 싶었다. 대답 대신 나는 내려진 차창 턱에 오른쪽 팔을 걸었다. 물기에 젖더라도 창을 닫고 싶지 않다는 제스처였다. 꿉꿉

한 밀폐의 시간보다는 물기 서린 환기의 시간이 나을 터였다.

"물방울 튀기지 않아? 창 닫지."

확인차 C가 다시 말했다.

"괜찮아."

정말로 괜찮았기에 나는 그렇게 대답했다. 그 이후로도 나는 창을 닫지 않았다. C는 안전속도를 준수했다. 비에 젖은 벚나무 가로수 잎들이 나무 둥치 주위에 떨어져 있다. 누렇게 물들어 가는 잎들도 있지만 탄력 잃은 채 초록잎 그대로 떨어져 있는 게 더 많았다. 갓길과 이어진 풀숲에서는 웃자란 강아지풀이 노랗게 죽어가고 있었다. 먼 들판엔 늦은 코스모스들이 물기를 떨어내려는 듯 바람결에 몸을 흔들어 댔다. 절개지 언덕마다 보란 듯 쑥부쟁이는 제 영역을 넓혀갔고, 늦게 핀 꽃무릇 몇 송이도 군데군데 마지막 꽃잎을 불사르고 있었다. 시월이 시작되고 있었다.

블루투스에 연결된 선재의 핸드폰에서 노래가 흘렀다. 휘성의 '결혼까지 생각했어'라는 곡이다. 좋아하는 곡이지만 너무 직접적인 제목과 노랫말이라 지금 같은 상황에서는 어울리지 않는다. 차마 다시 듣기에는 민망하다. 서로 사랑하는 사이에 눈 맞추며 듣기 좋은 곡이다. '너와 결혼까지 생각했어. 같은 집 같은 방에서 같이 자고 깨며 실컷 사랑하려 했어.'라는 구어체 가사가 와닿는다. 배배 꼬지 않고 이렇게 확 내지르는 가사의 섹시함이 이 노래의 매력이다. C는 내게 저런 노랫말 같은 프러포즈는 절대 하지 않을 것이다.

시간을 되돌리고 싶을 때도 있다. 하지만 그 시간을 다시 불러온다 해도 크게 달라질 것은 없다. 여전히 C를 사랑하게 될 것이고, 남몰래 C 때문에 우는 날이, 아니 터놓고 C 앞에서 우는 날은 늘어만 갈 것이다. 어쩌면 C는 시도 때도 없이 터지는 내 눈물보에 지쳤는지도 모른다. C는 결별을 선언하려는 것인가. 그래서 이 자리를 마련했을까.

지난주 C는 나와 선재를 카톡방에 초대했다. 모임 단톡방이 있는데 굳이 대화방을 따로 만든 게 이상했지만 내심 반가웠다.

산에 가자.

톡에 초대한 C의 첫말이었다.

셋이서?

선재가 대꾸했다. 나는 반응하지 않았다. 어리둥절했다. 노포 술집에서 치맥이나 뜯고 마시는 거라면 몰라도 느닷없이 산이라니. 그것도 셋이서. 하지만 그리 나쁘지는 않았다. C와 선재 둘 다 내가 아끼고 존중하는 사람들이었으니까. 이것저것 생각하자면 결정을 내리지 못할 것 같았다. 거절할 이유도 명분도 없었다. 나는 망설이는 척하다가 그렇게 하겠다고 했다. 그렇게 우리는 산행을 위해 달리는 중이다.

  C와 선재는 앞자리에 나는 뒷자리에 앉았다. C는 자동차 부품 업체 홍보실에 취직한 사회 초년생이고, 선재는 입사 면접까지 마친 뒤 결과를 기다리는 중이다. 선재는 4학년 초에 입도선매 된 타이어 회사를 포기한 채 정유회사에 들어가고 싶어 한다. 원하는 대로 될지 모르겠다고 엄살을 부리는 걸로 보아 무난하게 입사 통보를 받을 것 같다. 나는 대학병원 초임 간호사이다. 외과 중환자실에 근무한다. 하루라도 빨리 그만두고 싶지만 아마 오래 일하게 될 것이다. 선택의 여지가 없기 때문이다.

  살아 지옥을 경험하고 싶다면 대형병원 중환자실에 와보면 된다. 요 며칠은 그래도 '산타 할배' 덕에 근무할 맛이 난다. 할배는 중환자실을 떠나 일반병실로 옮긴 지 한 달이 지났다. 그런데도 할배가 생각나면 나는 외과 병동 한 바퀴를 돌았다가 퇴근하곤 한다. 낮 근무가 끝나는 세 시 반, 바나나 우유 한 병을 들고 할배를 만나러 간다.

"갑자기 산에는 왜, 선배?"

선재도 궁금했나 보다. 질문의 목소리는 C를 향한 것이었지만, 선재는 눈동자를 크게 만들어 내 쪽을 돌아봤다.

"만날 치맥만 할 순 없잖아. 새 차 뽑은 기념으로……."

C의 목소리가 떨렸다. 차 산 기념이라고? 그럼 신나게 드라이브나 하면 되지 웬 산행은……. 선재도 나와 같은 맘일까. 어리둥절한 표정인데 그리 밝지 않다. 그러고 보니 지난 몇 주간은 몹시 혼란스러웠다. 선재가 정식으로 프러포즈를 해왔고 나는 완곡히 거절했다. 청혼은 물론 아니었다. 사귀자고 했다. 오래 알아 온 좋은 선배라고만 생각했기에 당황스러웠다. 그때 받은 작고 노란 국화는 내 책상 위에서 시들어 가고 있다. 장미가 아니고 국화인 것이 좀 걸리긴 했지만, 받아들이지 않을 맘이라면 국화든 장미든 큰 의미는 없었다. 선재가 좋은 사람인 것은 분명하지만 나는 C를 사랑하고 있었다.

비슷한 일은 거푸 일어나는 걸까. 선재의 프러포즈가 있기 며칠 전 C가 의미심장한 말을 했다. 너, 딴생각하지 마. 그 말이 무슨 뜻인지 정확히는 알 수 없었다. 무슨 의미냐고 물어볼 수도 없었다. 더 사랑하는 쪽은 덜 사랑하는 쪽에게 완벽하게 솔직하기 힘드니까. 당당하게 다가가기도 뻔뻔하게 나아가기도 어려운, 더 사랑하는 쪽의 비애. 그간 C에게서 이렇다 할 확신의 말을 들어 본 적은 없다. 그렇다고 사귀지 않는 것도 아니었다. 손잡고 키스하고 밥 먹고 술 마시고 영화 보고 산책하고……. 이것이 남녀 간의 데이트이고, 데이트하는 행위가 사귀는 것을 의미한다면 분명 C와 나는 사귀고 있었다. 잠? 그러고 보니 C와 잠자리를 한 적은 없다. 때가 아닌가 보다, 라고 나는 생각했다. 지금 생각하니 나에 대한 C의 유일한 무기가 그거인지도 모르겠다. 빠져나갈 수 있는 강력한 무기 말이다.

  사랑받은 적 없어도 사랑에 빠질 수 있다. 사랑에 빠진다는 건 독사에게 물리는 것과 같다는 선인들의 말은 옳았다. 물리는 그 순간까지는 물린 줄도 모른다. 뭉근하고 욱신거리는 통증은 독사가 지나간 뒤에나 찾아온다. 사랑의 감정은 상식과는 무관하다. 멀리 있을수록 가깝게 보이고, 망가져 있을수록 멀쩡하게 보인다. 사소하면 할수록 더욱더 크게 보이는 것, 그게 사랑이니까. 예견할 수 있고 제어할 수 있으면 그건 이미 사랑이 아니다. 비정상적인 마음이 아주 정상적이라고 착각하는 심리적 증후, 그것이 사랑이란 열병이다.

  딴생각하지 말라는 C의 말을 나는 곧이곧대로 이해했다. 딴 남자에게는 더 이상 관심 갖지 말라는 것이겠지. 그런 확신을 봤으므로 나는 너무 쉽게 선재의 진심을 거절했다. C가 먼저 내게 그런 말을 하지 않았더라면 나는 선재의 프러포즈를 그토록 단박에 거절하지는 못했을 것이다. 생각할 시간이 필요하다며 시간을 벌었을 것이다. 좋은 일이란 무엇인가? 기쁨과 만족을 주는 보편타당한 경험을 말한다. 그럼 좋은 사람이라는 기준은? 나에게 잘해줘서 내게 기쁨과 만족을 주는 사람이다. 내게 선재는 언제나 그런 기준을 통과한 차고 넘치는 사람이다. 한데 넘치도록 기준을 통과한다고 해서 그것이 온전히 사랑이 되는 건 아니었다. 사랑은 만족이 아니라 느낌 그 자체이니까. 그걸 아는 이상, 선재의 마음을 알게 되었다고 해서 하루아침에 그쪽으로 마음이 기울어지는 건 아니었다. 객관적 시선으로 보면 C에 비해 선재는 훨씬 괜찮은 사람이다. 한마디로 설명할 순 없지만, 자신에게 겸허한 만큼 남들에게 섬세한 결을 보여 주는 사람, 그것이 선재의 장점이었다. 선재의 이런 점을 C에게 빠지기 전에 발견했더라면 나는 선재를 사랑했을지도 모른다.

선재가 내게 호의적인 것은, 내 가난한 의연함을 봤기 때문인지도 모른다. 어느 날 선재와 다른 멤버 한 명이 내 방에 놀러 오고 싶다고 했다. 아르바이트로 연명하던 내 흑역사 시절이었다. 나 쌀 떨어졌어. 쌀이나 라면 사 와서 내 끼니 해결해 주려면 놀러 와. 아무렇지도 않게 나는 선재에게 그런 말을 할 수 있었다. 가식 없는 진솔함은 심리적 편안함이나 만만함이 있어야 발현되는 감정이었다. 그 자리에 C가 있었다면 나는 그토록 담담하고 뻔뻔하게 내 처지를 말하지 못했을 것이다. 노트북 하나 겨우 놓인, 내 구차한 살림에 선재는 놀라는 눈치였다.

그날 선재는 자신의 오랜 자취 생활을 증명이라도 하듯 재바른 솜씨로 김치 참치 찌개와 치즈 올린 제육 볶음을 밥상에 내놓았다. 다음날 선재는 자기 살림도 빠듯하면서 편의점을 털었는지 먹거리들을 내 원룸 입구에 놓고 갔다. 치킨 마요, 어묵 핫바, 볶음면, 야채죽, 수미칩 등등이 든 봉지 앞에서 나는 살짝 눈물이 날 뻔했다. 평생 좋아하는 친구로 내 맘에 담을 수 있을 것 같았다. 선재를 향한 내 맘은 그랬다. C에 빠진 상태였기에 아무리 선재가 괜찮은 사람으로 다가오더라도 나는 사랑하게 되지는 않을 터였다. 이유 없이 급작스레 물리는 게 사랑이고, 한 번 물리면 쉽게 아물지 않는 게 사랑이기 때문이었다.

C와 선재는 고교 선후배 사이였다. 우리 셋 다 '북치고 회화나무'의 원년 멤버들이다. C와 선재는 나보다 한두 살 많았다. C를 호칭할 때 나는 선배라고 불렀다. 하지만 재수를 해서 나와

같은 학번인 선재는 그냥 내게 친구 선재였다. 동시대를 살아가는 고만고만한 친구들로 우리는 매주 한 번씩 '북치고'라는 작은 카페에서 만나왔다. 모임이 결성된 초반, 모임 이름을 짓느라 갑론을박했던 기억이 난다. 벌써 4년 전 일이다.

  모임의 정체성은 책과 글에 관한 것이었다. 그런 것들과 관계있다고 생각하는 별의별 이름들이 다 나왔다. 글샘, 책글 세상, 글벗, 책마을 등등 온갖 창의적이지 못한 이름들이 계속 오르내렸다. 그때 '북치고'가 어때? 카페 이름이 모임 이름 되지 말란 법 있어? 하고 말한 이가 C였다. 싼 커피 값에 장소를 내어주던 또 다른 멤버였던 카페주인 강 선배에 대한 예우 차원의 발언이었다지만 나쁘지 않은 제안이었다. 강은 영광이긴 하지만 회원들에게 부담을 준다는 이유로 반대했다. 그럼 '회화나무'는? 다시 C가 말했다. 모임 이름이 꼭 글이나 책과 관련되란 법 있어요? 뜰 앞의 잣나무, 라고 일갈한 선사도 있었잖아요. 그냥 인생 화두로 삼는다는 의미에서 회화나무 어때요? 카페 앞에 노거수로 서 있는 회화나무를 보고 즉흥적으로 둘러댄 말이었다. 멤버들 모두 웃었다. 어이없긴 하지만 기발하단 의미의 웃음이었다. 아무도 결정하지 못한 채 웃고 떠들 때 선재가 나섰다. 그럼 '북치고 회화나무'로 하면 되겠네요. 글 써서 북 울린다, 얼마나 좋아요. 북은 영어로 책이기도 하잖아요. 신나게 읽고 써서 저 큰 회화나무처럼 사유를 키운다, 의미는 부여하기 나름이잖아요, 괜찮지 않아요? 이번에도 모두 크게 웃었다. 뜻밖의 수확이었다. 북치고 회화나무. 지금 봐도 그 어디에 내놔도 꿀리지 않을 낭만성과 독창성을 겸비한 이름 같긴 하다.

반한다는 말보다 주관적인 감정이 있을까. 그것은 실체적 진실이나 도덕적 판단과는 무관하다. 눈에 비치는 대상의 이미지를 자의적으로 이상화하는 것, 그런 현상을 자각할 때 우리는 반한다, 고 표현한다. 상대가 원래 어떤 사람이고, 어떤 재질적 특성을 가졌는가 하는 것은 반하는 이유로 고려될 사항이 아니다. 반한다는 건 조건 없는 느낌 자체이니까. 그만큼 감정은 철저히 제멋대로이고, 사랑은 처절하게 주관적이다.

간간이 백미러를 통해 내 안색을 살피는 선재의 눈빛과 마주쳤다. 모른척했지만 선재가 신경 쓰이지 않는 것은 아니었다. 어딘지 모르게 애잔하고 또 다른 나를 보는 것만 같았다. 다른 나를 연민할 수는 있어도 다른 나를 사랑하기란 얼마나 힘든가. 이 또한 설명되지 않는 사랑의 수수께끼이다. 선재에게 심리적 부담을 주고 싶지 않고 내 마음도 편해지고 싶었다. 해서 엉뚱한 생각을 머릿속에 집어넣기 시작했다. 언제쯤 이 배낭 속의 사과를 먹는 게 좋을까.

내가 생각해도 나는 센스가 없다. 산행에 뭘 준비할까, 나름 고민을 하긴 했다. 김밥을 쌀까, 샌드위치를 만들까. 좁아터진 원룸 주방에서 뭔가를 준비한다는 건 번잡스러웠다. 마침 퇴근할 때 거리에서 리어카 행상을 만났다. 사과가 더미로 쌓여 있었다. 붉고 굵은 탐스러운 사과였다. 부사가 출하되기 직전에 수확되는 품종 같았다. 다섯 개를 샀다. 그중에서 성인 주먹 크기인 사과 셋을 비닐봉지에 담아 배낭 속에 넣었다. C와 선재 내가 각각 하나씩 먹으면 되겠다고 생각했다. 선재나 나는 껍질째로도 잘 먹을 것이다. 하지만 C의 취향은 가늠이 되지 않아 과도까지 준비했다. 나다운 허술한 준비법이었다.

그 순간에도 내가 생활 감각에 무디다는 생각 같은 건 하지 못했다. 그냥 사과를 준비하는 마음 자체만으로도 충만했다. 센스 넘치는 여자라면 예쁜 플라스틱 용기에다 가지런히 깎은 사과에다 방울토마토나 조생종 단 귤 정도를 곁들였을 것이다. 이런 면에서 보면 나는 선재와 어울리는 사람이었다. 선재라면 내 무신경을 이해하고 충분히 감싸줄 사람이다. 도리어 자신이 예쁜 도시락을 준비해 올 사람이기도 했다. 예민하고 섬세한 C는 확실히 나 같은 성격이 감당하기엔 벅차다. 그조차 생각할 겨를없이 무턱대고 빠지는 게 사랑이다.

 C에 대한 첫 기억은 그의 손에 관한 것이다. 오월 어느 오후였다. 북치고 회화나무란 이름이 모임명으로 결정된 그다음 주였다. '북회'로 줄여 부르는 모임은 학술 모임을 표방했지만, 실제는 글쓰기 모임에 가까웠다. 독후 관련 미니 학술 모임으로 알려졌지만, 실은 글쓰기에 더 집중한 모임으로 정착해 갔다. 정서적 글쓰기에서 논리적 논문 쓰기까지 쓰기 관련 정보라면 뭐든지 주고받았다.

 그날 나는 엄마에 관한 글 한편을 준비했다. 소설형식을 취했지만, 자전적인 이야기였다. 합평 첫날부터 겁 없이 글을 준비해 간 사람은 나 말고는 없었다. 그만큼 당시 나는 심리적으로 불안한 상태였다. 뭔가 끼적여서라도 그 상황에서 벗어나고 싶었다. 있으되 없는 아버지와, 바람난 엄마로부터 철저하게 독립해야 했던 날들이었다. 상투적이고 클리셰 가득한 전개가 내 가족의 일이 될 줄은 몰랐다.

 중학교 밖에 나오지 않았다는 엄마의 남자는 겉보기엔 고정신도 이천 명 이상을 거느린 개인 사찰의 주지였다. 그 남자를 땡중으로 폄훼할 수 없는 것은 엄마를 대하는 남자의 진정성만은 의심할 수가 없기 때문이었다. 남자는 스스로 환상을 만들어 엄마를 보는 것 같았다. 엄마도 자신이 갖고 있는 몇 개의 가면 중 가장 적절한 것을 남자 앞에서 썼을 것이다. 자신만의 환상이라는 프리즘을 통해 엄마를 찬양하는 남자. 남들이 평범하기 그지없다고 말하는 C에게 대책 없이 빠져드는 나. 그 남자나 나나 사랑 앞에서는 어리석은 중생임에는 틀림없었다.

 가진 게 돈밖에 없는 남자와 엄마의 관계는 사랑이었을까. 확실한 것은 남자에게 엄마는 갑의 자리였다는 거다. 엄마는 남자가 언제 올지 기다리지 않았다. 문자나 전화 때문에 노심초사하지도 않았다. 덜 사랑하는 자, 승리하리란 인생 선배들의 말을 엄마는 학습 없이 본능적으로 실천하고 있었다. 그런 엄마와 같이 살고 싶지는 않았다. 고시원과 다름없는 원룸으로 내가 살림을 옮긴 것은 대학 입학 직후였다. 일찌감치 부도 인생으로 실패자가 되어 떠도는 아버지는 빚쟁이들의 독촉이 소강상태에 이르렀을 즈음에나 한 번씩 나타나곤 했다. 그나마 지금은 연락조차 되지 않는다. 참으로 다행이다. 이런 시시껄렁한 내 가족사를 그날 소설인 듯 수기인 듯 써서 갔다. 부끄럽지 않았고 그럴 이유도 없었다.

 그날 C는 다른 두 명의 멤버와 함께 북치고 카페 앞 회화나무 아래 벤치에 쪼그려 앉아 고스톱을 치고 있었다. 그때 다른 두 명 중의 하나가 선재였을 것이다. 물오르기 시작한 회화나무 잎들은 일제히 하늘을 가리기 시작했고, 벤치 옆 벚나무 가로수들도 제법 맞춤한 그늘을 만들어 가고 있었다. C는 희고 긴 손가락을 내뻗어 셋 중 누군가 벗어 만들었을 점퍼 깔개에다 화투장을 내리찍고 있었다. 오월 난초 잎이 C의 희고 긴 손끝을 벗어나, 자주색 점퍼 등짝에 내리 찍혔다. C의 손끝을 보는 순간 나는 C의 손을, 아니 C를 좋아하게 되었다. 패가 맘에 들지 않거나 점수를 내지 못하는 것보다, 구경꾼인 내 앞에서 불온하기 짝이 없는 화투패를 내리찍는 모습을 들킨다는 것을 C는 쑥스러워했다. 이따금 얼굴을 붉히는 그 예민한 자의식의 기미를 훔쳐보는 재미가 쏠쏠했다. 예민해서 명랑을 과장하는 그 얼굴빛과 희고 가녀린 손끝이 C의 성격을 말해주는 것 같았다. 숫기가 없는데도 어쩐지 달변인, 그 모순된 기질까지 호기심을 끌었다. 사람이 사람을 좋아하는 데는 이유가 없다는 사실을 그때 처음 알았다.

  누가 뭐래도 사랑은 순간이다. 사랑의 예감은 계산되지 않는다. 찰나의 결정일 뿐이다. 첫 순간에 반하지 않는 사랑은 순수한 의미에서 사랑이 아니다. 긴 시간이 흐른 뒤 사랑이라고 결론 내리는 사랑은 얼마간의 연민이나 타협이 섞인 순도 덜한 사랑일 뿐이다.

그 찰나라는 시간을 만난 이후 나는 순도 높은 어리석은 길을 걸었다. 더 많이 사랑하는 시간이 시작된 것이다. 창밖이 훤해질 때까지 내 것 아닌 것이 주는 비탄을 노래했다. 야성이나 광기에 대한 무관심이나 무지를 경멸하고, 저항하지 않거나 거부하지 못하는 식물성의 삶을 무취미한 것으로 여겼던 내 영혼이 어쩌면 사랑이라는 허울 앞에 그토록 무기력해질 수 있는지 알다가도 모를 일이었다.

모두가 결핍 때문이었다. 결핍 없이 충족한 영혼은 쉽게 사랑에 빠지지 않을 터였다. 다 갖췄는데 사랑 따위가 왜 필요하겠는가. 자기만족에 겹거나 희망으로 충만한 사람은 좀처럼 사랑에 빠지지 않는다. 관장할 곳이 많은 그들은 굳이 사랑에 매달릴 필요가 없다. 하지만 결핍한 자는 뭔가를 절실하게 원하는 자이다. 원하는 자는 구차하게 되어 있다. 주고자 하는 격렬함은 받고자 하는 안달과 같은 말이었다.

가깝고 먼 풍경들마다 가을을 매달아 오고 있었다. 조금만 있으면 저 벚꽃 가로수도 완연한 가을빛으로 달아오를 것이다. 이런 상념에 젖어 드는데, 앞서던 차에서 담뱃불이 확 날아들었다. 창턱에 걸었던 내 오른쪽 팔뚝에 꽁초가 떨어지는가 싶더니 차의 속도에 밀려 그것은 밖으로 튕겨 나갔다. 흩어진 재들이 이마와 머리로 흩어졌다. 아악! 뜨겁고 아파서가 아니라 순간적으로 놀라 소리를 질렀다.

"왜 그래?"

C가 뒤돌아봤다.

"담뱃불이 튀었어."

앞선 차를 가리키며 내가 말했다. 보조석에 탄 사내가 달리는 도로를 재떨이로 사용하고 있었다.

"저런 개새끼들!"

클랙슨을 길게 울리며 C가 주행 속도를 높였다. 소음 따위는 아랑곳하지 않고 앞차는 저만치 달아나고 있었다. 차 몸체엔 온갖 액세서리를 달고 있었다.

"그만 해. 다친 것도 아니니까."

나는 진심으로 말했다.

"저 씹새들, 재떨이 없으면 지들 허벅지에나 떨 일이지……."

C는 상대에게 전해질 리 없는 과장된 말을 함으로써 나를 위로하려 했다. 전에 없던, C의 행동이었다. 어쩐지 불안해 보였

다. 나는 창문을 올렸다.

"사과 먹을까?"

뭔가 모를 팽팽한 긴장감과 어색한 분위기를 없애고 싶었다. 부스럭부스럭 배낭에서 사과를 꺼내는 시늉을 했다. C는 미간을 좁혔다. 뭔가 할 말이 있는 것처럼 보였다. 엉뚱하게 사과 따위로 맥 끊는 이야기를 하니 약간 짜증이 난 것 같았다. 선재는 내 눈치만 봤다. 사과를 주면 먹겠다는 것일까, 안 먹겠다는 것일까. 나는 그 와중에도 내 사과가 신경이 쓰였다. C는 나와 눈을 자주 마주치는 선재가 자꾸만 신경이 쓰이는 모양이었다.

"휴게소가 가깝네. 쉬면서 우동이나 먹지 뭐."

선재가 혼잣말처럼 말했다. 뭔가 모를 처연한 기운을 느끼는 것은 선재도 마찬가지인 모양이었다. C의 다급해진 표정이 백미러에 비쳤다. 운전대를 잘못 놀렸는지 차가 휘청거렸다. 휴게소에 도착하자 깜짝 놀랐다. 이른 단풍놀이를 떠나는 사람들 물결이 단풍보다 더 붉었다. 단풍색 아웃도어를 갖춰 입은 중노년들이 우르르 몰려 다녔다. 산에 오르지 않고도 단풍 구경을 다 한 것 같았다. 화장실에 다녀온 셋은 야외 테이블에 마주 앉았다. 우동 세 그릇을 앞에 두고 다들 별말이 없었다. 이 산행의 주관자이자 제일 선배인 C가 침묵을 지키니 어색함은 더했다.

"사과 가져왔는데 먹을까?"

배낭 속을 뒤적이며 내가 말했다.

"그것보다 잠깐만 자리 비켜줄래?"

C가 말했다. 선재가 잔반 쟁반을 들고 일어섰다.

"아니 너랑 할 말이 있다고."

C가 선재를 보고 다시 말했다. 선재가 쟁반을 내려놓고 다시 자리에 앉았다. 나로선 무슨 일이냐고 물을 틈도 없었다. 진지함이 C의 표정에서 묻어났다. 나는 무슨 상황인지 이해가 되지 않아 그 자리에 가만있었다. 나보고 자리를 피해달라는 말이지만 왜 자리를 피해야 하는지 머리가 복잡했다. 느려터진 내 행동이 답답했는지 C는 눈짓으로 선재를 불러냈다. 나는 앉은자리에서 결국 내 사과는 먹지도 못했네. 이 생각만 했다. 이 사과를 오늘 중으로 먹을 수나 있을까.

멀리 야외 휴식터로 걸어가는 C와 선재가 보였다. 도무지 어떤 상황인지 이해가 되지 않았다. 화장실 건물에 가려서 다행히 휴식터 벤치 쪽은 보이지 않았다. 나는 다시금 붉고 큰 사과를 내려다보았다. 언제 이 사과를 먹을 수 있을까, 그것만을 생각하기로 했다. 그때 카톡이 울렸다. 정미였다. 입사 동기인 정미는 외과 병동에 근무한다. 현재 산타 할배의 담당 간호사이기도 하다. 외과 간호사들 모두의 관심이자 나의 관심이기도 한 할배 소식을 전해온 것이다.

산타할배 오늘이 고비야. 중환자실로 옮기셨어. 두 시간을 넘기기 힘들대.

나뿐만 아니라 산타 할배를 아는 병원의 모두가 할배의 무사 귀가를 바랐다. 하지만 할배가 다시 중환자실로 옮겨 왔단다. 내일 나는 밤 근무를 한다. 그때 출근하면 할배는 더 이상 이 세상 사람이 아닐지도 모른다. 할배는 한여름에 외과 병동에 입원해 중환자실과 병동을 오가며 이 가을을 맞았다.

뇌 수술한 자리를 가리기 위해 모자를 썼는데 한 여름인데도 빨간 모자를 즐겨 썼기 때문에 산타 할배라고 불렀다. 경상도 북부쪽 사투리가 심해서 할아버지라는 말 대신 병동에서는 그를 할배라고 불렀다. 의식이 살아있는 동안에는 밝고 고운 성정을 유감없이 드러냈다. 자신이 더 힘든데도 옆 환자의 링거를 들어 화장실에 데려다주었고, 담당 간호사들을 보며 이리 고운데 힘든 일 해서 어쩌노, 하면서 비오비타를 챙겨주곤 했다.

저번 중환자실에 있을 때도 고비를 맞은 적이 있었다. 그때 자식들이 연명치료를 하네, 마네로 서로 언성을 높인 적도 있었다. 장기간 입원으로 인한 경제적 부담 때문에 자식들 간에도 말이 많았다. 저런 아버지에게도 다양한 성격의 자식이 있을 수 있다는 것을 알게 된 사건이었다. 산타 할배가 병동에 유쾌하게 다니는 날은 궂어도 햇살이라는 말이 병원에 유행할 정도였다. 활력소가 되었던 한 여름의 산타 할배가 멀리 떠난다고 생각하니 뭔가 표현할 수 없는 속울음이 솟구친다. 중환자실에 근무하다 보면 죽음을 일상처럼 맞기도 한다. 하지만 모든 죽음이 같은 느낌이 아니다. 진심으로 산타할배의 죽음만은 늦추고 싶다. 아니면 내일 나이트 근무 들어갈 때까지라도 살아계셨으면 싶었다.

C와 선재의 면담은 오래 걸리지 않았다. 금세 선재가 내가 앉은 벤취 쪽으로 다가왔다.

"가 봐. 형이 할 말 있대."

"……?"

선재는 눈길을 피했다. 뭔가를 숨기는 느낌이었다. 산타할배 생각으로 심란했던 터라 혼란이 더해졌다. 그 어떤 정보도 없이 C 맞은편에 앉는다고 생각하니 불안하기만 했다. 최대한 걸음을 늦췄다. 완전히 가시지 않은 습기 때문에 벤치는 눅눅했다. 아무 말도 않은 채 C의 표정만 살폈다.

"선재랑 사귀지 마."

C가 꺼낸 첫마디였다.

"언제 사귀기라도 했어?"

"그니깐 혹시라도 하는 맘에……. 단속하는 거야."

"참 빨리도 단속하신다……."

원망, 긴장해소, 기쁨, 의문 등등 온갖 심정으로 속이 들끓었다. 듣고 싶던 말이었나. 잘 모르겠다. 저 말이 C의 온전한 마음일까. 눈물이 나려는 걸 억지로 참았다. 그 상황에서 내가 괜찮은 사람이 되려면 내 감정에 취하면 안 되는 거였다. C를 향해 '이게 무슨 뻘짓거리냐'고 정색이라도 했어야 했다. 그래야 순간적이나마 갑의 제스처를 보여줄 수 있을 터였다. 비겁하게도 나는 내 감정에 충실하느라 그렇게 하지 못했다. 죄 없는 선재의 입장은 조금도 생각하지 못했다.

"그 말 하려고 산에 가자고 한 거야?"

정신을 차린 내가 겨우 꺼낸 말이었다.

"……. 그래. 근데 산에 갈 때까지 기다릴 수가 없었어."

그 순간만은 C가 이성을 잃은 게 분명했다. 차 안에서 별 의미 없이 주고받은 선재와 나의 눈길조차 신경이 쓰여 견딜 수 없었다고 했다. 산에 오르기도 전에 심장마비가 걸릴 것만 같았다고 했다.

    C의 이야기를 나는 가만 들었다. C와 내가 만나고 있다는 걸 꿈에도 몰랐던 선재는 친한 선배인 C에게 조언을 구했다. 나와 정식으로 사귀고 싶다고. 그 얘기를 나는 선재에게서는 듣지 못했다. C는 선재의 고민을 들어주면서 그제야 자신의 감정이 무엇인지 똑똑히 알게 되었다고 했다. 이게 사랑인지는 모르지만, 나를 놓쳐서는 안 된다는 생각이 퍼뜩 들었단다. 요 며칠간 돌진하는 선재를 저지하고 내 마음을 잡아 놓는 게 급선무였다고 솔직하게 말했다. 선재에게는 조금 전 나를 포기하겠다는 확답을 받았다고 했다.

    딴생각하면 안 돼. C는 몇 번이나 강조했다. 순간 내가 본 것은 분명 C의 비겁이었다. 졸렬한 자기기만이었다. 하지만 나는 그 비겁이나 기만 앞에서 상대를 책망하거나 분노하지 못했다. C의 말이 진심일 거라고 스스로를 가스라이팅했다. 노력한다고, 다짐한다고 사랑이 되는 게 아님을 알면서도 그렇게 했다. C 앞에서 멋있어 질 단 한 번의 기회를 놓쳐버린 나. 그날을 생각하면 지금도 '이불킥'하고 싶어진다.

    선재 면전에서 확실한 자기 입장을 표명했다고 해서 당장 C가 나를 사랑할 수 있는 것은 아니었다. 사랑이란 감정은 그렇게 손바닥 뒤집듯 할 수 있는 게 아니었다. 그걸 몰랐던, 어쩌면 알면서도 모른 척하고 싶었던 내 어리석음에 대한 성찰이 이런 글을 쓰게 하는지도 모르겠다. 어쨌든 조금 홀가분해진 나는 이제 저 사과를 먹을 수 있겠군, 하고 엉뚱한 기대감에 휩싸였다.

  이야기를 마친 나와 C가 선재쪽 벤치로 다가갔다. 내 백팩도 그대로 있고, 그 앞에는 먹으려다 만 사과와 과도도 그대로 있었다. 그 벤치 옆에서 선재가 누군가와 실랑이를 벌이고 있었다. C의 차에서 멀지 않은 자리에 낯익은 차가 주차되어 있었다. 달리는 차 창 밖으로 꽁초를 버리고 간 그 재떨이 일행이었다. 휠이며 범퍼에 주렁주렁 단 액세서리 때문에 단박에 알아봤다. 선재는 쉬고 있던 그들을 발견하고 사과를 받으려 하고 있었다. 왜 꽁초를 버리고 가느냐, 그 꽁초에 우리 일행이 다쳤다, 그렇게 따지고 있었다.

  "죄송하게 됐습니다. 몰랐수다. 실수를 인정합니다."

  의외로 싱거운 싸움이었다. 몰랐다는 말은 거짓이었겠지만 그리 나쁜 사람들 같지는 않았다. 양아치도 못 되는, 동네를 돌며 간섭하기 좋아하는 한량들 수준 같았다. 자동차 액세서리를 주렁주렁 달고 다닐 사람치고는 너무 늙어 있었다. 그것까지는 상관할 바가 아니었다. C는 상대할 가치도 없다는 듯 먼 들판을 내려다봤다. 선재 딴에는 날카로운 눈매를 재떨이 일행에게 쏘아붙이고 있었지만 선재 눈은 전혀 매서워 보이지 않았다. 나는 반사적으로 내 오른쪽 팔등을 내려다보았다. 담뱃불 화상은커녕 그 어떤 외상 흔적도 없었다. 선재가 필요 이상으로 재떨이 일행에게 씩씩거리는 건 이해할 수 있을 것 같았다. 그렇게 해서라도 C가 마련한 이 이해할 수 없는 마당극의 어색함에서 벗어나고 싶은 거다. 아닌 밤중에 홍두깨라는 말이 선재의 심정을 잘 말해주고 있었다.

"그깐 일로 서로 원수질 사이는 아니지."

머그컵 같은 얼굴형의 사나이가 눈을 찡긋했다. 운전을 한 쪽 같았다.

"다시 만날 사이는 더욱 아니지요."

나는 벤치에 앉으면서 그렇게 유머인 듯 대꾸인 듯 씩 웃어 보였다. 싸울 의사가 없다는 내 식 표현이었다. 그리고선 간이용 접시에 앉아 있던 사과를 다시 만졌다. 거의 무의식적인 행동이었다. 붉고 굵은 사과는 먹음직스러웠다. 배낭을 즐겁게도, 무겁게도 했던 그 사과.

"사과 드실래요?"

나도 모르게 튀어나온 말이었다.

"진작에 이렇게 나왔어야지요."

재떨이도 웃었다. 대답을 듣기도 전에 나는 재떨이 일행에게 각각 사과 하나씩을 건넸다. 굳이 깎아서 줄 필요는 없었다. 사과를 받은 재떨이와 머그컵은 일말의 망설임도 없이 우걱우걱 사과를 씹었다. 어쩐지 정이 가는 사람들이었다. 태연한 악행을 보여 주었지만, 알고 보면 천사의 하루를 선물하려고 온 사람인지도 몰랐다.

"이거 아가씨가 가져온 사과 맞죠?"

재떨이가 물었다. 나는 고개를 끄덕였다. 재떨이는 또다시 크게 사과를 베어 물었다. 왜 나는 그들에게 사과를 건넸을까. 어쩐지 그날 사과는 C를 위한 것도 선재를 위한 것도 또한 나를 위한 것도 아니어야만 한다는 생각이 들었다.

"연애 중이지요? 내 아까 꽁초 버린 죗값으로 팁 하나 주리다. 젊은 아가씨, 무거운 사과 같은 건 갖고 다니지 마시오. 무거운 사과 같은 거 들고 오는 여자보단 가벼운 입만 들고 오는 여자가 연애할 때는 더 예뻐 보이거든."

더 깊이 사랑하는 자, 패배자가 된다는 것을 저 재떨이와 머그컵은 알고 있었던 것일까. 알랭 드 보통을 비롯한 수많은 작가가 성심을 다한 문장으로 저 말의 의미를 독자들에게 깨우쳐

주었다. 저 명제에 일부는 수긍하고 대부분은 반발했다. 반발하는 사람들은 사랑이 어떻게 변해, 라거나 사랑은 주는 거지 받는 게 아니잖아, 라며 도덕군자 같은 헛소리를 했다. 수긍하는 자들의 기준은 경험이었다. 그러니까 사랑에 상처받아 본 자들은 수긍했고, 아직 사랑할 환상이 남은 자들은 반발했다.

공정하지 못한 게임인 사랑 성찰론 가운데 가장 와닿는 말을 한 이는 독일 작가 토마스 만이었다. 중편 「토니오 크뢰거」에서 작가는 이렇게 말했다. '가장 많이 사랑하는 자는 패배자이며 괴로워하지 않으면 안 된다.' 이 글을 쓰기 위해 다시 한번 그 책을 펼쳤다. 그 문장에는 선명한 형광펜이 그어져 있다. 어쩐지 다시 눈물이 나려 한다. 사라진 뒤에야 무지개가 환상이었음을 알게 되는데, 어쩌자고 사랑은 패배자의 길로 먼저 유혹하는 것인지.

사랑하면 무거운 사과부터 챙긴다. 그것이 무거운 줄도 모르고 달콤하고 때깔 고운 것에 눈이 쏠려 본능처럼 챙기게 되는 것이다. 상대는 무거운 사과의 존재조차 기억하지 못한다. 몹쓸 사과는 아무 관련이 없는 엉뚱한 사람이 먹을 수밖에 없다.

그날 휴게소 뒤의 시간들은 여기서 말하고 싶지 않다. 산행을 위해 끝까지 차를 달렸는지, 아니면 기만적인 C의 목적이 달성되었으므로 그 휴게소에서 되돌아왔는지 그런 것에 대해서 말이다. 확실한 건 그날 이후로 나는 좋은 친구 선재를 잃었다. C라는 오매불망의 연인을 얻었는가? 그 답만은 피할 이유가 없다. 이 글의 목적이기도 하니까. 시간이 지난 지금 나와 C는 그 옛날과 달라진 게 아무것도 없다. 지리멸렬한 만남과 사투 중이다. 무거운 사과에 대한 조언을 들었음에도 사랑은 그리 무 자르듯 쉽게 전개되는 게 아니다.

  아참, 산타할배는 그날 오후에 돌아가셨다. 산타 할배의 임종 같은 아름다운 마무리는 착한 사람에게만 해당되는 건지도 모르겠다. 중환자실에서 할배가 남긴 마지막 말은 "곱다, 고와. 간다."라는 여섯 마디였다. 인수인계를 하던 동료가 그 말을 전해줄 때 그 자리에 있던 모두가 눈시울을 붉혔다. 숨죽여 우는 이도 있었다. 죽음이 흔한 그곳, 간호사들의 눈물이 극히 드문 곳인데도 말이다. 할배는 내 무거운 사과에 대해 어떻게 말할까.

  먼 훗날 이날을 추억하게 된다면 우리 셋은 어떤 생각을 하게 될까. 그때도 내 생각은 지금과 같을까. 아직은 변함이 없다. 구차한 쪽이 지는 게임, 출발선이 불리하면 끝까지 불리한 게임이 사랑이다. 그것이 사랑의 속성이고 연애의 본질이다. 반전은 시청률을 의식해야 하는 드라마에나 있다. 혹여 실제 상황에서 반전 같은 게 일어나기도 한다고? 독자들이여, 명심해라. 그랬다면 그건 상황에 의해 타협한 것이지, 감정 자체가 변한 게 아님을.

  그건 그렇고 붉고 큰 사과 세 개, 그날의 무거운 사과를 당신이라면 어떻게 했을까. 쑥스럽지만 산타할배 다음으로 꼭 물어보고 싶은 것이다.

해설

결정된 세계와 그 너머

이경재 (문학평론가, 숭실대 교수)

1. 쇠우리의 단단함

　김살로메는 안동에서 출생하여 열두 해를 살고 대구로 터전을 옮겨 경북대 불어불문학과를 졸업하였다. 2004년 영남일보 신춘문예에 「폭설」이 당선되어 작가 생활을 시작한 그녀는 소설가이자 에세이스트로서 이미 소설집 『라요하네의 우산』(문학의문학, 2016, '2017년 세종도서 문학부문' 선정), 산문집 『미스 마플이 울던 새벽』(아시아, 2018), 『엄마의 뜰』(문학의문학, 2020)을 발표한 문단의 어엿한 중견작가이다. 특히 그녀의 문학은 삶의 상처와 고독을 섬세하게 승화시키는 것으로 정평이 나 있다.
　김살로메의 『뜻밖의 카프카』(아시아, 2025)는 작가의 두 번째 작품집으로서, 존재의 단독성에 대한 철저한 인식과 그에 바탕한 삶의 이상을 제시한다는 점에서 의미 있는 문학적 성과라고 할 수 있다. 소설집 『뜻밖의 카프카』에서 형상화된 세계는 딱딱한 콘크리트처럼 경직되고 결정된 세계이다. 「니암카가 오신다」에서 주인공이 일하는 '탁 트인 협력단'은 오직 최고 권력자인 '니암카의, 니암카에 의한, 니암카를 위한 조직'이다. 그곳의 사람들은 오직 니암카만을 위해서 일할 뿐이며, 이곳에서는 모든 가치평가도 오직 니암카를 중심으로 이루어진다. 니암카라는 호칭은 영화나 연극에서 주인공을 가리키는 "main character"(259)에서 유래한 것으로, 영어 철자를 거꾸로 배열한 'niam retcarahc'를 한국식으로 표기한 것이다.

니암카가 오는 날이면 왕금희 단장은, 평소와 달리 넥타이 차림으로 출근하곤 한다. 니암카가 머무는 공식적인 시간은 고작 십 분이지만, 직원들은 그 "십 분을 위해 백일은 시달리는 기분"(246)을 느껴야만 했다. 오직 니암카에게 잘 보이려는 왕금희 단장의 사심으로 인해, 나구호는 이름과 비슷하게 '호구'가 되는 경험도 해야만 한다. "니암카를 향한 단장의 해바라기 마음만은 날마다 리셋과 재편을 거듭"(255)하였으며, "니암카 보시고 즐기기에 좋은 행사를 집행하는 일이 나"(255)의 주된 업무이다.

모든 행사는 물론이고, 인간의 가치도 니암카를 중심으로 결정되는 이 곳에서, '나'는 "무의미한 서류를 직조하고 불구의 말을 집행하는 수동적인"(272) 삶을 살아갈 뿐이다. 본래도 '나'는 "웬만한 불의 앞에서는 꾹 참아 버"(253)렸으며, 그런 무감각에 만족해했다. 이러한 '나'의 "기질을 더욱 강화하고 체화시킨 곳이 바로 내 일터인 '탁 트인 협력단'"(254)인 것이다. 이 곳에서 가장 빨리 배우는 게 "체념하는 법"(254)이며, "창의력과는 멀수록 이곳에서는 칭찬"(254)을 받았던 것이다. '나'는 "무기력해지고 포기하는 단계까지 겪으면서 그걸 적응이라는 말로 포장"(255)하기에 이르렀다.

현실이란 이처럼 공고하고 단단하며, 그것에 맞서는 개인은 한없이 무력하다. '탁 트인 협력단'에서의 삶은 무기력과 체념으로 점철되어 있으며, 이러한 현실은 다른 작품 「따뜻한 컵 프로젝트」에서도 반복된다. 「따뜻한 컵 프로젝트」의 '나'는 연애할 남자도 없이 마흔을 목전에 둔 것도 서러운데, 승진은 멀기만 하고 남의 일, 그것도 기찬세의 뒤치다꺼리를 해야만 하는 현실에 더욱 서글퍼한다. '나'는 사실 기찬세와 마주치는 것조차 꺼려하는 상태이다. 기찬세와 멀어진 직접적인 계기는 입사 초창기에 있었다. "가죽 호랑 맘과 종이 호람 맘"(219)이라는 보고서의 자료로, '나'는 "발품 팔고 구글링하고 유료 사이트 뒤져서 구한, 논문을 비롯한 텍스트들을 라면 박스 가득 담아"(220)

기찬세에게 건넸던 것이다. 기찬세는 그 자료에서 엄마를 아빠로 주체만 바꿔 교육방송 공모 사업에 기획품으로 응모를 하였고 선정되기까지 하였다. '나'는 "아이디어를 도용당한 것은 물론이고, 억울해할 기회마저 박탈당한다. 기찬세는 이후에도 문제가 된다면 기획 단계에서 이의를 제기했어야지, 왜 선정된 지금 와서 난리냐는 입장을 보였던 것이다. 이후 '나'는 "박스째 돌아오지 못한 타이거 맘에 관한 자료들을 생각하면 자다가도 머리를 뜯고 싶어"(226)질 만큼 마음고생을 해왔다.

「따뜻한 컵 프로젝트」에서 기찬세가 반성한다거나 '나'의 억울한 현실이 변할 가능성은 제시되지 않는다. 그것은 마치 또 다른 동료 오디가 한없이 긍정적이기만 한 것에 연결되는 현상이다. 오디는 "어쩜 저토록 맺힌 데 없고 꼬임이 없을까. 콩깍지를 터트리며 튀어 오르는 콩 같은 여자"(233)이며, 심연 없는 낙천과 명랑한 직설이 조화로운 오디는 일시적이고 물리적인 상황에 휘둘려 긍정이나 냉정을 선택하지 않는 인물이다. 오직 "자신이 지닌 천성적인 건강함으로, 마음이 시키는 대로 선택"(233)을 하며 사는 인간인 것이다.

「따뜻한 컵 프로젝트」에는 '웜 컵 프로젝트'가 작품의 중심에 놓여 있다. 이 프로젝트는 "따뜻한 커피를 들어준 사람은 무의식적으로 가슴에 온기가 돌아 면접 대상에게 호의적이 되는 반면, 냉커피를 들어준 사람은 마음마저 차가워져 면접 대상을 비호감으로 낙인찍게 된다"(215)는 의도로 만들어진 것이다. 그러나 실제 실험 결과는 의도와는 다르게 나온다. "방송사 기획팀이 하고 싶은 이야기는 인간이란 진실 여부를 떠나 자그마한 물리적 환경에서도 영향을 받는다는 것"(218)이며, "그만큼 어리석고 착각하는 동물이 인간이며, 그 어리석고 착각하는 맛 때문에 인류는 발전할 수 있었다."(218)는 취지를 갖고 있는 것이다. 그러나 그 의도가 전혀 들어맞지 않는 것에서도 드러나듯이, 또한 기찬세와 오디의 성격이 변하지 않는 것에서도 알 수 있듯이, 인간과 상황은 결코 쉽게 변하지 않는다. 결국 김살로메가 그려낸 세계는 개인이 벗어날 수 없는 구조적 억압의 공간이며, 그것은 벗어날 수도 부수어 버릴 수도 없는 단단한 쇠우리와도 같은 모습이다.

2. 이분법의 자리

「따뜻한 컵 프로젝트」에서도 보였듯이, 이 세상은 선험적으로 결정된 이분법적 세계에 가깝다. 그것을 선명하게 보여주는 작품이 「헬리아데스 콤플렉스」와 「안개 기둥」이다. 「헬리아데스 콤플렉스」의 초점화자는 지수이고, 지수의 곁에는 유리와 도금이 있다. 셋은 백화점 문화센터 '문장의 향기'를 매개로 인연을 맺게 되었다. 도금과 유리는 중학교 동창이고, 둘은 지수보다 열 살이 많다.

결론부터 이야기하자면, 유리는 한없이 선한 인물이며, 그 반대편에는 도금이 놓여 있다. 유리의 선한 성격은 중학교 동창인 도금과의 대비를 통해 더욱 부각된다. 도금은 "비매너 흡연자"(15)로서, 좁은 호텔 방에서도 양해를 구하지 않고 줄담배를 피워댄다. 도금은 부동산 공매등을 통해 돈을 벌기 위해 혈안이 되어 있다. 백화점 문화센터 '문장의 향기'와 인연을 맺게 된 것도, 문학의 향기를 느끼기 위해 센터에 등록했다기보다는 인적 네트워크나 정보를 얻기 위해서이다. 도금은 남자 관계도 문란하여, 이와 관련한 에피소드가 작품 내에 다양하게 등장한다. 지수는 도금이 산책길에 나오지 않자, "이 산책길이 토핑 빠진 고르곤졸라 피자처럼 깔끔하다고 생각"(10)할 정도로 도금을 꺼린다. 도금은 재테크 목적으로 적산가옥 한 채를 인수하는데, 뒤늦게 그 가옥 아래채에 70대 불법 거주자가 살고 있는 것을 발견한다. 이 때도 도금은 그 노인의 사정은 전혀 고려치 않고 어떻게 하든 빨리 쫓아낼 수 있을까만을 고민한다.

도금과는 달리 유리는 "즉흥적인 이타심을 지닌, 계산 없는 사람"(14)이며, "선한 기운을 뿜는"(14) 사람이다. 유리는 "스스로 사랑받는 것에는 에누리를 하고, 사랑을 주려는 것에는 프리미엄을 붙이는 사람"(14)이기도 하다. 그런 유리를 보면서, 지수는 "특별하고 존귀한 생명체를 만난 느낌"(14)을 받는다. 유리의 "작은 행동 하나하나가 긍정과 배려의 시그널로 작동"(17)하며, 기본적으로 유리는 "무한 긍정의 자세"(18)를 가지고 있다. 낑낑대는 노인이 있으면 아무런 대가 없이 돕기도 한다. 지수는 이런 유리를 보며 "과잉 친절병, 다정도 병인 병!"(23)을 앓고 있다고 핀잔을 주기도 하지만, 결국 유리의 진정성을 인정한다.

맹목적이라고도 할 수 있는 유리의 선량함은 "선천적인 선의의 감정으로 타자에 대한 배려를 이상화한 나머지 스스로를 배려하지 못하는 심리상태"(28)인 헬리아데스 콤플렉스에 해당한다는 의심을 받을 수도 있다. 그러나 이 작품은 유리의 성격이 콤플렉스와는 무관한 진심이라는 것이 크게 강조된다. 유리는 징징대거나 남을 탓하지도 않는다. 자신의 에코백이 없어져도, 유리는 곧 "누군가는 그 덕에 따뜻한 겨울을 나겠지."(37)라며 평정심을 회복하는 인물인 것이다. 누군가가 무인 티켓 발매기 앞에서 우왕좌왕하면 흔쾌히 나서 도와주고, 누군가가 머플러를 떨어뜨리면 반드시 집어서 건네준다. 작품의 마지막에 유리는 도금에 의해 핍박받는 불법 거주자 노인을 진심으로 도와주고자 한다. 그런 모습을 보며 지수는 "헬리아데스 콤플렉스 같은 건 유리와는 어울리지 않는다."(46)며, "유리에게 그것은 콤플렉스가 아니라 지켜내야 할 미덕 같은 것일지도 모른다."(46)라고 확신한다.

김살로메가 『뜻밖의 카프카』에서 보여주는 세계는 이처럼 흑과 백이 선명하게 구분되는 세계이며, 그것은 거의 선험적이라고 할 정도로 강고하게 규정되어 있다. 이러한 이분법은 「안개 기둥」에서도 확인된다. 개인의 성향을 중심으로 한 이분법은, 「안개 기둥」에서는 역사적 맥락 속에서 더욱 뚜렷하게 나타난다. 「안개 기둥」의 주인공은 어느 날 "연파댐 수몰 지구 보상 수령 통지서"(177)를 들고 어린 시절의 고향을 찾는다. 이 작품의 한쪽에는 "뼛속 깊이 연파 양반이자 수안 선비였던 월산아재"(175)가 있고, "월산아재와 대척인 지점"(184)에는 "마을의 훼방꾼이자 근동의 이단아"(184)인 캄란콩(이욱해)이 있다.

월산아재는 "융통성 있는 처신"(181)을 보여주었다. 주인공은 월산아재처럼 그토록 순정하게 공동체의 이익을 위해 고군분투하는 사람을 본 적이 없었으며, 월산아재를 "겸양과 섬김, 가족애와 이웃 사랑, 검약과 절제를 실천하면서 융통성까지 겸비"(181)한 인물로 규정한다. 그릇이 컸던 월산아재는 "인간이 인간다운 행위의 가장 기본적인 태도가 염치를 아는 것"(183)이라고 늘 말했으며, 이를 늘 실천했던 것이다. 나아가 월산아재는 "허무맹랑한 요설과 이상뿐인 문장은 진정한 학문이 아니라고"(188) 말했으며, "진정한 선비는 학문에만 관심이 있는 게 아니라, 실생활에서 관용적이고 적극적이어야"(188) 하며, "개인의 성장을 꾀하되, 의리와 기본을 중시"(188)해야 하고, "재물을 탐하지 않고 주변을 살펴야 한다 등등"(188)의 주옥같은 말과 실천을 한 인물로 그려진다.

이런 월산아재는 "집도 절도 없는 사람"(185)인 캄란콩에게 "당신 명의로 된 집터와 집을 기꺼이"(185) 내준다. 월산아재의 정반대편에 서 있는 인물인 캄란콩은, 오직 자신의 이익만을 위해 악다구니를 친다. 수몰 예정지가 되고 보상 문제가 불거지자, 캄란콩은 자신의 땅도 아닌데 보상을 받겠다며 난리를 치는 것이다. 캄란콩은 결국 방화 사건까지 일으킨다. 오랜 시간이 지난 지금, 월산아재는 마지막까지 캄란콩을 배려했다는 사실이 드러난다. "보상 명단에서 제외되었던 캄란콩에게 아재가 당신의 것을 양도한 것"(204)이 밝혀지는 것이다. 보탠 것만큼 아재네 보상 항목은 줄어들 수밖에 없는데도, 캄란콩이 살던 집과 헛간 등의 보상액을 조건 없이 캄란콩에게 양도했던 것이다. 지금도 주인공은 "인간에 대한 도의와 사람에 대한 희망을 끝까지 버리지 않은 아재의 한결같음에 목이 메"(205)어 한다. 이처럼 「안개 기둥」에서도 이분법은 선명하게 드러나며, 마지막에 "단순 사고사로 처리"(198)된 월산아재의 죽음이 캄란콩의 소행일 수도 있다는 점이 암시됨으로써, 이분법의 선명도는 더욱 뚜렷해진다. 결국 김살로메의 세계는 선과 악, 흑과 백이 선험적으로 구획된 구조 속에서 인간의 선택과 변화 가능성을 제한한다.

흑백의 선명한 이분법에 균열이 나거나 새로운 가능성이 개시될 가능성은 거의 보이지 않는다. 그것은 가히 출구 없는 쇠우리라고 불러도 모자라지 않은 견고한 세계인 것이다. 특히 「안개 기둥」에서 이 도저한 불신과 괴로움의 뿌리가 시대 역사적 상황과 맞닿아 있는 것으로 그려진다는 점은 의미심장하다. 이욱해가 캄란콩이라 불린 것은 그가 베트남전에 참전했기 때문이다. 이욱해는 캄란에서 베트콩 잡던 사내라는 의미로 캄란콩으로 불렸는데, 동시에 캄란콩이라는 호칭에는 "'캄란에 다녀온 베트콩 같은 새끼'라는 폄훼의 의미가 숨어 있"(184)었다. 캄란콩의 "유일한 자부심은 베트남 파병 출신이라는 점"(184)이며, 스스로를 '파월 용사'라고 칭할 때 이욱해의 눈빛은 "이미 정글 속을 누비고"(184) 있었다. 캄란콩은 늘상 "파월 용사한테 보상 하나 못 해준다꼬, 엉?"(184)이라든가 "파월용사한테 도랑 치는 부역에 나오라꼬, 엉?"(184)이라는 식으로 행패를 부려온 것이다. 너무나 분명한 어둠의 기원에 근대사의 한 결정적 사건이 새겨져 있다는 것은 김살로메 소설을 이해하는 또 하나의 출구라고도 할 수 있다.

3. 쇠우리는 벗어나기 위한 몸부림

모든 것이 결정된 세상은 김살로메의 『뜻밖의 카프카』가 설정한 디폴트에 해당한다고 말할 수 있을는지도 모른다. 그러나 여기서 끝나는 것이라면, 소설은 하나의 유언遺言에 머물 수밖에 없을 것이다. 김살로메는 여기서 한 단계 나아가고자 하는 치열한 작가정신을 보여주며, 이로부터 고유한 김살로메만의 미학이 탄생한다고 할 수 있다. '쇠우리'를 뚫고자 하는 김살로메의 작가적 몸짓이 나타나는 작품이 바로 「물어본다」와 「내 모자를 두고 왔다」이다.

「물어본다」는 열일곱 살의 김민지를 초점화자로 내세워 가정이라는 쇠우리를 강력하게 타격한다. 김민지는 매우 날카로운 시각으로 부모를 비판한다. 먼저 김민지의 비판은 남동생을 차별하는 부모의 태도에 초점이 맞추어져 있다. 김민지는 "공평무사라는 덕목이 집안에서부터 얼마나 실천하기 힘든지는 동생을 대하는 그녀와 아빠의 태도를 보면 알 수 있다. 그들은 동생 편이다."(132)라거나 "동생을 쳐다보는 그들의 안면근육이 뿌듯한 만족감으로 일그러지는 것도 무조건적인 내리사랑이려니 할 정도는 되었다."(135)라고 생각하는 것이다.

특히 김민지가 '그녀'라고 부르는 엄마에 대한 비판은 참으로 통렬하다. 김민지의 비판은 크게 두 가지로 나뉜다. 첫째, 남동생에 대한 편애. 둘째, 엄마의 성격적 결함이다. "동생 앞에서는 자제심을 잃고 방방 뜨는 하이톤을 구사한다."(138), "그녀는 자신이 놀림감이 되는 것과는 상관없이 동생 앞에서 연신 헤헤거렸다."(139), "동생이 마땅히 엄마 편이라는 근거도 없는데, 엄마의 가늠자는 나쁜 것에서는 언제나 동생을 비껴간다."(153)와 같은 부분이 바로 남동생에 대한 그녀의 편애를 비판하는 대표적인 사례이다.

나아가 김민지의 비판은 그녀의 성격을 향한다. 김민지는 그녀의 성격을 '건망증', '자기 강박', '싸구려 눈물' 등으로 신랄하게 비판한다. 그 구체적인 부분들을 나열하면 다음과 같다. "그녀의 말대로 그녀는 칠칠치 못하다."(135), "그러고 보니 그녀는 건망증도 있다."(136), "자유로운 영혼인 척하며, 평화로운 일상을 저주하는 그녀도 자식 문제 앞에서는 지나치게 현실적이다."(144), "그녀의 판단은 때로 너무나 주관적이다."(155), "아빠와 나 그리고 동생이 곁에 있어도 뭔가 공허함을 느끼고 있는 것 같았다."(156), "'후천적 숫자 인지 난해증'을 앓고 있는 그녀가 맞힐 리 없다."(159), "평범한 아줌마의 속성조차 따르지 못하는 근거 없는 자존, 그게 그녀의 한계다."(161), "상대에게 꼭 줘야 할 것이 뭔지를 알면서도 그것을 주지 못하는 자기 강박"(161), "그녀의 눈물은 대체로 싸구려이다."(165)와 같은 문장을 대표적으로 꼽을 수 있다.

이 신랄한 비판의식이 얼마나 치열한지, 김민지는 고작 열일곱 살에 불과한 소녀이지만, 그녀의 의식은 "사무침이 없는 관계를 유지하는 자는 언제나 관계의 우위를 선점한다."(165)거나 "오후 한나절의 마음 깊숙한 곳에서의 울음보가 무색할 정도로 저토록 품격 없는 현장성을 금세 노출하다니."(170)와 같은 아이의 의식을 훌쩍 넘어서는 경우도 있다.

그런데 「물어본다」에서는 그녀의 문제가 선험적인 것이 아니라 나름의 맥락을 지닌 것으로 드러난다. 김민지는 "그녀가 나보다 동생을 더 좋아하는 것은 동생이 단순히 아들이라거나 막내라거나 하는 이유 때문이 아니라 '나를 덜 좋아할 수밖에 없는 어떤 실존적 경험치'가 숨어 있다"(167)라고 생각하는 것이다. 그것은 바로 "그녀의 과거 속에 있"(167)는데, "어쩌면 어린 시절 덜 아픈 손가락의 당사자가 그녀였을지도 모른다는 생각"(169)을 해보는 것이다. 김민지는 "욕하면서 닮는다는 식으로 그녀의 트라우마가 내 앞에서 재현되는 것은 아닌지 모르겠다."(169)라는 깨달음에까지 이른다. 어쩌면 '그녀'에 대한 나름의 이해가 이루어졌기에, 마지막에 김민지는 "날고 싶다. 벗어나고 싶다. 하루빨리 날아오르자."(171)라는 낙서처럼, '그녀'의 품에서 벗어날 마음을 갖게 되는 것인지도 모른다. 사실 김민지는 '그녀'의 진실에 대한 깨달음 이전에도, "그녀가 중요하게 생각하는 인생관이 고작 무난한 일상인이 되는 것이라면 이제 열일곱 살인 내가 받아들이기엔 너무 뻔한 클리셰"(145)라며, "그저 살아 내기, 불온해도 좋은걸, 그래도 행복해."(145)라는 나름의 생활모토를 가지고 있었던 것이다.

「내 모자를 두고 왔다」도 쇠우리를 벗어나고자 하는 강렬한 움직임이 포착되는 작품이다. 주인공은 방송통신대학 과정 이수가 허용된 몇 안 되는 교도소 중의 하나에서 강의를 하게 된다. '나'는 외래 강사 자격으로, 매주 수요일마다 수감자들을 상대로 '독서로 치유하기'란 교정 교화 프로그램을 삼 년째 진행하는 것이다. 이곳에서의 강의는 수업이 진행되는 두 시간 동안 수감자들을 주시하고 그들로부터 강사인 '나'를 보호하는 사람이 따로 있을 정도로 독특한 분위기이다.

이곳에서 '나'는 뭔가를 강요한 적도 없는데, 상대는 부담을 안게 되는 포스를 지닌 마린을 만나게 된다. 마린은 교도관들뿐만 아니라 사회교도과 직원 그 누구에게도 밀리지 않는 포스를 지니고 있다. 마린은 자신이 써온 시를 매 수업 말미에 내놓았다. 마린은 "제 고통을 위로하기 위한"(60) 시를 쓰고 있었던 것이다. 무엇보다 마린은 "자카란다 퍼플의 시집을 받고 싶"(54)다고 늘 '나'에게 이야기해 왔다. 마린이 부탁한 자카란다 퍼플의 시집 제목은 '내 모자를 두고 왔다'이다.

수업을 마칠 때마다 마린은 '나'에게 면담 요청을 한다. '나'는 마린이 "겉으로 보이는 냉정해 보이는 불편함은 그야말로 겉

모습일 뿐"(84)이라고 생각한다. 나아가 수형 생활을 하는 마린과 자신 사이에 공통점까지 발견하게 된다. "실체 없는 욕망에서 나온 과오, 그로 인한 대책 없는 기다림, 이 지리멸렬한 생의 이면은 어쩌면 내 것이기도 했고 우리 모두의 것일 수도 있었다."(85)는 깨달음에 이른 것이다. 마린이 떠나고 육 개월 뒤 '나'도 그 일을 그만둔다. 그리고서는 "교화와 치유는 갇힌 자들만을 위한 게 아니라 나를 위한 것이기도 했다."(89)는 것을 깨닫는다.

'나'는 챗 지피티를 통해서까지 마린이 부탁한 자카란다 퍼플과 그의 시집 '내 모자를 두고 왔다'를 알아본다. 그러나 시인과 시집에 대한 정보를 얻어내지 못한다. 시집과 관련해 챗지피티는 "이 역시 존재하지 않는 실체지만 문학적 상징일 수는 있다는 대답"(87)을 내놓을 뿐이다. 그러나 다음과 같은 설명을 덧붙인다. "모자는 상징 체계로서 자기 보호, 비밀, 사회적 가면 같은 것을 의미"(87)하며, 그렇기에 시집 제목에는 "진실한 자기와 마주하려는 선언적 의미가 내포되어 있다는 설명"(88)을 하는 것이다. '나'는 "십 년 뒤 시드니에 가면 마린을 만날 수 있을지도 모르겠다."(89)는 기대를 하며, 마린의 수형 생활은 "자카란다 퍼플이란 꿈 때문에, 내 모자를 두고 왔다는 희망 때문에 견딜만할 것이다."(89)라고 생각한다. 사회적 체면 가식 등을 거부한 진실한 예술은 쇠우리에 작은 틈을 만들어 내고, 그 틈으로 인간의 진실한 자아가 날아오를 수 있는 가능성이 열리는 것이다.

4. 사랑이라는 지극한 환幻의 가능성

  모든 것이 쇠우리처럼 단단하게 고정된 이 세상에서 사랑은 작은 균열을 내는 결정적인 계기가 될 수도 있다. 김살로메의 『뜻밖의 카프카』에서는 사랑의 돌발성과 그 앞에서 무력한 인간의 모습이 직접적으로 드러난다. 사랑은 결정된 세계를 비결정의 혼돈으로 전환시키는 계기가 될 수도 있는 것이다. 『뜻밖의 카프카』에서 진술되는 사랑은 일종의 낭만적 사랑이라고 할 수 있으며, 그것은 지금까지 살펴본 쇠우리와도 같은 결정된 세상과는 명확히 구분되는 우연성의 세계로 가는 통로가 될 수도 있다. 표제작이기도 한 「뜻밖의 카프카」에서 로사는 젊은 시절 "환幻의 은하수이자 미혹하는 신천지"(107)였던 해도를 진심으로 사랑했다가 이별한 경험이 있다. 이때의 사랑은 다음의 인용에도 나오듯이, 실체와는 무관한 상상적 환영과 같은 것이다.

> 젊은 한 시절 로사에게 해도는 환幻의 은하수이자 미혹하는 신천지였다. 움켜잡을 수 없고 제 것이 될 수 없기에 자꾸만 환상의 옷을 입히는 대상. 하지만 시간은 모든 걸 해결해 주는 마법의 지팡이였다. 몸 좋고 잘 생기긴 했지만, 그것이 전부인 지극히 평범한 남학생이었다는 것을 인정하기까지 4년의 시간이 흘렀다. (107)

「무거운 사과」에서도 낭만적 사랑의 관념이 여지없이 드러난다. 「뜻밖의 카프카」와 「무거운 사과」 모두 사랑을 환상으로 인식하며, 그것이 현실을 흔드는 힘으로 작용한다는 점에서 공통된 사랑관을 보여준다고 할 수 있다. 「무거운 사과」는 C, 선재, '나'의 짧은 삼각관계를 가벼운 필치로 다루고 있는 작품이다. "C와 선재 둘 다 내가 아끼고 존중하는 사람들"(281)이다. '나'는 C와 교제 중이며, 선재가 정식으로 프러포즈를 해오지만 완곡히 거절한다. 선재가 좋은 사람인 것은 분명하지만 나는 C를 사랑하고 있었던 것이다.

「무거운 사과」에서는 사랑의 돌발성과 의외성에 대한 인식이 가득하다. "예견할 수 있고 제어할 수 있으면 그건 이미 사랑이 아니다. 비정상적인 마음이 아주 정상적이라고 착각하는 심리적 증후, 그것이 사랑이란 열병이다."(283)라거나 "급작스레 물리는 게 사랑이고, 한 번 물리면 쉽게 아물지 않는 게 사랑이기 때문이었다."(285) 혹은 "반한다는 건 조건 없는 느낌 자체이니까."(287)라는 인식이 드러나는 것이다. 그렇기에 '나'는 "남들이 평범하기 그지없다고 말하는 C에게 대책 없이 빠져"(290)든다. '내'가 C를 사랑하게 된 것은 통제 불가능한 힘에 따른 것이다. 그것은 별볼 일 없는 엄마를 사랑하는 한 '남자'에게도 해당하는 일이다. '나'는 엄마를 좋아하는 '남자'가 "스스로 환상을 만들어 엄마를 보는 것 같았다."(290)라고 여기며, "그 남자나 나나 사랑 앞에서는 어리석은 중생임에는 틀림없었다."(290)라고 생각한다. 그렇기에 다음의 인용에서 드러나듯이, '사랑'에 어떠한 계산이나 오랜 시간 따위가 개입할 여지는 없다.

  사람이 사람을 좋아하는 데는 이유가 없다는 사실을 그때 처음 알았다. 누가 뭐래도 사랑은 순간이다. 사랑의 예감은 계산되지 않는다. 찰나의 결정일 뿐이다. 첫 순간에 반하지 않는 사랑은 순수한 의미에서 사랑이 아니다. 긴 시간이 흐른 뒤 사랑이라고

결론 내리는 사랑은 얼마간의 연민이나 타협이 섞인 순도 덜한 사랑일 뿐이다. (291)

"내 영혼이 어쩌면 사랑이라는 허울 앞에 그토록 무기력해질 수 있는지 알다가도 모를 일이었다."(292)거나 "가장 많이 사랑하는 자는 패배자이며 괴로워하지 않으면 안 된다."(303)라는 식의 인식 역시 사랑의 돌발성과 그 앞에 놓인 인간의 무력함을 토로하는 문장들이라고 할 수 있다. 이러한 사랑의 속성 역시도 쇠우리에 균열을 내는 중요한 가능성일 수 있다. '사랑은 환幻이다'라는 명제는 「물어본다」의 "한 남자가 있었다. 첫사랑. 무한대로 뻗어가는 그 남자에의 환幻 때문에 그녀는 우는 날이 늘어만 갔다."(165)라는 문장에서도 확인할 수 있다. 그러나 김살로메의 『뜻밖의 카프카』에서 사랑은 현실을 변화시키는 동력으로 작용하기보다는, 환상 속에 머무는 가능성으로 존재한다.

5. 단독자로서의 카프카 호명하기

김살로메의 「뜻밖의 카프카」는 쇠우리에서 벗어나는 작가의 독특하고 의미 있는 출구가 제시된다는 점에서, 단연 주목해볼 만한 작품이다. 이 작품은 이제 막 중년에 접어든 여성 로사를 주인공으로 내세우고 있다. 마흔이 코앞인 로사는 이제 "아이돌 경연프로그램, 홍삼 엑기스, 위장약 유리병"(99)을 "삼종 세트 치유제"(99)로 삼아 일상의 고단함을 버텨 나간다. 로사는 쇠우리와 같은 일상의 소외와 고독에 힘겨워하는 여성이다. 이 작품에서 놀라운(어쩌면 당연한) 것은, 그러한 소외와 고독을 낳는 존재들이 다름 아닌 로사의 가장 가까이에 있는 사람들이라는 점이다.

  첫 번째 존재는 바로 "원칙에 충실한 소심한"(111)이자 "완벽을 구하는 예민남"(111)인 남편 군소이다. 군소는 '검은 숲'과 '하얀 언덕'이라는 감정 사이클의 두 주기를 오간다. 군소의 트집과 잔소리는 로사의 자유와 존엄을 자근자근 씹어대고는 했으며, 이로 인해 로사의 내면은 "불안, 부조리, 허무의 삼합"(112)으로 굳어져 갔다. 로사는 군소를 향해 솟구치는 감정을 "참고 견디고 용서하다가 마침내 동정심마저 버리고 잔인해"(111)지려는 상태로 인식한다. 남편 군소의 모습은 다음과 같은 인용문에 압축되어 있다.

미희 앞에서 제 편이 되어주지 못하는 군소를 보자 로사는 울고 싶어졌다. (중략) 타인 앞에서 로사를 면박 주고 깎아내리는 군소의 화법. 예의상 타인을 높여주기 위해 농담처럼 가까운 사람을 깎아내리는 습관이 있구나. 처음엔 로사도 그렇게 이해했다. 하지만 그것은 예의나 겸허에서 나온 방식이 아니었다. 감정 사이클의 두 주기 중 '검은 숲의 빗자루(a broom in the black forest)' 구간을 컨트롤하지 못해 나타나는 심리적 징후였다. (103~104)

로사를 소외와 고독에 빠뜨리는 두 번째 존재는 절친 미희이다. 로사와 미희는 친자매 이상으로 가까운 사이로서, 젊은 시절 가출한 미희는 로사의 집에서 오랜 시간을 스스럼없이 함께 지내기도 했다. 「뜻밖의 카프카」는 "원룸에 도착해서 로사가 한 일은 미희의 팬티를 치우는 일이었다."(95)라는 '뜻밖의 문장'으로 시작될 만큼, 미희는 지금도 어려운 일이 생기면 로사에게 가장 먼저 부탁을 한다. 그러나 나중에 미희야말로 로사에게 치명적인 독과도 같은 존재였음이 밝혀진다.

로사는 젊은 시절 "환幻의 은하수이자 미혹하는 신천지"(107)였던 해도를 진심으로 사랑했다가 이별한 경험이 있다. 우연히 현재 해도가 십만 명이 넘는 구독자를 가진 인기 유튜버가 되었음을 알게 된다. 로사는 해도의 유튜브를 보게 되고, 그곳에서 차라리 몰랐으면 좋았을 진실과 마주하고야 만다. 해도는 유튜브에서 자신과 교제했던 여자(로사)가 몇 번이나 뱃속의 아이를 유산했다는 사실을 알게 되어, 그 충격에 헤어졌다는 이야기를 고백하는 것이다. 해도는 그 사실을 다름 아닌 미희로부터 들었는데, 미희는 몇 번이나 "분신을 없앤다"(122)는 로사의 일기에 적힌 표현을, 자기 마음대로 왜곡하여 로사의 지극한 첫사랑이었던 해도에게 전했던 것이다. 이 일로 해도는 "오해와 충격의 동굴"(126)에서 헤어나오지 못했으며, 결국 로사와 해도는 헤어지고 만다.

이러한 상황에서 로사가 택한 길은, 오롯한 결단을 통해 관계에 구걸하지 않는 단독자가 되는 것이다. 「뜻밖의 카프카」의 주인공인 로사가 보여주는 이러한 결기는, 그녀가 대학 시절 독서 모임에서 프란츠 카프카(1883-1924)를 읽었기에 가능했던 것으로 그려진다. 로사는 카프카를 "그 어디에도 뿌리내리지 않고 오롯한 단독자로 살다가 간"(114) 인물로 이해해 왔던 것이다. 로사는 카프카를 체코 사람이면서도 체코어가 아닌 독일어로 글을 썼으며, 동시에 독일인도 체코인도 유대인도 아닌 오직

"카프카로 살았을 뿐"(114)인 진정한 '단독자'로 규정했던 것이다.

결국 로사는 "제 안의 카프카를 인정하고 불러"(126)내기로 결심한다. 그것은 로사가 이해한 대로라면, '단독자로서의 카프카'를 불러내는 일이기도 하다. 로사는 남편인 군소와 절친인 미희 단둘이만 노래방에 남도록 한다. 이유는 절친인 미희가 남편인 군소에게 "네 번, 아니 여섯 번의 분신"(126)에 대해 다시 떠벌리기를 간절히 원하기 때문이다. 이를 통해 로사는 둘과의 관계를 정리하고, 단독자로 홀로서기를 선택한 것이다.

로사의 결단은 단독성(Singularity)의 철학적 의미와 맞닿아 있다. 단독성이란 일반자의 특수화로서의 개별성과는 구분되는, 고유하고 유일한 존재로서의 개념이다. 단독성이란 고유한 것으로서, 유類로는 결코 포착할 수 없는 개個인 것이다. 사실 단독성에 대한 인식은 인간 존엄의 가장 기본적인 원천인지도 모른다. 모든 존재가 고유한 개성을 가진 그야말로 유일한 존재가 아니라면, 인간이 서로를 존중해야 하는 근거를 어디서 찾는단 말인가? 그렇기에 단독성에 대한 철저한 인식 위에서만 참된 관계는 시작되고 그로부터 윤리와 정치도 가능해질 것이다.

6. 공감과 연대의 생명길

그러나 「뜻밖의 카프카」에서 조금은 허탈하게까지 느껴지는 로사의 마지막 결단이 보여주듯이, 존재의 단독성만 철저히 인식하는 것은 허전하고 한편으로는 무책임한 일이기도 하다. 그렇기에 이상적인 사회란 존재의 단독성에 대한 철저한 인식 위에서 그 고독한 단자들을 이어주는 공감과 연대의 통로가 열려 있어야만 한다. 그럴 때만이 우리는 '사회적 존재'로서의 온전한 삶을 영위할 수 있기 때문이다. 다행히 「뜻밖의 카프카」에는 공감과 연대의 생명길을 위한 가능성이 적지 않게 아로새겨져 있다. 그것은 소수자의 정체성을 지닌 해도를 향한 작품의 우호적인 태도에서 드러난다. 또한 로사가 심리상담사 공부 과정에서 배운 것처럼, "완벽하게 이해하는 건"(107) 불가능하더라도 "다만 인정하려고 노력"(107)하는 겸허하고 진지한 자세에서부터 보편성을 전제한 단독성의 문학적 실현은 아마도 시작될 수 있을 것이다.

그러고 보면, 작품집 『뜻밖의 카프카』에는 공감과 연대의 생명길이 곳곳에 아로새겨져 있었다. 「무거운 사과」에서 산타할배는 "살아 지옥을 경험하고 싶다면 대형병원 중환자실에 와보면 된다."(281)라는 말이 있을 정도로, 험악한 대형병원의 중환자실에 머무는 노령의 환자이다. 그런 처지에서도 그는 병원에 행복과 즐거움의 감각을 가득 퍼뜨리고는 했던 것이다. 한 여름인데도 빨간 모자를 즐겨 써서 "산타 할배"(296)라 불린 그 할아버지는, "산타 할배가 병동에 유쾌하게 다니는 날은 궂어도 햇살이라는 말이 병원에 유행할 정도"(297)였던 것이다. 산타 할배로부터 파생된 긍정적 파장은, "진심으로 산타할배의 죽음만은 늦추고 싶다. 아니면 내일 나이트 근무 들어갈 때까지라도 살아계셨으면 싶었다."(297)라는 따뜻한 마음을 낳기까지 한다. 또한 「따뜻한 컵 프로젝트」의 견우옹과 수로부인은 여행 대신 소소한 동네 카페 나들이로 아름다운 노년을 즐기고 있다. 그들의 생활에도 부침은 있었지만, 모든 것은 옛이야기가 되었다. 둘은 부부 여행가로 거듭났으며, 평온한 노년의 보상도 얻었다. 집도 차도 없었고, 좋은 옷도 좋은 가방도 필요치 않았지만, 많은 걸 버리고 비워낸 자리엔 바람의 노래나 노을빛 풍경이 들어찼던 것이다.

앞에서 살펴본 「헬리아데스 콤플렉스」의 유리나 「안개 기둥」의 월산아재도 단독자들 사이를 연결하는 생명길이 무엇인지를 직접적으로 보여준다고 할 수 있다. 김살로메의 따뜻한 시선은 우리 모두가 연결될 수 있는 가능성을 문학적 상상력의 지평 안에서 발견하게 한다. 작가의 인간을 향한 따뜻한 시선과 무조건적인 윤리의 실천은, 존재의 단독성에 대한 철저한 인식을 바탕으로 한 것이기에 더욱 아름답고 의미 있게 다가온다.

작가의 말

누군가 말했다. 고백하는 줄도 모르면서 자신을 드러내는 장르가 소설이라고. 알고 고백하면 자의식이 깃들어 솔직할 수가 없다. 하지만 모르고 고백하니 '구라'를 끌어와도 내면이 보인다. 허구의 틀을 빌리지만 기어이 진실을 발설할 수밖에 없는 불온한 매혹. 내가 소설을 신뢰하고 좋아하는 이유이다.

소설의 본질은 인간 탐구이다. 탐색을 위해 타인에게 눈 돌릴 필요도 없다. 내치지 못한 절박한 자화상이 먼저 아우성치기 때문이다. 소설 속 크고 작은 인물 모두가 내 모습이다. 찌질하고, 못되고, 비겁하고, 연민 섞인 분신들이 저들끼리 부대끼고 화해하기를 거듭했다. 복합적이고 다층적인 내 안을 변주하는 동안, 그 어떤 메시지나 설득 같은 건 의도하지 않았다. 그저 아프고 저릿한 질문들만 켜켜이 쌓였다. 묵직한 숙제로 남은 그 물음표는 다행히도 하나로 수렴되었다.

제대로 살아내고 있는가.

부족한 소설 발간을 격려해 주신 이대환 선생님, 살뜰한 해설로 등장인물들을 어루만져 주신 이경재 선생님께 감사를 드린다. 예쁜 책을 만드느라 애써주신 편집자와 출판사 관계자들께도 다정한 인사를 건넨다.

오래 망설이다 묶는 만큼, 단 한 편이라도 독자에게 가닿았으면 좋겠다. 그것이 내 소박한 기쁨이다.

2025년 가을, 김살로메

뜻밖의 카프카

발행일	2025년 10월 20일 초판 1쇄 발행
지은이	김살로메
펴낸이	김재범
펴낸곳	(주)아시아
출판등록	2006년 1월 27일 제406-2006-000004호
주소	경기도 파주시 회동길 445
	(서울 사무소 : 서울시 동작구 서달로 161-1, 3층)
전자우편	bookasia@hanmail.net

ISBN 979-11-5662-807-1(03810)
값 17,500원

이 도서는 2025년 경북문화재단 예술작품지원사업 보조금을 받아 발간되었습니다.